KB207056

お母さんが大好きな、男の子たちのお話です。
母子の絆って何だろうと思いながら、この小説を書きました。
きっとこの四兄弟はまっすぐ育つと思います。

어머니를 정말 좋아하는 남자아이들의 이야기입니다.
모자(母子)의 유대란 무엇일까를 생각하며 이 소설을 썼습니다.
네 형제가 분명 곧고 바르게 자랄 것이라고 믿습니다.

이노우에 마기

긴나미
상점가의
사건 노트

이노우에 마기 장편소설
김은모 옮김

은행나무

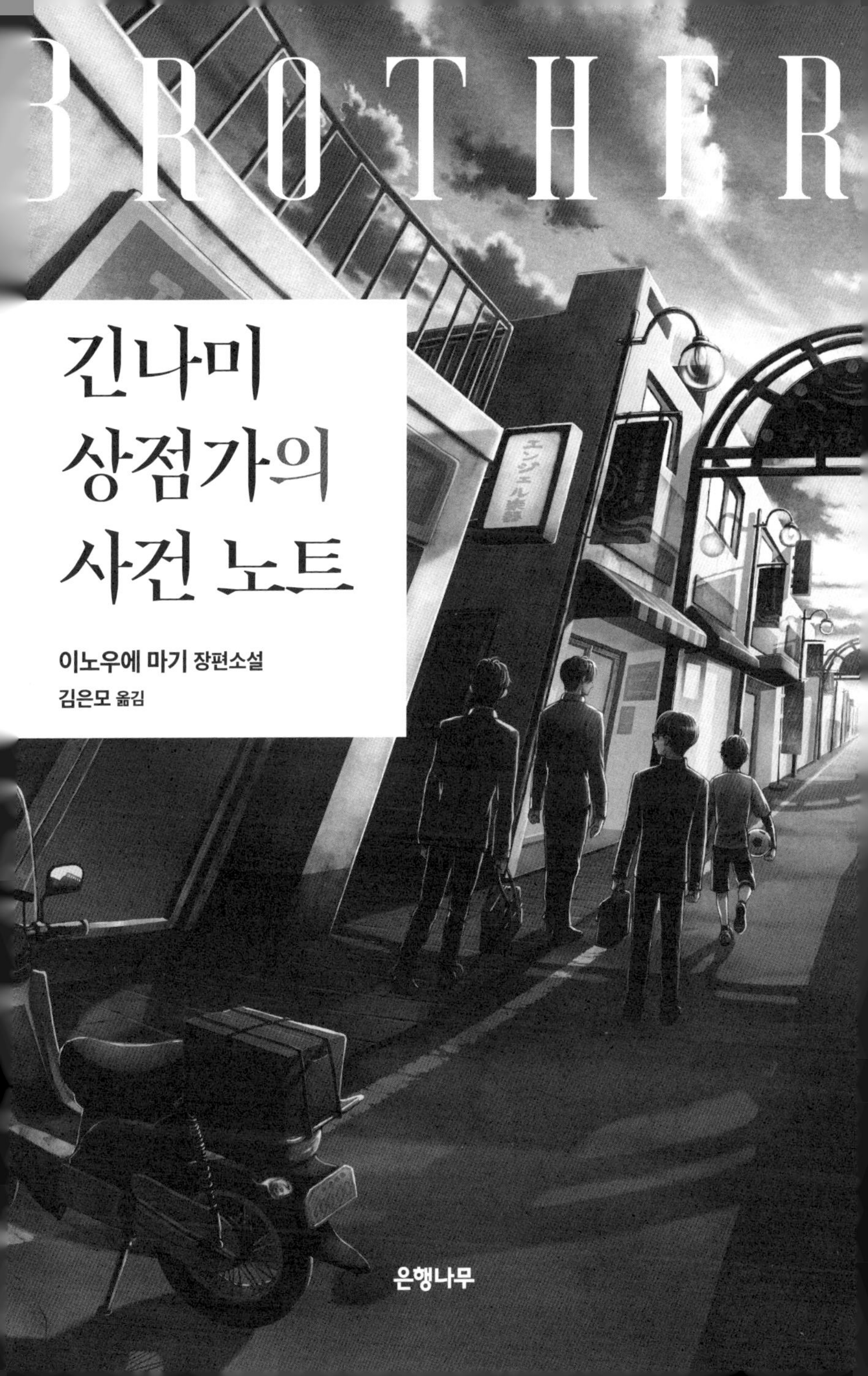

BROTHER

긴나미 상점가의 사건 노트

이노우에 마기 장편소설

김은모 옮김

은행나무

이제부터 당신이 읽을 이야기는
어떤 사건의 한 측면에 지나지 않습니다

차 례

일러두기
본문의 주는 옮긴이의 것으로, 괄호 안에 글씨를 줄여 표기했습니다.

엄마에게

엄마, 생일 축하해.

올해는 우리도 엄마를 흉내 내서 각자 카드를 만들기로 했어. 선물은 벌써 열어봤어? 일단 설명하자면 달력이 내 선물이고, 색연필은 가쿠타 선물이야. 엄마, 병원에서 보이는 경치가 늘 똑같아서 지루하다고 했잖아. 가쿠타와 상의해서 심심할 때 그림을 그릴 수 있도록, 풍경이 들어간 커다란 달력을 샀어(태블릿은 눈이 피곤하다고 했으니까).

그리고 도화지에 뒤죽박죽 낙서한 것 같은 그림은 료타 선물이고, 케이크는 겐타 형 선물. 겐타 형이 만든 케이크 굉장하지? 엄마가 입원한 뒤로 겐타 형 요리 실력이 엄청 좋아졌거든. 이 정도면 가게도 차릴 수 있겠어.

엄마는 집이 걱정된다고 했지만, 마음 푹 놔. 우리 꽤 잘 지내고 있어. 그야 처음에는 진짜 엉망이었지만. 겐타 형은 기운이 없고, 가쿠타는 학교 숙제도 안 하고 울기만 하고, 료타는 장난만 치고(료타는 아직 어쩔 수 없지만). 나도 엄마가 없으면 전혀 행복하지 않아.

하지만 이렇게만 지내면 안 된다는 걸 우리 모두 알았어. 엄마도 병이랑 싸우고 있으니 우리도 '엄마가 지어준 이름에 부끄럽지 않게 살아야 한다'고 겐타 형이 그러더라고. 그래서 힘내기로 했어. 아참, 엄마, 긴나미절의 '100번 참배'라고 알아? 아무도 안 보는 사이에 그 절의 계단을 100번 왕복하면 소원이 이루어진대. 우리, 그거 했어. 료타는 겐타 형이 업고서. 걱정하지 마. 아무도 안 봤으니까 엄마 병도 반드시 나을 거야.

　그러니까 엄마, 빨리 돌아와.

　모두 함께 기다리고 있어.

후쿠타가

제1화

벚꽃 유령과 셰퍼드 파이

"난 다시는 항해에 나서지 않을 거야. 만약 메리 포핀스가 점심을 같이 먹자고 말해준다면 모를까……."

물론 메리 포핀스는 그렇게 말해주었습니다. 식탁에 앉은 붐 제독이 접시에 수북이 담긴 양치기 파이를 모조리 먹어치우고, 사과 갈레트를 두 번이나 더 달라고 해서 다들 기뻐했습니다.

그 후 붐 제독은 드디어 자리에서 일어나 돌아갔습니다. 브릴 아주머니의 앞치마를 허리에 단단히 두르고서 말이죠. 하지만 붐 제독을 포함해 알아차린 사람은 아무도 없었답니다.

부엌의 메리 포핀스 이야기와 요리 노트

원작: P. L. 트래버스

I

"이 닭튀김 뭐야? 엄청 맛있는데."

도시락 뚜껑을 열자마자 옆에서 귀중한 닭튀김을 하나 낚아챘다.

소리를 지를 틈도 없었다. 그뿐만 아니라 도둑놈이 꺼낸 한마디에 검도장에서 점심을 먹던 검도부 친구들이 "뭐?" 하고 일제히 눈을 번뜩였다. 좀비 영화처럼 주변에서 우르르 손이 뻗어 나왔다. 고구레 후쿠타는 당황해서 도시락을 사수하려 했지만 한발 늦었다. 순식간에 닭튀김은 굶주린 하이에나들의 먹이가 되었다.

"오오, 진짜 맛있다!"

"육즙이 끝내줘. 식었는데도 속이 촉촉하네."

"튀김옷도 매콤해. 튀김가루 어느 회사 거야?"

친구들이 저마다 소리 높여 감탄하고 칭찬했다. 후쿠타는 할 말을 잃고 하나 남은 닭튀김을 멍하니 바라보았다. 에잇, 이게 뭐야. 메인 반찬은 이것뿐인데. 딸랑 하나로 어쩌라고?

다카하시 게이토. 후쿠타와 같은 반이고 제일 먼저 닭튀김을 훔쳐 먹은 장본인이 단정한 생김새에 어울리지 않게 걸신들린 표정으로 젓가락을 입에 문 채 탐난다는 듯 하나 남은 닭튀김을 바라보았다.

"이거, 이 튀김가루, 마트에서 살 수 있어?"

"글쎄…… 몰라."

"네가 만든 거 아니야?"

"그럴 리가 있나. 형이 만든 거야."

"그 잘생긴 형님? 인기 있는 프렌치 레스토랑에서 일한다는……. 뭐야, 네 도시락 늘 형이 싸줘?"

"가끔."

후쿠타는 언짢은 표정으로 대꾸했다. 게이토는 "그렇구나" 하고 수긍하더니 미련을 버리려는 듯 자기 도시락으로 시선을 돌렸다. 다채로운 색깔의 반찬, 유명한 게임의 햄스터 캐릭터 모양으로 잘라낸 김으로 장식한 쌀밥. 고등학생이 된 뒤로도 어머니가 계속 캐릭터 도시락을 싸준다고 한다. 창피했는지 처음에는 안 보이게 감추고 먹었지만, 이제는 보란 듯이 당당히 내놓는다.

"후쿠타는 좋겠다."

그때 두 번째로 닭튀김을 가져간 통통한 남학생, 얼핏 둔해 보이지만 검도 연습 때는 의외로 몸놀림이 날렵한 2학년 하스미 다쿠로가 아주 부럽다는 듯한 표정으로 말했다.

"가족 중에 프로 요리사가 있다니. 우리 엄마는 음식을 진짜 못하거든. 어제저녁은 카레였는데, 그건 고기랑 채소를 볶다가 물 붓고 시판 카레 가루를 풀어 끓이기만 하면 되잖아. 그런데 어떻게 하면 이렇게까지 맛이 없어질 수 있을까 싶을 만큼 별로더라고……."

후쿠타는 자기도 모르게 표정이 굳어졌다. 눈치 빠르게 후쿠타의 기분을 알아차린 게이토가 "야" 하고 작은 목소리로 핀잔을 주며 다쿠로의 늘어진 옆구리를 툭 쳤다.

다쿠로는 흠칫 놀란 표정으로 허둥지둥 머리를 숙였다.

"미, 미안해. 후쿠타."

"……뭐가?"

쓴웃음을 지은 후 신경 쓰지 않는 척하려 애쓰며 마지막 닭튀김을 젓가락으로 쿡 찍었다. 위쪽 절반이 텅 빈 도시락을 친구들에게 보여주며 원망스럽게 말했다.

"그나저나 이거 어쩔 거야? 반찬이 없잖아. 밑에 깔린 양상추와 방울토마토만으로 밥을 어떻게 먹으라고?"

"아아. 미안, 미안."

게이토는 가벼운 말투로 그렇게 대답하고 자기 도시락에서 반찬을 아무거나 하나 골라서 후쿠타의 도시락에 던져 넣었다. 그 모습을 보고 다른 아이들도 차례차례 반찬을 기부해주었다. 냉동식품인 듯한 미니 햄버거, 계란말이, 비엔나소시지, 새우만두, 남은 반찬을 넣어서 빚은 춘권, 정체불명의 흰 살 생선으로 만든 교토식 된장 구이, 네모반듯하게 자른 치즈를 만두피에 싸서 튀긴 것 등등.

……이런 것도 도시락이라고.

다시 쓴웃음이 나왔다. 어쨌든 이제 반찬은 해결됐다. 안심하고 마지막 하나 남은 닭튀김을 드디어 입에 넣었다.

닭튀김을 씹자 일단 바삭한 식감이 느껴지고, 이어서 감칠맛 나는 육즙이 쫙 뿜어져 나왔다. 식었는데도 닭고기 속까지 부드러웠고, 닭고기를 재워두었던 마늘 간장의 맛과 튀김옷에 섞은 허브의 향이 입속에서 어우러져 형용할 수 없이 절묘한 풍미를 자아냈다. 이토록 귀한 음식을 빼앗긴 것이 새삼 애석했다.

젠장, 역시 형의 닭튀김은 맛있다니까.

오래된 철골 아케이드 아래, 양념과 닭꼬치구이의 구수한 냄새가 풍겼다.

지역 상점가인 긴나미 상점가. 일찍이 사찰 마을로 번성한 곳으로, JR역 정면에 자리한 이 상점가를 빠져나가면 지명의 유래인 '긴나미절'의 산문(山門)에 다다른다.

그 산문 너머에 있는 기다란 돌계단이 후쿠타의 집으로 가는 지름길이었다. 지름길이라고 해도 꼭대기까지 천 개가 넘는 이 계단을 오르는 괴짜는 별로 없다. 참배객도 보통 자가용이나 버스를 타고 산꼭대기의 주차장으로 직행한다. 후쿠타도 평소 자전거로 통학하므로 다른 길을 이용한다.

하지만 오늘은 자연스레 발이 이쪽으로 향했다. 자전거 바퀴에 펑크가 나서 걸어가야 했던 탓도 있지만, 그 때문만은 아니었다.

타코야키나 크로켓 등 군침이 돌게 하는 음식을 파는 가게들이 즐비한 상점가를 지나 큼지막한 산문을 통과하자, 은행나무 가로수에 둘러싸인 장대한 계단이 눈앞에 나타났다. '긴나미절'은 멋진 은행나무 가로수로 유명하지만 사실

'긴나미(銀波)'라는 이름은 은행나무에서 유래한 것이 아니었다(일본어로 은행나무 열매를 뜻하는 '긴난(銀杏)'과 '은빛 물결'을 뜻하는 '긴나미'는 발음이 비슷하다).

심호흡을 하고 계단에 발을 디뎠다. 넓적다리 근육이 약간 당기기 시작했을 즈음, 문득 앞쪽에 낯익은 뒷모습이 보였다.

"가쿠타."

무심코 불러 세웠다. 아담한 몸이 움찔하더니 머뭇머뭇 이쪽을 돌아보았다. 작고 뽀얀 얼굴에 잠자리 눈처럼 커다란 안경. 상대는 안경 너머로 경계하는 눈빛을 던지다가 바로 표정을 풀었다.

"뭐야, 후쿠타 형이었네."

셋째 가쿠타(學太)다.

긴나미 중학교에 다니는 중학교 2학년. 이름대로 아주 똑똑하게 생겼고 실제로 공부도 잘한다. 얼굴값을 하는 건지 가끔 시건방진 소리를 해서 형한테는 별로 귀엽지 않지만, 다른 사람들 눈에는 귀염성 있는 얼굴인지 '웃으면 수달 같아서 귀엽다'며 동네의 주부들과 여학생들에게는 아주 평판이 좋다.

"너도 지금 집에 가?"

"응."

"서예부는?"

"오늘은 쉬는 날. 형은?"

"시험을 앞두고 일찍 마쳤어. 동아리 활동은 없고."

"아아, 그래? 긴나미 고등학교는 다음 주에 중간고사구나. 형이 공부를 전혀 안 해서 몰랐네."

"시끄러워. 참견 마."

윤기가 흐르는 머리에 꿀밤을 먹였다. "아야" 하고 가쿠타가 입술을 삐죽거리며 이쪽을 보았다. 난 텄어. 내 장점은 너처럼 똑똑한 게 아니라고——. 그렇다고 딱히 운동을 잘하는 것도 아니니, 따지자면 이렇다 할 장점이 없는 셈이지만.

"아, 진짜, 후쿠타 형은 너무 난폭해" 하고 투덜거리면서 가쿠타는 들고 있던 책을 다시 얼굴 앞에 쳐들었다. 아무래도 계단을 오르며 책을 읽고 있었던 모양이다. 계단에서 균형을 잃지 않도록 고개를 치켜들고 있어서인지 묘하게 자세가 좋다. 네모난 배낭 형태의 책가방까지 메고 있으니 꼭 장작을 나르는 니노미야 긴지로(에도시대 후기 인물로 근검과 고학의 상징. 동상은 주로 나무 등짐을 진 채 책을 읽으며 걷는 모습이다) 동상 같다.

옆에서 나란히 올라가며 옆얼굴을 빤히 바라보자 가쿠
타가 성가시다는 듯 물었다.

"왜?"

"아니……."

묘하게 거북해서 시선이 흔들렸다. 어라? 이 녀석이 초
등학생일 적엔 우리 둘이 무슨 이야기를 했더라?

"으음…… 그러고 보니 오늘 도시락 먹었냐?"

"그야 먹었지."

"닭튀김, 엄청 맛있지 않았어?"

"아아, 맛있더라. 역시 겐타 형. 프로의 실력은 달라."

"어떻게 만든 걸까?"

"아마도 프랑스 요리의 조리법을 사용한 것 아니려나.
콩피(식재료를 낮은 온도의 기름으로 오랫동안 익히는 조리법) 같
은……."

"콘비프?"

"……후쿠타 형한테는 콘비프 정도가 딱 좋을지도 모르
겠네."

은근슬쩍 무시했다는 건 알았다. 그런데 이 녀석, 콘비
프를 낮잡아보는 건가? 그거, 꽤 비싸고 맛있어. 다음에 형
한테 콘비프 덮밥이라도 만들어달라고 할까.

그렇게 생각의 나래를 펼치고 있는데 멀리서 삐오삐오 구급차 사이렌 소리가 났다. 고개를 들어 살폈다. 왼편에 줄지은 은행나무 가로수 너머에서 들리는 소리였다. 사이렌 소리는 서서히 커지면서 다가오더니 갑자기 뚝 그쳤다.

"……사고 났나?"

가쿠타도 알아차리고 소리가 들린 방향을 쳐다보았다.

은행나무 틈새로 가드레일이 설치된 찻길이 얼핏 보였다. 긴나미 언덕이다. 긴나미절은 나지막한 야산 위에 있는데, 절의 서쪽으로는 언덕이 길게 이어진다.

긴나미절이라는 이름의 유래는 바로 이 언덕이다.

일찍이 한 고승이 이곳을 방문했을 때, 지역 하천인 '아마쓰세강'이 범람했다. 그런데 갑자기 어디선가 나타난 은색 쥐 떼가 이 언덕을 활용해 마을 사람들을 높은 곳으로 인도해 목숨을 구했다고 한다.

고승은 이것이야말로 부처님의 은혜라며 깊이 감사하는 마음으로 그 고지대에 절을 세웠다. 그리고 당시 쥐 떼가 은색 물결처럼 보였다는 이유로 절에 '긴나미'라는 이름을 붙였다.

덧붙여 긴나미절의 본존은 '성천님'이라는 불교의 신인데, 그 기원은 인도의 신 가네샤다. 쥐는 가네샤의 권속이라고 하니 그런 점도 관계가 있으리라.

이렇듯 유서 깊은 언덕이지만 이제는 완전히 쇠퇴했고 인적도 끊겼다. 듣기로는 후쿠타가 태어나기 전에 새로운 국도가 근처 언덕에 뚫렸다고 한다. 그쪽이 더 안전하고 편리하므로, 사람도 차도 그리로 흡수됐다고 한다.

"하카마다네 가게 근처야. 괜찮을까, 하카마다네 아저씨와 아주머니……."

가쿠타가 걱정스럽게 말했다. 긴나미 언덕의 중턱에 후쿠타네 가족이 애용하는 개인 상점이 있다. 사이렌 소리가 끊긴 후 언덕이 너무나 조용해서 후쿠타도 약간 불안한 기분으로 말을 꺼냈다.

"……둘 중 한 분이 병으로 쓰러진 건 아니겠지?"

"뭐?"

"아저씨나 아주머니 말이야. 두 분 다 연세가 있으시잖아."

"글쎄……. 그럴 수도 있겠지만 좀 전에 뭔가 쿵 부딪히는 듯한 소리를 들었어. 어렴풋이 들려서 별로 신경 쓰지 않았지만."

"그럼 역시 교통사고인가? ……그렇다면 또 이상한 소문이 돌겠네."

"이상한 소문?"

"벚꽃 유령 말이야. 긴나미 언덕에서 또 사고가 났다며 신나게 호들갑 떠는 사람들이 나타날 것 같아."

"아아⋯⋯."

폐가나 폐쇄된 터널에 괴담이 생기는 것과 마찬가지로 쇠퇴한 긴나미 언덕에도 으스스한 소문이 돌았다. '긴나미 언덕의 벚꽃 유령' 이야기다. 매년 벚꽃 피는 계절이 되면 이 언덕에 여자 유령이 나타나는데, 미모로 남자의 시선을 끌어 교통사고를 일으킨다는 내용이다. 하지만 이쪽은 최근에 막 도시 전설이 돌기 시작한지라 긴나미절처럼 오래된 사연은 없었다(언덕의 벚나무도 심은 지 몇십 년은 됐지만, 절은 자동차도 없던 시대에 생겼다).

유령 이야기가 나온 김에 동생의 얼굴을 가만히 들여다보고 있으니, 가쿠타가 시선을 알아차리고는 불쾌한 듯 이맛살을 찌푸렸다.

"왜?"

"아니, 반응이 둔하구나 싶어서."

"둔하다니?"

"너 이런 유의 이야기라면 질색하잖아."

"뭐? 내가 몇 살이라고 생각하는 거야?" 가쿠타는 이맛살을 더욱 찌푸리며 말했다. "긴나미 언덕에서 사고가 많이 발생하는 이유는 뻔하잖아. 거긴 오르막길이 중간에 잠깐 내리막으로 변해. 오르막에서 가속 페달을 밟은 차가 그대로 내리막에 접어들면서 커브를 제대로 돌지 못해 사고가 나는 거야. 하카마다네 아주머니가 그렇게 설명하지 않았나?"

재미라고는 눈곱만큼도 없는 대답에 후쿠타는 김이 확 샜다. 뭐야, 시시하게. 이 녀석이 막내 료타만 할 때는 밤중에 언덕으로 데려가겠다고 겁만 줘도 울면서 매달렸는데.

"무엇보다 그 유령은 벚꽃 피는 계절에 나온다는 설정이잖아. 벚꽃은 벌써 다 지고 없어. 그것도 분명 벚꽃에 정신이 팔려서 부주의하게 운전하는 사람이 많아서겠지만……. 아무튼 그런 것보다 하카마다네 아저씨와 아주머니를 더 걱정해야지. 지금은 그런 이야기를 할 때가 아니라고, 후쿠타 형."

"어어…… 미안."

그만 사과하는 말이 튀어나왔다. 가쿠타는 "흥" 하고 콧방귀를 뀌더니 다시 니노미야 긴지로 같은 자세로 책을 읽으며 걸음을 옮겼다. 후쿠타는 같이 장난치며 놀던 개에게 제대로 물린 기분이라 의기소침해져서 등을 웅크리고 따라갔다.

새가 지지배배 지저귀는 소리가 들렸다. 사이렌 소리가 사라지고 정적이 한층 깊어진 듯한 산사의 돌계단을 아무 말 없이 동생과 나란히 올랐다.

"……분명 오늘이었지."

갑자기 가쿠타가 중얼거려서 후쿠타는 동생의 얼굴을 슬쩍 훔쳐보며 대답했다.

"……응."

"참 순진했다니까. 엄마를 낫게 해달라면서 넷이 땀을 줄줄 흘리며 계단을 오르내리다니. 그딴 짓을 해본들 병에는 아무 효험도 없을 텐데. 시간만 낭비했어."

긴나미절에는 아무도 모르게 계단을 100번 왕복하며 참배하면 소원이 이루어진다는 전설도 있었다. 이른바 '100번 참배'다. 예전에 어머니가 병으로 입원했을 때 형제끼리 그 의식을 치른 날이 오늘이었음이 생각나서 후쿠타는 이 계단에 들른 것이다.

따라서 가쿠타와 마주친 것은 우연이 아니리라. 덧붙여 어머니가 돌아가신 후로 가쿠타는 신, 부처, 유령을 믿지 않게 됐다. 이 녀석에게 귀염성이 없어진 것도 그 무렵부터 였던가? 후쿠타는 동생의 옆얼굴을 바라보며 생각했다.

"……그런데 말이야, 가쿠타."

"왜?"

"뭐 읽는 거야? 교과서? 소설?"

"만화."

만화였나. 옆에서 힐끗 들여다보니 후쿠타도 잘 아는 인기 소년 만화의 캐릭터가 눈에 들어와 조금 안심했다. 이녀석도 일단 남들만큼 오락을 즐기는 마음을 갖추고 있다는 뜻인가.

"그거, 《명탐정 코난》신간? 다 보면 빌려주라."

"상관은 없는데 후쿠타 형한테는 좀 따분할 거야." 가쿠타가 겉표지를 벗기고 안쪽 표지를 살짝 보여주었다. "이거, 코난 에피소드로 역사를 알려주는 학습 만화거든. 도서실에 있길래 한번 훑어봤는데, 이번 중간고사 범위가 딱 알맞게 정리돼 있더라고. 지금 통째로 외우는 중이야."

후쿠타는 걸음을 멈췄다. 가쿠타는 다시 겉표지를 씌우고는 아무렇지도 않은 표정으로 다시 계단을 올라갔다.

등을 곧게 편 가쿠타의 뒷모습을 바라보며 후쿠타는 한숨을 푹 내쉬었다.

이 녀석, 역시 니노미야 긴지로였네.

가쿠타와 함께 맨션의 집으로 돌아오자 문 앞에 누군가
서 있었다. 숱이 많은 갈색 머리에 무릎길이의 체크무늬 원
피스. 발에는 세련된 샌들을 신었지만, 팔에는 곧 소풍이라
도 갈 것처럼 천을 씌운 바구니가 걸려 있었다.

지구사 씨였다.

근처 여대에 다니는 대학생. 가쿠타가 다니는 학원의 아
르바이트 강사이기도 하다.

"가쿠타, ……아, 후쿠타도 왔구나."

뺨에 검지를 댄 채 문과 눈싸움을 벌이고 있던 지구사는
후쿠타와 가쿠타를 보자 친근한 웃음을 지었다. 그 졸린 듯
한 쌍까풀 진 눈을 보자 후쿠타는 가슴이 쿵쿵 뛰었다. 하
지만 자기 이름을 동생 이름보다 나중에 불렀다는 사실, 그
리고 이름을 떠올리는 데 시간이 좀 걸렸다는 사실에 씁쓸
함이 가슴속에 퍼져나갔다.

"안녕하세요, 다케미야 선생님."

가쿠타가 한순간 의아한 표정을 지으면서도 예의 바르
게 고개를 숙였다.

"저희 집에 무슨 볼일이라도 있으세요?"

"응? 아아, 응. 잠깐만."

지구사는 정신이 번쩍 든 것처럼 바구니 속을 부스럭부

스럭 뒤지더니 가느다란 필기구를 꺼냈다.

"자, 이거 가쿠타 거지? 학원에 놔두고 갔더라."

샤프였다. 샤프심이 나오도록 누르는 꽁지 부분이 작은 지구본 모양이다. 가쿠타는 샤프를 안경 너머로 빤히 바라보다가 아아, 하고 약간 어처구니없다는 표정을 지었다.

"네, 제 거네요. 일부러 집까지 가져다주셔서 감사합니다."

"천만의 말씀. 평소 특이한 샤프를 가지고 다니는구나 생각했어서 누구 건지 금방 알아차렸지. 그런데 그게, 별건 아니지만…… 이거도 같이."

바구니의 천을 살짝 들췄다. 식욕을 돋우는 좋은 냄새가 훅 풍겼다. 달콤한 버터에 볶은 양파와 구운 고기 냄새가 뒤섞인 냄새.

"……이게 뭔데요?"

"셰퍼드 파이."

"셰퍼드……?"

"기억 안 나? 왜, 작년 여름철 강습 때 영어 문제에 나왔잖아. 그때 셰퍼드 파이가 어떤 요리인지 잘 모르는 아이가 있었는데, 내가 설명을 잘 못하니까 가쿠타가 대신 설명해줬어. 어머니가 자주 만들어준 추억의 요리라고……."

가쿠타의 얼굴이 흐려졌다.

"아아, 그러고 보니 그런 이야기를 했던 거 같기도 하네요."

"그때 어쩐지 가슴이 뭉클하더라고. 그래서 만들어 왔지. 내 전공이 식품영양학이잖아. 맛이야 물론 너희 형 솜씨를 못 당하겠지만. 대신에 영양 면에서는 완벽해. 프로의 맛보다 어머니의 맛을 지향했답니다. 농담이야."

지구사는 새하얀 뺨을 발그스름하게 물들이며 성난 파도처럼 빠르게 말을 쏟아냈다. 열심히 변명하는 그 모습을 보고 있으니 귀엽다는 생각이 불쑥 고개를 들었다. 지구사는 익숙지 않은 농담을 꺼낼 만큼 들뜬 듯했다.

기관총을 쏘듯 날아들던 말의 총알이 멈췄다. 지구사는 눈을 감고서 후우 심호흡을 한 다음, 벚꽃색으로 달아오른 얼굴에 손부채질을 하면서 현관문을 바라보았다.

"그런데…… 형은 안 계셔? 아까부터 초인종을 눌렀는데 아무도 안 나와서. 가게는 오늘 쉬는 날이라고 들었는데."

"형이요? 형이라면 분명 아직 집에서 자고——"

후쿠타가 대답하려는데 가쿠타가 정강이를 세게 걷어찼다. 악 소리를 지르고 인상을 찡그린 틈에 가쿠타가 옆에서 말을 가로챘다.

"겐타 형은 오늘 놀러 갔어요. 밤에야 들어올 거예요."

"앗, 그렇구나. 데이트?"

"글쎄요, 그것까지는 저도 잘⋯⋯."

"그래? 그렇겠지. 가족이라도 사생활이 있으니⋯⋯. 하지만 겐타 씨는 지금 여자 친구가 없다고 했으니까 동네 친구려나. 겐타 씨는 긴나미 고등학교 다녔지? 거기는 남고라고 들었는데, 맞아?"

"네."

눈앞에 그 학교 교복을 입은 남학생이 있는데요, 하고 농담조로 답할까 싶었지만 그 후의 비참한 기분이 상상돼서 그만뒀다. 가쿠타는 끝날 줄 모르는 지구사의 말을 막으려는 듯 앞으로 나서서 바구니를 받아 들고 가만히 들여다보았다.

"이걸 겐타 형에게 주면 되는 거죠?"

"응." 지구사는 순순히 고개를 끄덕였다가 허둥지둥 말을 바꿨다. "아. 음, 그게 아니라, 가쿠타가 꼭 먹어주면 좋겠어. 나한테도 동생이 있는데 입이 참 짧은 아이라 감상을 들어도 도움이 안 되거든. 물론 겐타 씨가 프로의 의견을 들려주신다면 아주 도움이 되겠지만⋯⋯. 아, 하지만 만약 입에 안 맞으면 버려도 괜찮아."

"알았어요. 겐타 형이 감상을 들려주면 다음번에 알려 드릴게요."

"고마워. 그럼 이제 가볼게."

이제 한계라는 듯이 지구사는 몸을 휙 돌렸다. "아, 그릇은 언제 돌려드리면——"하고 가쿠타가 물었지만, 그 말도 귀에 들어오지 않는지 재빨리 계단을 뛰어 내려갔다. 또각또각 딱따기를 맞부딪치는 듯한 발소리가 후쿠타의 귀를 가볍게 때렸다.

2층 난간 너머로 내려다보자 맨션 부지의 정문으로 달려가는 지구사의 머리가 보였다. 완전히 기습이구나 싶어서 쓴웃음이 나왔다. 지은 지 40년은 넘었을 이 오래된 맨션의 공동 현관에 자동 잠금장치 같은 첨단 문물은 존재하지 않는다. 그래서 방문하기 쉬울 것이라 생각했으리라.

잠시 후 돌아보니 가쿠타가 흥미롭다는 표정으로 후쿠타를 지켜보고 있었다.

"……뭐야?"

"아니, 그냥……. 참 애통하시겠습니다."

가쿠타는 어쩐지 의미심장한 웃음을 지으며 현관문 열쇠 구멍에 열쇠를 꽂았다. "겐타 형. 안에 있지?"하고 소리치며 되바라진 동생이 집으로 들어갔다. 뒤따라가면서 후쿠타는 뺨 근육을 약간 일그러뜨렸다. 넌 이런 점이 제일 짜증 나, 이 자식아.

빨래는 잘 말랐다. 귀가 후 느긋하게 옷을 갈아입고 베란다로 향한 후쿠타는 햇빛 냄새가 나는 형제의 옷을 걷으면서 화창한 5월 하늘을 바라보았다.

맨션 베란다에서는 신록이 넘실거리는 긴나미절의 묘지가 보인다.

고지대에 자리한 이 맨션은 긴나미 언덕을 오르면 나오는 절 뒤쪽에 있다. 만약 자기가 죽으면 저기에 무덤을 만들어달라는 것이 어머니가 자주 하던 자학적인 농담이었다. 그러면 매일 가족들이 제대로 생활하고 있는지 감시할 수 있지 않겠느냐고. 본인이야 평소처럼 가족들에게 농으로 던진 말이었겠지만, 이제는 결코 웃을 수 없는 농담이 되었다. 말이 씨가 된다는 속담을 믿는 것은 아니지만, 경솔히 툭 말을 뱉는 그 성격만큼은 어떻게 해주었으면 했다.

마른빨래를 안고 거실로 돌아오자 소파 위에서 이불 뭉치가 꿈틀했다.

후쿠타는 장난기가 발동해 걷어 온 옷가지를 이불 뭉치 위에 풀썩 내던졌다.

옷 더미가 무너지고 그 속에서 웬 미남이 떨떠름한 표정으로 몸을 일으켰다.

"안녕, 형."

후쿠타의 형이자 후쿠타네 가족의 맏이인 겐타다.

나이는 스물네 살. 긴나미 고등학교를 거쳐 조리사 학교를 졸업한 후 요리사를 목표로 몇몇 가게에서 실력을 쌓았으며, 현재는 지역에서 인기 있는 캐주얼 프렌치 레스토랑 '외르 드 보뇌르', 발음하려다 혀를 깨물 듯한 이름의 식당 주방에서 일하고 있다. 요식업 현장은 일이 혹독한지 휴일은 늘 이런 식으로 보낸다.

"……지금 몇 시야?"

눈부시다는 듯 눈을 가늘게 뜨고 머리를 쓸어 올렸다. 한순간 선이 가는 얼굴이 눈에 들어오자 같은 남자인 후쿠타도 가슴이 약간 덜컥했다. 어머니를 닮은 얼굴이다.

"오후 4시가 넘었어. 그래도 그렇지, 너무 많이 자는 거 아니야?"

"벌써 그렇게 됐나. 글렀네, 정찰하러 가려고 했는데……."

"정찰이라니?"

"하세가와 씨한테 들었는데, 옆 동네에 점심 특별 메뉴가 맛있는 프렌치 레스토랑이 생겼대. 그래서 맛을 보고 올 생각이었거든."

쉬는 날인데도 요리 연구에 여념이 없다. 덧붙여, 하세가와는 긴나미 상점가에서 악기점을 운영하는 싱글맘이다. 겐타는 잘생긴 외모 때문인지 상점가에 알고 지내는 여성이 무척 많다(어머니가 쌓은 인맥을 물려받기도 했지만).

겐타가 기지개를 켜고 소파에서 일어섰다. 막 깨어나서 머리가 부스스하게 헝클어졌지만, 행동거지 하나하나가 그림이다. 그 모습을 보자 새삼 '겐타'라는 이름이 참 안 어울리는구나 싶었다. 형에게는 그런 투박한 이름이 아니라 '쇼'나 '에이지'처럼 좀 더 세련되게 느껴지는 이름이 어울리지 않을까.

후쿠타를 비롯한 형제들의 이름은 어머니가 지었다.

어머니 레이는 그림책과 동화를 좋아해서 즐겨 읽다가 그림책 작가까지 됐을 정도다. 아이들의 이름도 당연히 그 취미와 관련이 있는데 밑바탕은 옛날에 애니메이션으로도 제작된 동화 '감바의 모험', 정식 명칭으로는《모험자들: 감바와 열다섯의 동료》에 나오는 생쥐 캐릭터들이다. 주인공 감바, 그의 절친한 친구인 만푸쿠, 참모 가쿠샤, 힘세고 정이 많은 요이쇼. 그 이름에서 일부를 따와서 고구레

일가의 사형제에게 차례대로 '겐타(元太)', '후쿠타(福太)', '가쿠타(學太)', '료타(良太)'라는 이름을 붙였다.

겐타에게는 원래 '힘내다'라는 단어의 '완(頑)'이나 바위를 뜻하는 '암(岩)'을 붙여서 '간타'라는 이름을 지어주려 했다고 한다. 하지만 그래서는 이름이 너무 나서서 주장하는 느낌이라며 상식적인 사람인 아버지가 반대했으므로, '頑'의 일부를 따서 '元'으로 하고, 읽는 법도 한자에 맞춰 '겐'으로 바꾸었다고 들었다.

간타였으면 얼굴이랑 더 안 어울려서 재미있었을 텐데. 후쿠타는 비뚤어진 마음으로 아쉬워했다.

"아, 일어났어? 그럼 겐타 형도 셰퍼드 파이 먹을래?"

가쿠타가 오븐 장갑을 벗어서 주방 카운터에 내려놓으며 말했다. 식사 공간 겸 다용도로 쓰는 식탁에는 김이 피어오르는 파이 접시가 놓여 있었다. 아까 지구사가 가져온 선물을 전자레인지에 돌린 모양이었다.

겐타가 하품을 씹어 삼키며 파이 접시를 들여다보았다.

"이건 웬 거야?"

"다케미야 선생님이 주고 갔어. 형이 맛을 좀 봐주면 좋겠대. 선생님도 불쌍하다. 형을 만나고 싶어서 일부러 이런 요리까지 만들어 왔는데 결국 못 만났네."

"아아……. 그 사람 왔었구나. 미안. 자느라 몰랐어."

거짓말하고 있네. 후쿠타는 복잡한 심경으로 흘려들었다. 겐타에게 직접 들은 건 아니지만, 아무래도 요즘 지구사는 겐타가 일하는 가게에 연일 드나드는 등 공세에 나선 듯하다. 손님이라 함부로 대할 수도 없는 데다 괜한 말썽이 생길까 봐 두려워서 사적으로 만나기를 피했다는 것이 본심이리라.

식탁에 늘어놓은 앞접시를 보고 겐타가 고개를 갸웃했다.

"세 개네? 료타 건?"

"아직 집에 안 왔어."

"안 왔다고? 4시가 넘었는데?"

"어차피 또 중간에 친구들 만나서 축구라도 하는 거겠지. 오늘도 축구공 가져갔거든. 걱정 마. 료타 몫은 따로 빼둘게. 저녁 먹을 때 같이 주지, 뭐."

누가 먼저랄 것도 없이 자리에 앉았다. 어머니가 온 가족이 함께 식사하는 걸 중시했기 때문인지, 뭐든 형제가 모여서 함께 먹는 습관이 들었다. 형제들에게 이 정도 양은 한 끼 식사는커녕 간식 수준이지만.

"잘 먹겠습니다" 하며 셋이 손을 모았다. 셰퍼드 파이는 그 이름과 달리 파이 생지를 사용한 요리가 아니다. 으깬 감자로 덮은 다진 고기라고 해야 맞으려나. 포크로 뜨자 볶은 양파와 토마토소스의 맛있는 냄새가 풍겨서 입안에 절로 침이 고였다.

하지만 한 입 먹는 순간, 기대를 저버리는 맛이 혀에 번졌다.

"욱! 내 입에는 안 맞아."

가쿠타가 인상을 쓰며 앞접시에 남은 셰퍼드 파이를 원망스럽게 바라보다가 천천히 의자에서 내려와 앞접시를 들고 싱크대로 향했다.

후쿠타는 당황해서 불러 세웠다.

"잠깐, 가쿠타. 어쩌려고?"

"어쩌긴 뭘 어째? 폐기 처분해야지. 선생님도 입에 맞지 않으면 버려도 된다고 했잖아."

"인마, 그렇다고 진짜로 버리면 어떻게 해?"

"그럼 후쿠타 형이 먹을래? 기꺼이 양보할게."

그러자 잠자코 셰퍼드 파이를 씹고 있던 겐타가 포크를 내려놓고 불쑥 말했다.

"……이거 양고기 누린내로군."

"양고기?" 가쿠타가 한쪽 눈썹을 치켜올렸다. "왜 굳이 그렇게 별난 고기를……. 그냥 소고기를 갈아서 쓰면 될걸."

"본고장의 조리법을 참고했겠지. 셰퍼드 파이는 원래 '양치기의 파이'라는 뜻의 영국 요리니까. 구운 새끼 양고기의 자투리를 사용하는 게 진짜 셰퍼드 파이고, 다른 고기를 쓴 건 코티지 파이라는 설도 있어. 예전 가게에서 일하던 영국인은 본국에서 그런 걸 신경 쓰는 사람은 아무도 없다며 웃었지만……."

겐타는 파이 접시를 바라보더니 뭔가 생각난 것처럼 문득 미소를 지었다.

"노력 많이 했군."

그러고는 일어서서 부엌으로 향했다. 냉장고에서 바질이며 로즈메리 같은 생 허브를 꺼내서 잘게 썬 후 올리브유와 소금, 후추, 각종 양념을 뿌리고 살짝 버무렸다.

"가쿠타, 그 접시 줘봐."

가쿠타의 앞접시를 받아서 파이 표면의 으깬 감자를 걷어내고, 아래 깔린 양고기와 즉석에서 만든 허브 양념을 섞어서 다시 원래대로 되돌렸다.

"이러면 어때?"

가쿠타는 돌려받은 접시를 미심쩍어하는 눈으로 바라보았다. 잠시 냄새를 맡은 후 포크로 파이를 살짝 떼어내서 머뭇머뭇 입에 넣었다. 몇 번 씹더니 눈을 반짝이며 엄지를 세웠다.

"응. 이거라면 먹을 수 있겠어. 역시 겐타 형."

"그렇지?" 하고 겐타는 별것 아니라는 듯 대꾸했다. 그러고는 나머지 파이도 재빨리 똑같은 방법으로 손봤다. 후쿠타도 한 입 먹어보고 싹 바뀐 맛에 감탄했다. 허브 덕분에 양고기 특유의 누린내가 사라졌고, 다진 고기와 치즈의 진한 감칠맛이 혀에 묵직이 전해지면서도 뒷맛은 깔끔했다.

바로 이런 점 때문이야, 형.

후쿠타는 맏형에게 존경과 질투가 뒤섞인 시선을 던졌다. 요리를 만든 상대의 마음을 허투루 하지 않으면서도 약간의 정성을 더해 미진한 요리를 일품요리로 업그레이드한다. 잘생긴 외모뿐 아니라 이런 마음 씀씀이 때문에 주위 사람들이 형을 아끼고 좋아하는 것이리라. 외모뿐 아니라 의외로 남을 잘 챙기는 성격도 어머니에게 물려받았다.

하늘은 모든 걸 다 주지는 않는다더니, 여기 예외가 있네…… . 정말 너무하다니까.

후쿠타는 자조하듯 웃은 뒤, 형 손에서 다시 태어난 요리를 받아서 반쯤 자포자기한 기분으로 덥석덥석 먹었다.

"긴나미 언덕에서 사고가……?"

셰퍼드 파이를 먹고 커피를 마시던 겐타가 놀란 표정으로 말했다.

"응, 아마도." 가쿠타는 겐타에게 질 수 없다는 듯 우유를 적게 탄 카페오레를 마시더니, 인상을 조금 찡그리고 설탕을 넣었다. "뭐, 우리도 직접 현장을 본 건 아니지만."

"'하카마다 상점'은 무사해?"

"모르겠어. 집에 연락 온 건 없었어?"

"그게…… 난 자고 있었으니까. 자동응답기는?"

"저장된 게 없던데. 아까 가게에 전화해봤는데 통화 중이더라고. 별일 없으면 좋겠는데……."

후쿠타는 혼자 싱크대 앞에 서서 파이 접시를 설거지하며 카운터 너머로 두 사람의 이야기를 흘려들었다.

가위바위보에 졌다. 후쿠타네 가족은 식후 설거지 담당을 보통 가위바위보로 정한다. 중간고사 전이니까 한번 봐달라고 요청해도 됐겠지만, 바로 공부할 마음이 들지 않아서 순순히 받아들였다. 어차피 곧 저녁 식사 시간이다. 지금 교과서를 펼쳐봤자 흐름을 탔다 싶을 때 맥이 끊길 것이다.

"긴나미 언덕의 벚꽃 유령이라……."

겐타가 중얼거리면서 거실 벽에 걸린 그림으로 시선을 옮겼다. 은은한 수채화풍 터치로 그려낸 만개한 벚나무 가로수다. 어머니가 생전에 남긴 긴나미 언덕의 스케치였다. 그러고 보니 후쿠타가 아직 어릴 적에, 유령 이야기를 무서워하는 아들들을 안심시키기 위해 어머니가 이야기를 밝게 바꾸어 들려주었는데, 너무 오래전이라 내용은 잊어버렸다.

문득 겐타가 그림 옆에 걸린 벽시계를 보고 미간을 찌푸리며 말했다.

"그나저나 료타가 너무 늦는걸."

"그런가?" 가쿠타가 카페오레를 홀짝이며 건성으로 대답했다. "걔, 최근에 늘 이런데."

"그랬어? 엉뚱한 데 한눈팔지 말고 곧장 집으로 오라고 주의를 줘야겠군. 그리고 긴나미 언덕으로는 다니지 말라고도 해야겠어."

"긴나미 언덕? 그리로는 안 다니겠지. 거긴 초등학교 통학로에서 벗어난 곳이잖아."

"그렇긴 한데……. 저 그림 때문이겠지. 봄이 되면 료타가 가끔 거기를 돌아다니는 모양이야. 그 언덕을 돌아다니면 엄마 유령을 만날 수 있을 것 같다면서."

"뭔 소리야? 변함없이 딸딸하네……. 후쿠타 형은 알고 있었어?"

"아니."

금시초문이었다. 막내는 평소에 전혀 내색하지 않지만, 역시 속으로는 어머니가 그리운 것이리라.

후쿠타는 거실 벽의 선반에 시선을 주었다. 거기에는 어머니의 유품을 진열해놓았다. 손수 제작한 그림책과 그림, 취미로 만들던 수제 액세서리, 즐겨 읽던 동화책과 즐겨 두르던 황록색 숄 같은 물건들 사이에 DVD를 꽂아둔 구역이 있다. 그림책 작가였던 어머니의 소장품답게 대부분이 어린이를 위한 작품들로, 료타는 자주 혼자서 그 DVD를 보곤 했다. 〈감바의 모험〉 같은 일본 애니메이션, 〈토이 스토리〉와 〈니모를 찾아서〉 같은 픽사 작품, 〈토마스와 친구들〉. 개중에는 후쿠타도 잘 모르는, 양이 나와서 축구를 하는 인형극과 토끼가 주인공이지만 어린이용이라고 하기에는 내용이 좀 과격한 무성 애니메이션 같은 작품도 있었다.

그렇게 DVD를 감상하며 돌아가신 어머니와 함께 텔레비전을 보는 기분에 젖는 것이리라. 기억나지 않는 어머니의 자취를 찾으려고 언덕길을 돌아다니는 막내의 모습을 상상하자 가슴이 참으로 먹먹했다.

그런데 료타가 긴나미 언덕을 가끔 오갔다는 건——.

그때 갑자기 구급차 사이렌 소리가 귀에 들어왔다.

한순간 움찔했다. 다른 형제들도 입을 다물었지만, 이윽고 겐타가 천천히 텔레비전 리모컨을 들어서 채널을 바꾸었다. 켜놓은 텔레비전에서 난 소리였다. 후쿠타는 후우 한숨을 쉬며 저도 모르게 어깨를 축 늘어뜨렸다.

"⋯⋯설마 아니겠지."

가쿠타가 카페오레 잔을 내려놓고 나직이 말했다.

그러자마자 마치 노린 듯이 전화벨이 울렸다. 후쿠타는 또 가슴이 철렁 내려앉았다. 집의 유선전화였다. 하지만 아무도 얼른 받으려 하지 않았다. 광고 전화가 많이 와서 이미 등록된 번호거나 상대가 자동응답기에 이름을 대기 전에는 수화기를 들지 않기로 정했던 것이다.

이번에는 등록되지 않은 번호로 걸려 온 전화였다. 말없이 귀를 기울이고 있으니 잠시 후 자동응답기의 응답 메시지가 흘러나오고 발신음이 울린 뒤 남자의 낮은 목소리가 들렸다.

"저⋯⋯ 갑작스레 전화드려서 죄송합니다. 긴나미 경찰서입니다. 가족분과 관련된 일로 연락드렸습니다. 집에 오시면 전화 부탁——"

경찰?

세 사람은 얼굴을 마주 보았다. 머리보다 몸이 먼저 움직였다. 수화기에 제일 가까이 있던 후쿠타가 가장 먼저 달려가서 허둥지둥 전화를 받았다.

"늦게 받아서 죄송합니다. 고구레입니다."

"아아, 고구레 씨. 집에 계셔서 다행입니다. 으음, 아버님 되십니까?"

"아니요. 둘째인데요."

"그렇군요. 부모님은?"

"어머니는 돌아가셔서 안 계세요. 아버지도 해외 파견 중이라 집에는 아이들뿐입니다."

"아아, 그런가요? 이거 실례했습니다. 그럼 형제 중 한 명이 보호자인 셈인가요. 어, 둘째이신——."

"후쿠타요."

"후쿠타 씨, 실은 말이죠. 오늘 오후에 근처 긴나미 언덕에서 교통사고가 발생했는데, 거기서 댁의 료타가——."

"네?"

숨이 턱 막히며 얼굴에서 핏기가 가셨다.

하지만 바로 "앗, 이 녀석이!" 하고 수화기 저편이 소란스러워지더니 갑자기 익숙한 목소리가 냉큼 귀에 들어왔다.

"후쿠타 형아."

막냇동생의 울먹이는 목소리였다.

"료타가 사고 현장에 있었다고?" 가쿠타가 찻잔을 후쿠타에게 건네며 물었다. "다시 말해, 목격자라는 뜻?"

"응.

경찰서에 있던 료타를 집으로 데리고 돌아왔다. 후쿠타는 울다 지친 료타를 침대에 재운 뒤 집을 보고 있던 가쿠타에게 경위를 설명했다. 겐타는 거실 소파에서 태블릿의 무료 통화 앱으로 대만에 있는 아버지에게 이번 일을 알리는 중이었다.

"하지만 사고는 오후 3시쯤에 일어났잖아. 우리가 사이렌 소리를 들었을 무렵에. 경찰도 참, 빨리 연락 좀 해주지."

"그게, 아무래도 녀석이 경찰을 피해서 도망쳐 다닌 모양이야."

"도망쳐 다녔다고? 왜?"

"글쎄. 갑자기 경찰관이 말을 걸어서 놀란 것 아니겠느냐고 경찰서에서는 그러던데……."

경찰의 말에 따르면 료타는 사고의 유일한 목격자다.

현장은 사고가 자주 나기로 악명 높은 긴나미 언덕의 커브 길 부근이다. 고객을 방문하러 가던 부동산 회사의 영업 차량이 과속으로 달리다 운전대를 잘못 조작해 길모퉁이의 '하카마다 상점'을 들이받았다고 한다.

가게 주인의 신고를 받고 근처 파출소에서 경찰관이 출동했을 때, 맞은편 인도에 멍하니 서 있었던 아이가 료타라는 이야기다. 하지만 경찰관 중 한 명이 말을 걸자마자 도망친 탓에 보호하기까지 시간이 걸린 듯하다.

"그런데 하카마다네 아저씨랑 아주머니는? 무사하셔?"

"응. 두 분은 아무 일도 없대. 다만 운전자와 가게가 좀……. 운전자는 즉사. 차가 가게 안까지 들어오지는 않았지만 정면 유리 부분은 완전히 박살 났고 셔터 기둥도 찌그러졌다나."

"심각한걸. 아저씨도 불쌍하다. 몇 년 전에 내진 공사를 하느라 대출한 돈을 갚기도 빠듯하다고 했는데……."

'하카마다 상점'의 사장 부부, 하카마다 히사미쓰와 그의 아내 가요코와는 형제들의 어머니가 살아 있을 적부터 친하게 지낸 사이다.

부모님이 아직 젊었던 시절, 신혼이었던 두 사람은 알짜 구축 맨션을 발견하고 간신히 대출을 받아서 집을 마련했다. 적당한 가격이었다고는 하나 당시 수입으로는 대출금에 쪼들려 생활이 어려웠으므로, 어머니는 쌀집과 채소가게와 친하게 지내두면 여차할 때 외상을 할 수 있다는 선배 그림책 작가의 충고를 진지하게 받아들여 지역 상점가의 여러 가게와 친분을 쌓았다고 한다.

'하카마다 상점'도 그중 하나다. 주류와 쌀 등을 취급하는 가게로, 원래는 긴나미절에 된장과 간장을 도매했다고 한다. 메이지(1868~1912년 동안 일본에서 사용한 연호) 시대부터 이어져온 유서 있는 노포인데, 하카마다 부부에게 자식이 없기도 해서 후쿠타네와는 친척이나 다름없이 지냈다. 어머니가 돌아가신 후에는 가요코가 막내를 잘 챙겨주었으므로, 료타는 지금도 가요코를 친할머니처럼 따른다.

"그나저나 차가 그렇게 세게 들이받았는데 가게 안쪽은 무사했구나. 불행 중 다행이야."

"아니. 충돌의 충격 자체는 별것 아니었대."

"어? 하지만 운전자가 즉사할 만큼 큰 사고였잖아?"

"그건 그렇지만 직접적인 사인은 꼬치래."

"꼬…… 응? 뭐라고?"

"꼬치. 닭꼬치구이에 사용하는 대나무 꼬치 말이야. 운전자가 닭꼬치구이를 먹으면서 운전을 했다나. 그러다 차가 충돌한 순간, 충격으로 터진 에어백이 망치처럼 꼬치를 때려서 목구멍 속에……."

으엑, 하고 가쿠타가 목 앞쪽을 눌렀다.

"그거 참…… 그 사람도 재수가 없었던 거지."

후쿠타도 약간 측은한 마음이 들었다. 불경스러운 생각
이지만 '너무나 불운한 죽음'이라는 순위라도 만들면 분
명히 상위에 오를 만한 죽음이다. 훗날 운전면허를 따도 운
전 중에는 절대로 꼬치구이를 먹지 않겠다고 속으로 굳게
다짐했다.

"근데…… 료타가 경찰에게 이상한 소리를 한 모양이야."

"이상한 소리라니?"

"사고가 난 후에 조수석에서 누가 나오는 걸 봤대. 하기
야 료타는 가게 반대쪽 인도에 서 있었으니까 그 위치에서
는 차체에 가려서 조수석 쪽이 보이지 않았겠지. 그러니 정
확하게는 차 지붕 너머로 검은 머리 같은 것이 보였다는 뜻
인가 봐."

"조수석에서 사람이?"

가쿠타가 고개를 갸우뚱했다.

"동승자가 있었다는 거야?"

"몰라. 그걸 보고 놀란 료타가 축구공을 떨어뜨렸는데,
공을 주우러 다녀온 사이에 사람은 사라지고 없었대.

다만 차 안에는 맥주 냄새가 남아 있었다고 해. 그래서 경찰은 동승자가 음주 운전으로 체포될까 봐 겁나서 현장에서 달아난 것 아닐까 하는 견해를 내놨어. 일단 지금은 조사 중."

"흐음."

가쿠타가 늙은이처럼 등을 웅크리고 차를 홀짝 마셨다. 그러고는 김 때문에 안경이 뿌옇게 흐려진 상태로 잠시 잠자코 있다가 갑자기 씩 웃었다.

"저기, 후쿠타 형."

"왜?"

"혹시 료타, 벚꽃 유령이라도 본 걸까?"

"벚꽃 철이 아니잖아."

쌀쌀맞게 대꾸했다. 가쿠타가 깔깔 웃었다.

"아, 맞다. 그 설정이 있었지. ……글쎄, 료타가 쓸데없이 거짓말을 하지는 않을 테니 개가 봤다면 정말로 동승자가 있었던 것 아닐까? 어쨌거나 이제부터는 경찰이 알아서 할 일이니까 뭐가 어찌 됐든 우리하고는 상관없지."

가쿠타는 무덤덤하게 말하더니 갑자기 생각난 것처럼 벽시계를 바라보고 후쿠타의 표정을 힐끗 살폈다.

"그런데 후쿠타 형, 시험공부는?"

"이제 할 거야."

료타의 상태가 이상하다.

가쿠타가 그렇게 알린 것은 사고 다음 날이었다.

저녁을 먹은 후 시험공부를 할 의욕이 나지 않아서 거실 소파에 드러누워 미적미적 스마트폰을 만지작거리고 있는데, 빨래를 마친 가쿠타가 "후쿠타 형, 잠깐 괜찮아?" 하고 말을 걸었다. 공부 안 할 거면 집안일이라도 도우라는 둥 잔소리가 날아올 줄 알았는데, 뜻밖에도 셋째는 진지하게 상담을 요청했다.

"어제부터 료타가 이상해."

가쿠타는 아직 음식이 남아 있는 식탁을 걱정스레 바라보며 말했다.

"나랑 눈도 별로 안 마주치고 기어들어가는 목소리더라고. 그리고 봐, 저녁도 이렇게 남겼잖아."

오늘 저녁의 주요리는 겐타가 출근하기 전에 준비해둔 양꼬치구이였다. 발음하다가 혀를 깨물 듯한, 아로스 어쩌고 하는 이름의 이탈리아 요리로, 후쿠타가 동아리 친구와 가끔 가는 패밀리 레스토랑에도 이 메뉴가 있다. 아무래도 지구사의 '셰퍼드 파이'가 겐타의 창작욕에 불을 지핀 듯,

그 후로 겐타는 냉동실 안쪽에 잠들어 있던 새끼 양고기를 꺼내서 저녁 반찬을 만들어주었다. 향신료가 잘 배어 후쿠타는 맛있게 먹었지만, 료타의 접시를 보니 꼬치에 고기가 반쯤 남아 있었다.

"양고기가 입에 안 맞은 거 아닐까?"

"걔 입맛은 그렇게 고급이 아니야. 전에 겐타 형이 지비에(프랑스어로 '사냥한 야생동물의 고기'를 뜻한다) 요리를 만들었을 때도 끝까지 사슴 고기인 줄 모르고 싹 다 먹어치웠잖아. 걔는 혀가 둔해."

"뭐, 나야 그래서 다행이지만. 너처럼 내 요리에 불평하지 않으니까."

"후쿠타 형이 만드는 요리는 맛보다 영양가에 문제가 있지. 무슨 요리든 방울토마토나 오이만 곁들이면 되는 게 아니라고. 그러나저러나 료타가 좀 이상해. 오늘은 급식으로 나온 빵까지 먹지 않고 가져왔다니까. 게다가 어젯밤엔 가위에 눌린 것 같던데……."

"료타가…… 가위에 눌렸다고?"

"응."

가쿠타와 료타는 2층 침대 위층과 아래층에서 잔다. 아버지가 해외 파견 중이라 맨션의 방 세 개를 형제끼리 나누어서 쓰고 있다. 원래 부모님 침실이었던 방은 겐타, 제일 작은 2.5평짜리 방은 후쿠타, 나머지 3평짜리 방을 가쿠타 와 료타가 함께 사용하는 식이다.

"녀석이 악몽을 꾸다니 상상이 안 되는데."

"나도 동감. 이건 그냥 내 감인데…… 료타가 사고와 관련해 우리에게 뭔가 감추고 있는 것 아닐까?"

"료타가 뭔가를 숨긴다고? 설마."

후쿠타는 반사적으로 부정했다. 료타는 속마음이 얼굴에 솔직하게 드러나는 성격이라, 아직 초등학생이라는 점을 감안하더라도 거짓말에 서툰 편이다. 또한 형인 자신을 닮아 말주변이 없는 데다 가쿠타처럼 머리 회전이 빠르지도 않다.

게다가 녀석에게는 엄마의…….

"설마는 무슨. 료타도 이제 초등학교 2학년인데."

"하지만…… 료타의 '료(良)'는 양심의 '양'이잖아?"

"그야 그렇지만." 가쿠타가 한순간 그리움 섞인 눈빛을 지었다. "성격이 꼭 이름을 따라가는 것도 아닌걸. 료타가 엄마의 '탄생 카드'를 마음의 지지대로 삼는 건 사실이지만, 개도 언제까지나 어린애는 아니야. 거짓말도 늘겠지."

어머니 레이는 출산할 때마다 아이에게 보내는 카드를

만들었다.

그것이 '탄생 카드'다. 청첩장처럼 삼등분으로 접히는 카드인데, 그림책 작가답게 디자인에 공을 들였다.

그러나 무엇보다 개성적인 것은 그 내용이리라. 먼저 '이 세상에 온 것을 환영한다'라는 장대한 인사말로 시작해, 고된 임신 생활, 출산의 고통, 건강한 아이를 낳기 위해 자신이 얼마나 몸 관리에 힘썼는지 등등 고생담을 생색내듯이 줄줄 늘어놓는다.

그다음엔 갓 태어난 아이에게 보내는 축사에는 어울리지 않게도 먹고살기 힘든 세상에 대한 원망과 불평이 이어진다. 그러고 나서는 이런 세상에 낳아서 미안하다는 사죄문이 나오고, 그래도 태어나주어서 고맙고 자기 나름대로 열심히 지키고 키우겠다는 결연한 다짐과 험난한 세상일지라도 꽤 재미있게 살 수 있다고 다독이는 위로의 말을 거쳐, 마지막으로 아이에게 지어준 이름의 유래와 한자에 담긴 의미를 설명하는 것으로 탄생 카드는 끝난다.

료타의 료는 양심의 양. 비겁하고 치사한 짓은 하지 않는다. 곤란해하는 사람을 보면 도와준다. 자신의 마음에 부끄럽지 않게 살아간다.

그런 메시지가 담겨 있었다고 기억한다.

어머니는 료타가 한 살 때 돌아가셨으므로, 료타는 사형제 가운데 유일하게 어머니에 관한 기억이 없다. 따라서 료타에게는 그 카드가 어머니나 마찬가지고, 거기에 적힌 말을 누구보다도 소중히 받아들였을 것이다.

"료타가 사고에 대해 거짓말로 증언했다는 거야?"

"모르겠어. 하지만 호기심이 강한 료타가 사고 현장에서 사라진 사람을 찾아보려고 하지도 않고 그냥 넘어가다니, 좀 부자연스러워."

"실은 그 사람이 누군지 알고서 감싸고 있다는 뜻?"

"그럴 수도 있겠지."

가쿠타의 표정이 흐려졌다.

"모르겠어. 어쩌면 다른 이유일지도. 아무튼 그 사고 때문에 료타가 이상해진 건 틀림없어. 그래서 사고를 한번 제대로 복기해보려고. 후쿠타 형도 함께해주지 않을래? 어차피 지금은 배가 불러서 공부할 마음도 없잖아?"

과연 친동생답게 잘 알고 계신다. 후쿠타는 두말없이 동의했다. 재빨리 식탁으로 가서 료타가 남긴 음식을 옆으로 치우고, 둘이 나란히 앉아 사건을 다시 검토해보기로 했다.

말은 그렇지만 특별히 새로운 정보가 있는 것도 아니다.

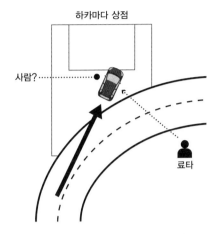

하카마다 상점

사람?

료타

사건의 개요는 어제 가쿠타에게 설명한 대로다.

어제 오후 3시경, 부동산 회사의 영업 차량이 긴나미 언덕을 올라가다가 오른쪽으로 급커브를 도는 길에서 운전대를 잘못 조작해 길모퉁이에 있는 '하카마다 상점'에 충돌했다. 충돌의 충격 자체는 크지 않았지만, 부풀어 오른 에어백이 운전자가 먹고 있던 닭꼬치구이를 강타해 꼬치가 목구멍에 박혀서 운전자는 사망했다. 가게에 손님이 없었으므로 다른 사상자는 나오지 않았다. 차가 셔터 기둥을 박은 후 멈춰서 가게 건물도 정면 유리 부분이 부서졌을 뿐 내부는 무사했다.

그때 하교 중이던 료타는 현장 근처에 있다가 사고 차량의 조수석에서 누군가 나오는 모습을 목격했다. 다만 료타는 놀라서 축구공을 떨어뜨렸고, 공을 주워서 돌아오니 그 사람은 이미 사라지고 없었다고 한다(그림 '료타가 목격한 상황' 참조).

한편 경찰이 출동했을 때, 차 안에서 맥주 냄새가 풍겼다고 한다. 그러나 차 안에는 빈 무알콜 맥주 캔밖에 남아 있지 않아서, 음주 운전인지 아닌지는 사망한 운전자의 혈중 알코올 농도를 조사해봐야 알아낼 수 있다는 이야기였다.

가쿠타는 준비한 노트에 후쿠타의 설명을 메모하며 고민스럽다는 듯 고개를 갸웃했다.

"사고를 목격한 사람은 정말로 료타 혼자야?"

"응, 그런가 봐. 원래 그 언덕은 지나다니는 사람이 별로 없으니까."

"사고 차량은 왜 그 길을?"

"고객의 집으로 가는 길이었던 것 같아. 사고가 난 시각은 운전자가 가지고 있었던 스마트폰으로 확인할 수 있었대. 회사가 관리용 앱을 깔게 했는데, 그 GPS 기록에 따르면 2시 59분부터 3시 정각 사이에 사고 현장에서 움직임이 멈췄다나 봐."

"회사에 그렇게까지 관리당하는 건 별론데" 하고 가쿠타는 투덜거리며 메모를 들여다보았다. "하카마다네 아저씨와 아주머니는 사고 당시 어디에 계셨어?"

"아저씨는 1층 안쪽 방에서 장부를 정리하고 계셨고 아주머니는 배달을 나가서 안 계셨대. 아저씨는 사고가 나는 소리를 듣고 가게로 돌아왔지만, 충돌하면서 가게 자동문이 망가진 바람에 밖으로 나갈 수 없었다는 모양이야. 문유리 너머로 본 바로는 조수석에 아무도 없었고."

"흐음. 그렇다면 그 누군가는 그 사이에 도망친 건가?" 가쿠타가 안경에 손을 댔다. "시간순으로 좀 정리해볼까. 일단 제일 먼저 료타가 사고 순간을 목격했고, 그 후에 조수석에서 누군가가 나오는 모습을 봤어. 그다음, 료타가 놀라서 떨어뜨린 축구공을 주워서 돌아오고 하카마다 아저씨가 가게로 나오는 사이에 그 수수께끼의 인물은 현장에서 사라졌다……."

"음…… 그 부분도 좀 애매모호해."

"그 부분이라니?"

"료타가 사고 순간을 목격했다는 부분." 후쿠타는 팔짱을 끼고 말했다. "본인도 기억에 혼란이 있는 것 같아. 료타는 알고 보니 사고가 일어났다고 했지, 충돌하는 장면을 확실히 봤다고 하지는 않았거든."

"흐음······?"

가쿠타가 볼펜 꽁무니를 아랫입술에 꾹 댔다.

"사고가 발생한 순간부터 사고가 났다는 사실을 료타가 알아차리기까지 미묘한 시간 차가 있다는 뜻? 어떻게 된 걸까. 뭐, 단순히 놀라서 기억이 날아간 걸지도 모르지만."

후쿠타는 막냇동생이 틀어박힌 방을 바라본 후 약간 목소리를 낮춰서 말했다.

"저 녀석, 역시 도망친 사람을 감싸고 있는 걸까?"

"글쎄. 나도 한순간 그런 생각이 들었지만, 그 사람을 감쌀 작정이라면 애초에 '아무것도 못 봤다'고 하면 끝날 일이야. 게다가 찻길 반대쪽에서 자동차 지붕 너머로 봤잖아? 그럼 어차피 생김새를 자세하게는 모를 텐데."

가쿠타의 말에 "그것도 그러네" 하고 동의했다. 사고 목격자는 료타뿐이니까 뭔가 감추고 싶다면 굳이 제 입으로 말을 꺼낼 필요가 없다. 반대로 솔직히 털어놓았다면 그 사람의 정체만 애매하게 감추는 것도 의아한 일이다. 이건 료타가 본 대로 설명했다고 있는 그대로 받아들여야 하리라.

"그러고 보니."

가쿠타가 식탁 구석으로 눈을 돌려 료타가 먹다 남긴 양꼬치구이 접시를 보며 물었다.

"경찰은 어떻게 그 꼬치가 '닭꼬치구이'인 줄 알았어? 다른 요리에도 꼬치를 많이 사용하잖아. 경단 꼬치나 프랑크푸르트 소시지 꼬치처럼."

사소한 점을 걸고넘어지기는. 후쿠타는 미간을 찡그리고 랩을 씌운 양꼬치구이 접시를 바라보며 생각했다.

"글쎄. 차 안에 닭꼬치구이를 담은 플라스틱 팩이라도 남아 있었나⋯⋯. 아아, 그러고 보니 그 경찰관이 꼬치에 닭고기가 남아 있었다고 했었지."

"뭐라고?"

"목구멍에 박힌 꼬치에 양념을 바른 닭넓적다리 살이 한 조각 남아 있었대. 교통과 사람이 설명해줬는데, 교통사고가 얼마나 무서운지 경각심을 일깨우려는 건지 운전자가 죽은 상황을 그림으로 그려가며 아주 실감 나게──"

"잠깐만, 후쿠타 형."

가쿠타가 끼어들었다.

"방금 꼬치에 양념을 바른 닭넓적다리 살이 한 조각 남아 있었다고 했어?"

가쿠타는 형광등 불빛이 비쳐서 번쩍거리는 안경 속 눈으로 후쿠타를 보았다.

"두 조각이 아니라?"

날카로운 말투에 후쿠타는 그만 우물쭈물했다.

"어, 그러니까…… 마지막 한 조각을 마저 못 먹어서 피해자도 참 원통했겠다고 경찰 아저씨가 그랬거든. 그러고 보니 너, 닭꼬치구이는 소금파였던가? 난 양념파인데 그 이야기를 들은 후로 어쩐지 양념구이는 못 먹을 것 같아서——"

"그런 건 아무래도 상관없어."

가쿠타가 들뜬 어조로 말을 막았다.

"문제는 맛이 아니라 고기. 닭꼬치구이는 보통 꼬치에 닭고기를 네다섯 조각쯤 꽂잖아. 그게 하나밖에 남아 있지 않았다면, 당시 운전자는 밑에서 두 번째 고기까지 먹었다는 뜻이야. 즉, 이런 상태지."

가쿠타는 접시에 손을 뻗어 랩을 벗기고 먹다 남은 양꼬치구이를 집었다. 랩을 대고 고기를 빼내서 꼬치 밑동에 고기를 한 조각만 남긴 후, 후쿠타에게 보여주었다.

"후쿠타 형이라면 이걸 어떻게 먹을 거야?"

"어떻게라니, 그야 옆으로 물고."

후쿠타는 흠칫 놀라서 도중에 말을 멈췄다. 가쿠타가 고개를 끄덕였다.

"그래. 그렇게 먹으면 꼬치 끝부분은 목구멍 쪽으로 향하지 않아. 꼬치를 측면에서 물고, 옆으로 빼낼 테니까. 하지만 실제로는 꼬치가 운전자의 목구멍을 향해 똑바로 박혔어. 대체 어떻게 된 걸까?"

후쿠타는 가쿠타에게 양꼬치구이를 받아서 빤히 바라보았다. 확실히…… 옳은 말이다. 첫 번째나 두 번째 고기라면 모를까 밑동에 있는 고기는 보통 꼬치 끝부분을 입에 넣어서 먹지 않는다.

가쿠타가 자리에서 벌떡 일어나 팔짱을 낀 채 음, 하고 모기 소리 같은 소리를 내며 거실을 이리저리 돌아다녔다.

잠시 후 밤이라 유리창에 비치는 자신의 옆얼굴을 보고 갑자기 발을 멈췄다.

"그래…… 방향이구나."

"방향?"

"얼굴 방향. 닭꼬치구이를 먹을 때의 얼굴 방향이 달랐어."

식탁으로 돌아온 가쿠타가 후쿠타의 손에서 양꼬치구이를 낚아채 자리에 앉았다. 왼손으로 꼬치를 들고 오른손으로 보이지 않는 운전대를 잡은 시늉을 했다. 그리고 꼬치 옆쪽에서 고기를 물고 고개를 오른쪽으로 돌렸다.

"봐봐, 이런 식으로 꼬치를 빼내려고 하면 꼬치 방향은 자동차 진행 방향과 똑같아져. 그리고 충돌하기 직전에 운전자가 고개만 앞으로 돌리면."

꼬치를 든 왼손을 그대로 두고 고개만 정면으로 돌렸다. 뾰족한 대나무 꼬치 끝부분이 입 바로 앞에 위치했다(그림 '꼬치와 얼굴 방향' 참조).

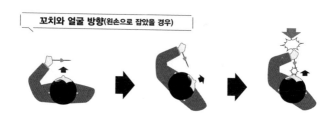

꼬치와 얼굴 방향(왼손으로 잡았을 경우)

"……분명 이걸 거야. 운전자는 닭꼬치구이를 먹다가 뭔가에 정신이 팔려서 옆을 본 거지. 그러다 커브를 돌지 못했고, 아차 싶어 앞을 봤을 때 차가 충돌했어. 그게 충돌하기 직전, 눈 깜짝할 사이에 일어난 일이었던 거야."

후쿠타는 미간을 찌푸린 채 생각에 잠겼다.

"그럼, 사고가 나기 전에 운전자가 한눈을 팔았다는 거야?"

"아마도. 좌우 어느 쪽을 봤는지는 모르겠지만. 방금 내 설명에서 꼬치와 운전대를 잡은 손을 반대로 바꾸면 운전자는 왼쪽, 그러니까 조수석으로 고개를 돌린 셈이야. 이건 운전대가 오른쪽에 있는 경우지만, 찻길 반대편에서 조수석이 보이지 않았다니까 운전대가 오른쪽에 있다고 추정해도 되겠지."

마지막 설명은 조금 생각할 시간이 필요했다. 으음, 일본에서는 차가 좌측통행이니까 반대편 차도를 달리고 있었다는 건 이쪽에서 항상 차 오른쪽이 보인다는 뜻이니, 다시 말해 이쪽에서 보이지 않는 쪽은 차의 왼쪽이라는 말. 응, 됐다.

"하지만…… 과연 정말 그래서일까? 난 분명 꼬치를 이쑤시개 대신 물고 있다가 사고를 당한 게 아닐까 싶었는데."

"한 조각이라고는 해도 꼬치에 고기가 남아 있었잖아. 이쑤시개 대신 사용하더라도 다 먹고 나서 그러겠지."

가쿠타가 양꼬치구이를 접시에 내려놓았다. 가슴 앞에 깍지를 끼고 의자 등받이에 몸을 기댄 자세로 천장을 올려다보았다.

"뭐, 물론 이것도 가설 중 하나에 지나지 않지만. 그래도 만약 이 가설이 맞는다면…… 그때 운전자가 뭘 보고 있었느냐가 문제야.

만약 운전자가 왼쪽으로 고개를 돌렸다면 조수석 쪽이지. 역시 조수석에 탄 사람이 사고 직전에 무슨 짓을 해서 운전자의 주의를 끈 걸까?

그게 아니라 오른쪽으로 고개를 돌렸다면 운전석 창문이니까, 료타가 있던 반대 차선 쪽이야. 그 오르막길에서 운전석 창문으로 보이는 건……."

가쿠타가 말을 멈췄다. 얼굴이 벽을 향했다. 시선 끝에 소박한 액자에 담긴 풍경화가 있었다. 어머니가 봄철의 긴나미 언덕을 수채화풍으로 그린 스케치.

"……인도에 있는 벚나무 가로수야."

후쿠타는 별생각 없이 그 말을 흘려들었다가 잠시 후에 야 등골이 오싹했다.

"설마…… 벚꽃 유령?"

"헛소리. 말도 안 돼, 그럴 리가……."

가쿠타가 새파랗게 질린 얼굴로 고개를 내저었다. 하지만 예전만큼 자신 있는 말투는 아니었다.

설마 그럴 리가. 스스로도 어이없는 소리를 했다고 생각하면서도 후쿠타는 빨려들듯 그림을 쳐다보았다. 만개한 벚꽃을 그린 어머니의 그림은 다정한 색채로 가득해서 그곳에 꺼림칙한 소문이 돈다는 사실은 전혀 믿기지 않았다.

대체 운전자는 사고 직전에 뭘 본 걸까?

3

다음 날, 주말인 토요일에 후쿠타는 가쿠타와 함께 '하카마다 상점'을 찾아갔다. 가쿠타가 사고의 수수께끼를 고찰하기 위해 현장 검증도 해보고 싶다고 했기 때문이다.

반쯤 현실도피적인 변명이지만 후쿠타도 이상해진 료타의 상태와 조수석에서 누군가 사라지는 모습을 목격했다는 증언이 마음에 걸려서 시험공부가 손에 잡히지 않았던지라, 그 제안에 찬성해 하카마다 부부의 안부도 물어볼 겸 같이 가기로 했다.

"어머나, 너희들 왔구나. 휴일인데 이렇게 일찍 어쩐 일이니?"

오전에 료타를 지역 축구 클럽 연습에 바래다주고 '하카마다 상점'에 들르자 몸집이 아담한 노부인이 쓰레기봉투를 들고 마침 가게에서 나오는 참이었다. 가게 주인의 아내 가요코다. 부부 둘 다 일흔 살에 가까워져 이제 희끗희끗해진 머리칼도 눈에 많이 띈다.

"안녕하세요, 아주머니. 아저씨는 좀 어떠세요?"

"아직 못 일어났어." 후쿠타의 인사에 가요코는 깔깔 웃었다. "오늘도 안쪽 방에 누워 있단다. 저이도 이제 나이가 들었나. 이번 일로 기운이 많이 꺾였나 봐."

하카마다 부부가 어떤 상황인지는 이미 겐타가 대표로 전화해서 확인했다. 부인은 아무 일도 없었지만, 남편 히사미쓰는 자리에 몸져누웠다고 한다. 하지만 직접적으로 입은 피해라고 해봤자 깨진 유리에 손끝을 베인 정도라, 아마 정신적인 충격이 큰 듯했다.

사고 현장인 가게 앞을 확인하자 사고 차량은 이미 치워진 뒤였다. 대신에 노란색 테이프를 여기저기 쳐놓았고, 완전히 박살 난 정면 유리 부분 앞쪽의 주차장에는 여태 크고 작은 유리 조각이 어지러이 널려 있었다.

"역시 영업은 아직 못 하시죠?"

가쿠타가 '준비 중' 팻말이 걸린 입구를 바라보며 걱정스럽게 물었다. 영업 시작 시간인 오전 11시에 맞춰서 방문했지만 가게는 아직 열지 않았다.

"아니야." 가요코는 조금 물러나서 문에 걸린 팻말을 빙글 뒤집었다. "마침 열려던 참이었어. 다행히 안쪽 상품은 무사해서 어제부터 영업하고 있단다. 그런데 무슨 일로 왔니? 혹시 우리 가게에서 장 보려고?"

"어, 그게, 저희는——"

"괜히 신경 쓰게 해서 미안하구나. 쓰레기봉투를 내놓

고 올 테니 잠깐만 기다리렴. 너무 일찍 내놓으면 까마귀가 노리고 달려들거든. 그래서 늘 수거 시간 직전에 내놓기로 했어."

가요코는 일방적으로 자기 할 말만 하고 재빨리 도로변에 쓰레기를 내놓으러 갔다. 귀가 어둡기 때문이리라.

후쿠타는 가쿠타와 얼굴을 마주 보고 쓴웃음을 지었다. 뭐, 가요코와 대화가 맞물리지 않는 것도 자주 겪는 일이다. 부부는 최근 노쇠해지는 징후가 두드러져서, 지난주에도 히사미쓰가 배달 중에 허리를 다치는 일도 있었다. 떨어진 물건도 제대로 못 주울 만큼 허리를 심하게 삐끗해서 지금도 다 낫지는 않았다고는 하지만, 사고 전까지는 가게에 나왔다고 하니까 역시 몸져누운 건 기분 문제이리라.

그런 생각을 하고 있자니 쓰레기 수거차의 음악이 다가왔다. 가요코의 걸음이 빨라졌고, 근처 전신주와 지붕 위에서 검은 까마귀들이 항의하듯 까악까악 소리 높여 울었다.

가게 내부는 예상했던 것보다 훨씬 깔끔했다. 창가 바닥에 떨어진 몇몇 유리 조각이 희미하게 반사돼서 보이는 정도고, 그 외에는 예전과 거의 다름없었다. 차가 충돌한 정면 유리 부분 안쪽에 차광용 롤스크린을 내려놔서 사고가

났을 때 유리 조각이 흩어지는 걸 막아준 듯했다(그림 '사
고 현장' 참조).

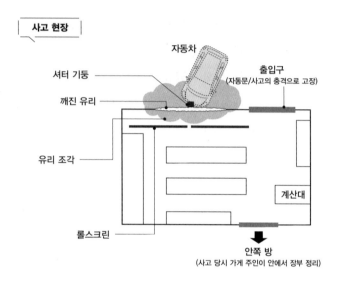

사고 현장

자동차
셔터 기둥
깨진 유리
출입구
(자동문/사고의 충격으로 고장)
유리 조각
계산대
롤스크린
안쪽 방
(사고 당시 가게 주인이 안에서 장부 정리)

"요즘은 쓰레기 수거차가 너무 급히 돈다니까. 하마터
면 쓰레기를 못 버릴 뻔했네."

가요코가 투덜거리면서 돌아왔다. 조명 스위치를 탁
켜는 소리가 나고 하얀 형광등 불빛이 상품 진열대를 비
추었다.

가요코가 좌우를 두리번두리번 둘러보며 물었다.

"그런데 료짱은? 오늘은 너희 둘뿐이야?"

"료타는 축구 연습하러 갔어요. 실은 료타에게는 비밀로 하고 아주머니께 여쭤보고 싶은 게 있어서요……."

"료짱에게는 비밀로? 어머나, 뭔데?"

후쿠타와 가쿠타는 가요코에게 료타가 요즘 좀 이상해졌다는 사실을 간략하게 설명했다. 지역 축구 클럽에 다니는 료타는 매주 토요일 오전에 JR 긴나미역 부근 자연공원에 있는 축구장에서 연습한다. 그래서 그 틈에 몰래 '하카마다 상점'을 방문했다. 만약 형들이 가게에 가는 줄 알았다면 료타는 자기도 같이 가겠다고 떼를 썼을 것이다.

"흠, 료짱이 그렇단 말이지."

이야기가 끝나자 가요코는 뺨에 손을 대고 생각에 잠겼다.

"분명 뭔가 봤다고 경찰에게 말하긴 한 것 같은데. 하지만 솔직함으로 똘똘 뭉친 료짱이 거짓말을 했을까……."

말투에서 애정이 묻어났다. 어머니가 돌아가신 후, 아직 이유식도 떼지 못한 료타를 여러모로 돌봐준 사람이 바로 가요코다. 하카마다 부부와 후쿠타네 가족은 오랜 세월 친분을 이어왔는데, 어머니가 스케치를 하러 긴나미 언덕을 자주 오르내렸던 시절에 안면을 텄다고 한다. 부모님을 일찍 여읜 어머니는 가요코를 친어머니처럼 애틋하게 여겼고, 자식이 없는 하카마다 부부도 어머니가 임신했을 때 친딸처럼 도와주었다고 한다.

"증언한 내용 외에 료타가 사고에 대해 뭔가 말하지는 않았나요?"

"어땠더라." 가요코는 가게 안쪽에 앉아 허름한 계산대에 한쪽 팔꿈치를 괴었다. "요즘 기억력에 영 자신이 없어서. 그리고 그때는 나도 배달을 나가 있었거든. 배달을 마치고 나서야 아저씨에게 연락이 온 걸 알고 부랴부랴 가게로 돌아왔단다.

그런데 경찰이 료짱을 순찰차에 태워서 데려왔지 뭐니? 깜짝 놀라서 정신이 없는데 경찰관이 일단 료짱을 안심시켜주라고 하더구나. 그래서 료짱을 이렇게 끌어안고 괜찮다고 달랬지……."

가요코가 가늘게 뜬 눈으로 상냥한 눈빛을 던지며 뭔가 끌어안는 시늉을 했다. 후쿠타와 가쿠타는 그 모습을 잠자코 지켜보았다. 깊은 애정이 드러나는 가요코의 표정에 머나먼 기억이 겹쳤다.

그때 댕 하고 종소리가 나지막이 울렸다.

갑자기 큰 소리가 나서 움찔했다. 계산대 뒤편에 있는

괘종시계에서 난 소리다. 종소리로 시각을 알려주는 시계인데, 방금 그건 정각이 아니라 30분을 알리는 종소리인 듯했다.

"……그러고 보니."

가요코가 고개를 틀어서 괘종시계를 돌아보며 중얼거렸다.

"이건 관계가 있는 건지 잘 모르겠지만…… 실은 사고가 나기 조금 전에 료짱과 한 번 만났단다. 우리 가게 앞에서."

"네?"

후쿠타와 가쿠타는 동시에 물었다. 사고가 발생하기 전에 료타와 만났다고?

가쿠타가 몸을 앞으로 내밀고 질문했다.

"그날 료타가 여기에 들렀나요?"

"그건 아니고 료짱은 평범하게 가게 맞은편 인도를 걸어가고 있었어. 그때 난 배달하는 중이었는데, 긴나미 언덕을 오토바이로 내려오다가 가게 앞에서 료짱을 보고 '아, 료짱!' 하고 손을 흔들었지. 료짱도 알아차리고 손을 흔들더구나. '안녕하세요!' 하고 기운차게——"

거기서 가요코는 "아" 하고 말을 멈추더니 장난스러운 표정으로 혀를 쏙 내밀었다.

"지금 이 이야기, 아저씨한테는 비밀이야. 오토바이를 몰 때 딴짓하지 말라고 시끄럽게 잔소리하거든. 또 야단맞을라."

"그게 사고가 나기 얼마 전이었는데요?"

"글쎄다, 자세한 시간까지는……. 다만 저 시계가 댕 하고 울린 오후 2시 반에 배달을 나갔어. 그래서 생각이 난 거야."

"가게를 나서자마자 료타를 본 게 아니세요?"

"응. 창피하게도 배달 갈 곳을 착각했단다. 그래서 다시 가게 앞으로 돌아왔을 때 료짱을 봤어. 잘못 다녀온 곳이 여기서 10분쯤 걸리는 집이었으니까 어디 보자……."

"왕복 20분. 그럼 아주머니는 오후 2시 50분쯤에 가게 앞을 다시 지나가신 거로군요?"

가쿠타가 재빨리 대답했다. 가요코는 눈을 깜박깜박하더니 "역시 가쿠짱, 계산이 빠르구나" 하고 감탄한 듯 고개를 끄덕였다. 가쿠타는 고개를 숙이고 말했다.

"사고는 오후 3시경에 발생했잖아요. 즉, 료타는 사고가 발생하기 10분쯤 전에 가게 앞을 한 번 지나갔다가 다시 돌아온 셈이네요. 왜 그랬을까?"

"음, 웰까? 학교에 뭔가 두고 와서 가지러 가려고 했으려나."

후쿠타도 생각에 잠겼다. 가요코의 말에도 일리는 있지만, 만약 그렇다면 딱히 숨길 만한 일은 아니다. 솔직한 성격의 료타라면 언제 사고를 목격했느냐는 질문에 '집에 가는 도중'이 아니라 '학교에 놓고 온 물건을 가지러 가는 도중'이라고 대답했을 것이다.

으음, 하고 셋이 앓는 소리를 내며 이마를 맞댔다. 가끔 가요코에게 당시 상황을 질문하며, 료타의 변화와 현장에서 사라진 인물의 수수께끼에 관해 여러모로 논의했다. 하지만 속시원한 답은 나오지 않았고, 괘종시계가 똑딱똑딱 시간의 흐름을 알리는 소리만 공허히 가게에 울렸다.

논의가 벽에 막혔을 즈음 가요코가 갑자기 고개를 들고 한 옥타브 높은 목소리로 말을 꺼냈다.

"어머, 소노짱."

출입구의 자동문이 열렸다. 바깥바람을 타고 향수 냄새가 확 풍겼다.

고개를 돌리자 오십대로 보이는 화장이 진한 여자가 서 있었다.

그 얼굴을 본 순간, 후쿠타와 가쿠타는 동시에 표정이 굳었다.

긴나미 상점가에 있는 고급 보석점 '주얼리 가미야마'의 주인 가미야마 소노코.

긴자의 호스티스 같은 차림새. 화장이 잘 받는 얼굴이고 머리도 밝은색으로 염색해서 얼핏 젊어 보이기도 한다. 하지만 가까이서 보면 얼굴과 목에 주름이 두드러져서 나이든 티가 난다. 진한 아이섀도와 새빨간 립스틱이 아주 강렬해서 료타는 몰래 '마녀 할머니'라는 별명을 붙였다.

라디오라도 들으면서 걸어왔는지 가미야마는 귀에서 이어폰을 빼고 가게 내부를 둘러보며 안으로 들어왔다.

"놀랍네. 가요코 씨, 벌써 가게 연 거야? 당분간은 쉬어도 될 텐데."

"에이, 무슨." 가요코는 웃는 얼굴로 대답했다. "우리같이 작은 가게라도 닫으면 곤란해하는 단골이 있거든. 늙은 몸에 채찍질을 하며 일하고 있지."

"고생이 많으시네. 뭐, 덕분에 나도 마음 편히 주문할 수 있는 거지만. 아 참, 이건 공물."

"공물이라니?"

"술을 주문하러 오는 김에 불단 앞에 바칠까 싶어서. 소금 찹쌀떡 맞나, 남편이 좋아하는 거."

"아이고, 그 사람 아직 안 죽었어. 안쪽 방에 퍼질러 누워 있으니 엉덩이라도 한 방 때려줘."

가요코가 깔깔 웃었다. 가미야마도 눈꼬리를 내리고 계산대 쪽으로 다가와서 가요코에게 위로의 선물을 건넸다. 그리고 문득 발을 멈추더니 가까이 있던 후쿠타와 가쿠타를 돌아보았다.

"어, 너희는 분명 화가 아가씨네……."

후쿠타는 딱딱한 말투로 대꾸했다.

"고구레입니다."

"그래, 맞아. 고구레 씨." 가미야마는 관심 없다는 듯 가볍게 받아넘기고는 말을 이었다. "그러고 보니 가요코 씨한테 들었는데, 너희 집 막내가 사고를 목격했다면서?"

아이라인을 그린 눈으로 후쿠타를 꿰뚫을 듯 날카롭게 바라보았다. 목소리에도 살짝 가시가 돋친 것이 느껴졌다.

"……네, 그런데요."

"그렇구나. 그런데 걔는 천칭자리니?"

천칭자리? 갑작스러운 질문에 후쿠타는 당황했다.

"천칭자리 아닌데요……. 료타 별자리는 왜요?"

"그게 말이야." 가미야마의 입매가 일그러졌다. "방금 라디오 별자리 운세에서 그러더라. 천칭자리인 사람은 경솔한 말과 행동이 오해를 불러일으킬 우려가 있으니까 주

의하자고. '실베르 아키'라고 몰라? 요즘 인기 있는 점술가
인데, 나랑 아는 사이지. 아주 용한 사람이야."

"료타가 거짓말을 했다는 겁니까?"

"아이들이란 그런 법이지. 주변의 관심을 끌려고 있는
소리 없는 소리 과장되게 늘어놓곤 해. 나도 그런 꼬맹이
시절이 있어서 잘 알지."

"료타는 그런 애 아니에요."

"그래? 그럼 시든 참억새라도 본 건가."

"시든 참억새?"

"유령의 정체, 알고 보니 시든 참억새더라. 그런 말이 있
잖아. 사람의 시각은 원래 보는 사람 마음에 달린 거라 자
꾸 무섭다고 생각하면 시든 억새풀도 유령으로 보인다는
뜻이지. 뭐, 까마귀 같은 걸 사람 머리로 잘못 본 거 아니겠
니? 요즘은 가게 앞에 내놓은 쓰레기를 뒤지는 까마귀도
많다고 하니까."

"유리? 가게 앞의 유리는 정리했는데(까마귀의 일본어 발음
은 '카라스', 유리의 일본어 발음은 '가라스'로 유사하다)."

귀가 어두운 가요코가 싱글싱글 웃으며 엉뚱한 말로 끼
어들었다.

가미야마는 가요코에게 미소를 지은 후, 후쿠타와 가쿠

타에게 얼굴을 가까이 대고 나지막한 목소리로 속삭였다.

"어쨌든 너희 막내가 쓸데없는 소리를 하는 바람에 경찰의 사고 처리가 늦어져서 이 가게도 힘들어. 너희들 가요코 씨에게 엄청 신세 졌잖아. 가요코 씨를 생각한다면 빨리 걔를 잘 타일러서 그 이야기를 취소시켜. 자기 아이가 은혜도 모르는 인간으로 자란 걸 알면, 무덤 속에 있는 너희 엄마가 울 거다."

마지막 한마디에 후쿠타는 뱃속이 확 뜨거워졌다. 하지만 입을 열기 전에 가쿠타가 재빨리 후쿠타의 옷을 붙잡고 귓속말했다.

"가자, 슬슬 료타를 데리러 가야 해."

후쿠타는 턱밑까지 올라온 말을 꿀꺽 삼켰다. 가미야마는 희미하게 웃더니, 결단을 촉구하는 것처럼 눈빛을 한 번 보낸 후 계산대 안쪽 방으로 향했다. 후쿠타와 가쿠타도 대항하듯 등을 휙 돌려 가요코에게 인사도 하는 둥 마는 둥 얼른 가게를 나섰다.

"……나, 저 사람 싫어."

가게를 한 발짝 나서자마자 가쿠타가 내뱉은 말이었다.

후쿠타도 동감이었다. 그렇다기보다 돌아가신 어머니

를 제외하고 후쿠타네 가족 중에 저 여자에게 호감을 품는 사람은 한 명도 없다.

어머니 생전에 있었던 반지 소동 탓이다.

생전에 어머니는 가미야마와 친하게 지냈다. 어머니가 상점가 가게 주인들과 친분을 쌓기 위해 애썼을 무렵, 수상한 간판을 내건 가미야마의 보석점을 점술집으로 착각해 들어갔던 모양이다. 물론 오해는 금방 풀렸지만, 마침 가미야마가 점술에 소양이 있어서 재미 삼아 어머니의 운세를 봐주었다고 한다. 그 인연으로 친해졌고 그 후로도 오랫동안 친분을 이어나갔다.

관계에 금이 간 건 후쿠타가 초등학생 시절이었다.

어머니가 느닷없이 결혼반지를 가미야마에게 팔겠다고 주장했다.

반지에 나쁜 기운이 씌었으니 처분하는 게 좋겠다고 가미야마가 제안했기 때문이다. 점술이라는 형태를 빌려 고민거리를 상의하는 사이에 가미야마는 어느새 어머니의 상담사 같은 위치를 차지한 듯했다. 당연히 아버지와 삼형제(료타는 아직 태어나지 않았다)는 반대했고, 옥신각신 말다툼을 벌인 끝에 간신히 어머니를 말렸다. 그 후로 삼형제에게 가미야마의 신용도는 땅에 떨어졌고, 어머니가 돌아가신 뒤에는 완전히 왕래를 끊었다.

"저 사람, 어쩐지 수상쩍어. 숨기는 게 있는 것 같아."

"뭐, 그런 느낌이 들기는 하지."

"애당초 그런 상점가에서 고급 보석점을 한다는 것 자체가 이상해. 고객층이 완전히 다르잖아. 비밀리에 불법적인 장사를 하는 건 아닌지 좀 의심스럽네."

"야, 다른 데서는 함부로 그런 소리 하지 마."

인상이 안 좋다고 해도 어디까지나 후쿠타네 가족 눈에 그렇다는 이야기다. 아까 가요코의 태도를 보면 알 수 있듯 주위의 평판은 그렇게 나쁘지 않다. 오히려 지역 상점가에서는 입김이 센 모양이다.

"나도 알아. 딱히 증거가 있는 것도 아니고. 어? 저거 료타 아니야?"

가쿠타가 고개를 휙 들었다. 긴나미 언덕 아래쪽에서 유니폼을 입은 아이가 반대편 인도를 힘차게 달려오는 모습이 보였다. 낯익은 배낭을 메고 손에는 축구공이 담긴 그물망을 들었다. 분명 료타였다.

"료타!"

부르는 소리를 들었는지 료타가 멈춰 섰다. 료타가 곧바로 가드레일을 넘어서 이쪽으로 오려고 해서 가쿠타가 "안 돼!"하고 소리를 질러 제지한 후, 후쿠타와 가쿠타가 도로를 건너 료타 쪽으로 갔다.

"후쿠타 형아!"

인도에 도착하자마자 료타가 달라붙었다. 머리카락이 땀에 젖었다. 운동장에서 여기까지 쭉 뛰어왔는지 숨을 몹시 헐떡거렸다.

"어떻게 된 거야, 료타? 데리러 갈 테니 거기서 기다리라고 했잖아."

"후쿠타 형아. 나, 나⋯⋯."

"뭐야, 료타. '나'밖에 몰라? 말 좀 똑바로 해."

가쿠타가 놀리듯이 핀잔을 주었다. 발끈했는지 료타가 고개를 살짝 돌려 가쿠타를 쏘아보았다. 맏형과 둘째 형보다 그나마 터울이 덜 져서 그런지 료타는 가쿠타를 형이라기보다 라이벌처럼 여기고, 가쿠타도 그걸 알고서 료타에게는 특히 심술궂게 행동한다.

"⋯⋯료타, 왜 그래?"

후쿠타는 료타의 어깨에 손을 얹고 한 번 더 다정하게 물었다. 료타가 홉 하고 숨을 삼켰다. 후쿠타의 옷을 잡은 조그마한 손에 힘이 꽉 들어가나 싶더니 료타는 후쿠타의 배에 얼굴을 묻고 두려움 섞인 목소리로 말했다.

"후쿠타 형아, 나…… 엄마 유령을 봤어."

<h1 style="text-align:center">4</h1>

"료타가 엄마 유령을 봤다고?"

늦은 밤에 들어온 겐타가 전자레인지에서 데운 파스타를 꺼내며 고개를 갸웃했다.

"언제, 어디서?"

방에서 시험공부를 하다가 쉬려고 나온 후쿠타가 냉장고를 열면서 대답했다.

"오늘 낮, 역 앞 자연공원의 축구장 근처. 선글라스랑 마스크를 낀 여자가 벚나무 뒤편에서 료타를 가만히 바라보고 있었대."

"그냥 거기 있던 사람 아니야?"

"내 생각도 그렇긴 한데."

냉장실 첫째 칸에 특제 푸딩이 있었다. 겐타가 상점가의 양과자점에 갔을 때 사장이 덤으로 끼워준 것이다. 먹고 싶다는 충동에 휩싸였지만 잠자기 전이라 참고, 대신에 우유팩을 꺼냈다.

그때 식탁에서 파스타를 먹던 겐타가 접시를 들고 다시

부엌으로 돌아왔다. 치즈 가루와 허브 오일 등 조미료를 늘어놓고 뿌리며 맛에 변화를 주었다.

역시 자기 식으로 바꾸는구나. 후쿠타는 쓴웃음을 지었다. 토요일 오후는 가쿠타가 학원에 가므로, 후쿠타가 저녁 식사 당번이었다. 뭐, 만들어봤자 시판하는 즉석 소스를 쓰고 손맛을 약간 가미한 정도라 당연히 형의 입맛에는 맞지 않겠지 싶었다.

"료타 말로는 그 사람이 '양상추색 숄'을 걸치고 있었다나."

뒤에서 쌀쌀맞은 목소리가 들렸다. 돌아보자 하늘색 줄무늬 잠옷을 입은 가쿠타가 하품을 하면서 부엌으로 들어왔다.

"야, 아직 안 잤어?"

"화장실. 그리고 후쿠타 형 목소리 때문에 깼지."

후쿠타가 우유 팩에 입을 대고 얼마 안 남은 우유를 다 마시자, 가쿠타는 작게 혀를 찼다. 후쿠타를 밀어젖히고 냉장고 안에서 새 우유를 집었다. 후쿠타는 어쩐지 꾸중을 들은 기분으로 물어보았다.

"'양상추색 숄'이라면…… 혹시 저거?"

후쿠타는 거실에 있는 어머니의 유품 선반에 놓인 황록

색 숄에 시선을 주었다.

"응. 내가 놀리고 나서는 그만뒀지만 료타는 최근까지 저 숄을 끌어안고 잤잖아. 저건 료타에게 '라이너스의 담요'나 마찬가지야. 같은 색 숄을 걸치고 있어서 엄마라고 믿은 거겠지."

"라이너스의 담요…… 그게 뭔데?"

"어린아이가 스스로를 안심시키기 위해 늘 가지고 다니는 애착 어린 물건을 상징해. 만화 〈피너츠〉의 등장인물 라이너스의 행동에서 유래한 말. 그건 그렇고 료타 이야기로 돌아가자면, 겐타 형 말처럼 걔가 본 건 전혀 무관한 사람이었을 거야. 애초에 걔는 엄마 얼굴도 잘 모르잖아."

"그럼 수상쩍은 차림새의 여자는 왜 그렇게 료타를 보고 있었는데?"

"선글라스를 끼고 있었으니 료타를 봤는지 다른 걸 봤는지는 모르지. 마스크도 요즘은 꽃가루 알레르기나 바이러스 예방책으로 많이들 끼고 다니니까. 아아, 그러고 보니 엄마도 봄철에는 자주 마스크를 꼈었지. 그 사진이 생각나서 료타가 착각했을 수도 있겠네."

어머니 레이는 가벼운 꽃가루 알레르기가 있었다. 또한 사진 찍는 건 좋아하지만 자기가 찍히는 건 거북해서 어머니의 모습이 담긴 사진은 헤아릴 정도밖에 남아 있지 않다. 따라서 밖에서 찍은 얼마 안 되는 사진에는 마스크를 낀 모습도 많은데, 거기에 황록색 숄까지 더해지는 바람에 료타가 어머니를 떠올렸는지도 모른다.

"다만 문제는 그게 아니야."

가쿠타는 컵에 코코아 가루를 넣고 찬 우유를 따랐다.

"가미야마 씨도 그랬잖아. 자꾸 무섭다고 생각하면 시든 억새풀도 유령으로 보인다고."

"아아, 그 유령 어쩌고 으악새 어쩌고?"

"'유령의 정체, 알고 보니 시든 참억새더라'야. 아무튼 여기서 주목해야 할 점은 그때 료타가 평범한 여자를 유령으로 착각할 만한 심리 상태였다는 거지. 그것도 정체불명의 유령이 아니라 엄마 유령으로."

"어머니가 그리웠다는 거야?"

"그럼 오히려 기뻐했겠지. 유령이라도 만났으니까. 하지만 걔 반응은 정반대였어. 엄마 유령이 나왔는데 그토록 무서워한다는 건…… 분명 양심의 가책을 느낄 만큼 엄마한테도 말할 수 없는 일을 숨기고 있는 거야."

양심의 가책을 느껴서 엄마한테도 말할 수 없는 일?

후쿠타는 표정이 어두워졌다. 평소 까불거리며 웃는 료

타의 얼굴이 머릿속에 떠올랐다. 그 천진난만한 막냇동생이 대체 어떤 비밀을 끌어안고 있는 걸까?

"그럼 료타가 목격했다고 증언한, 조수석에서 나왔다는 사람은……."

"안타깝지만 가미야마 씨 말이 옳을지도 모르겠어. 그냥 까마귀 같은 걸 사람 머리로 잘못 봤을 뿐일 수도 있겠지. 그 자리에서 료타가 느낀 죄악감인지 뭔지가 무의식중에 누군가의 환영을 보여준 거야."

가쿠타는 허공 한곳을 바라보며 스푼으로 달그락달그락 집요하게 우유를 휘저었다.

"그렇다면…… 역시 제일 큰 수수께끼는 왜 가게 앞을 지나간 료타가 그곳으로 다시 돌아왔느냐인데……."

가쿠타가 스푼을 돌리던 손을 멈추고 컵을 들여다보았다. 갈색 덩어리가 아직 조금 떠 있었다. 차가운 우유에도 녹는 코코아지만 생각처럼 잘 풀리지 않는 모양이었다.

도중에 포기했는지 가쿠타는 스푼을 싱크대의 설거지 통에 던져 넣으려다 움직임을 딱 멈췄다. 그러더니 아직 지구사에게 돌려주지 못해 싱크대에 엎어둔 파이 접시에 시선을 고정했다.

"잠깐. '양치기의 파이'…… 그렇구나."

쨍그랑 하고 스푼을 설거지통에 던졌다.

"〈양 숀〉(한국에서는 '못말리는 어린 양 숀'이라는 제목으로 방영됐다)이야."

"숀?"

"영국의 클레이 애니메이션. 점토로 만든 인형을 스톱 모션으로 촬영해서 영상을 만드는 거지. 엄마가 좋아해서 집에도 DVD가 한 세트 있잖아. 그중에 주인공 양들이 축구를 하는 이야기가 있는데, 료타가 그걸 보고 축구라는 스포츠를 알게 됐었지."

"아아." 후쿠타는 주방 카운터 너머로 텔레비전 아래의 수납 선반을 보았다. "그러고 보니 그런 DVD가 있었지. 그게 어쨌는데?"

"둔하기는. 그러니까 축구라고."

"축구?"

"료타는 사고 당일 축구공을 가지고 있었어. 집에 오는 길에 기회가 있으면 다른 곳에 가서 놀 생각으로. 〈양 숀〉은 아주 정교한 작품이라 축구하는 장면을 보면 양 인형들이 정말로 살아 있는 것 같지. 료타도 그 장면을 흉내 내서 자주 리프팅을 하곤 했어. 그러니 그날도 분명 돌아오면서 공으로 리프팅 연습이라도 하고 있었을 거야. 그리고 가게 앞을 지나친 후에 공을 잘못 다뤄서——"

"떨어뜨렸다?" 후쿠타는 드디어 무슨 소리인지 이해가 갔다. "그래서 공을 주우러 가게 앞까지 돌아갔다는 거로 군. 료타가 공을 떨어뜨린 건 사고가 나서 놀랐기 때문이 아니라, 공을 가지고 놀다가 실수했기 때문이라는 거야?"

"아마도. 공을 떨어뜨려서 주워 왔다고 료타가 말하기 는 했지만, 그건 사고 탓이 아니야. 순서와 방향이 반대였 어. 료타가 공을 떨어뜨린 건 사고를 목격한 후가 아니라 목격하기 전. 그리고 돌아온 방향은 언덕 아래에서 위가 아 니라 위에서 아래."

식사를 하면서 잠자코 듣고 있던 겐타가 입을 열었다.

"하지만…… 그렇다면 료타는 왜 경찰에게 그렇게 설명 하지 않았을까?"

가쿠타의 표정이 흐려졌다.

"그건…… 분명 그게 원인이라는 걸 누구에게도 들키고 싶지 않아서겠지……."

"원인? 그게 무슨 소리야?"

"이건 내 상상인데, 축구공은 인도가 아니라 찻길 쪽에 떨어진 거 아닐까? 언덕길에 튕기면서 굴러오는 공을 부동 산 회사의 영업 차량이 피하려다……."

"야, 잠깐만." 후쿠타는 저도 모르게 끼어들었다. "그럼 사고가 일어난 건……."

"료타가 원인을 제공한 셈이겠지."

무거운 침묵이 흘렀다. 아까 마신 우유가 납덩이로 변한 것처럼 뱃속이 묵직해졌다.

"……정리하자면 이렇게 된 거겠지." 가쿠타도 무거운 목소리로 말했다. "그날, 료타는 하굣길에 '하카마다 상점' 앞에서 가요코 아주머니랑 마주쳤어. 그 후에도 축구공을 차면서 긴나미 언덕을 올라가다가 실수로 공을 찻길에 떨어뜨린 거야. 기세가 붙은 공은 통통 튕기면서 굴러떨어졌고, 운 나쁘게도 상행 차선을 달려온 영업 차량의 진로를 방해했어. 운전자는 공을 피하려다 운전대를 잘못 조작해서 가게를 들이받은 거고."

그 상황이 눈앞에 선명히 떠오르는 듯했다. 동시에 닭꼬치구이의 꼬치 방향에 대한 의문도 해소됐다. 운전자가 충돌하기 직전에 옆으로 고개를 돌린 건, 느닷없이 굴러온 료타의 축구공에 시선을 빼앗겼기 때문이다. 공이 가드레일이나 뭔가에 튕겨서 운전석 창문에 부딪혔는지도 모른다.

"그래서 료타가 이상해진 거야. 자기 때문에 사고가 일어났다는 걸 아니까. 그리고 양심의 가책에 짓눌려서 있지도 않은 엄마 유령 같은 걸 본 거고."

료타의 료는 양심의 양. 막냇동생에게 남긴 어머니의 메시지가 훈계하는 것처럼 후쿠타의 뇌리를 스쳤다.

가쿠타가 고뇌하는 표정으로 두 형에게 도움을 요청하는 시선을 보냈다.

"어쩌지? 당장이라도 료타를 깨워서 확인할까?"

후쿠타는 형을 보았다. 포크를 내려놓은 겐타는 콧대가 우뚝한 얼굴에 양손을 대고 눈을 감은 채 잠시 침묵을 지켰다.

"……아니. 오늘은 너무 늦었어. 확인은 내일 아침에 하자. 료타한테는 내가 물어볼게."

그 후 후쿠타는 자기 방으로 돌아와 시험공부를 계속했다. 하지만 료타 일이 좀처럼 머리에서 떠나지 않았다. 그렇다기보다 아직 믿기지 않았다. 정말로 료타가 그런 거짓말을? 다른 아이라면 또 모르지만 솔직한 성격의 료타가 그렇게 영악한 짓을 한다고?

공부에 집중이 되지 않아서 오늘은 이만 잘까 싶었을 때 책상에 놓아둔 스마트폰에서 갑자기 진동이 울렸다.

〈자냐?〉

SNS 앱으로 게이토가 메시지를 보냈다. 이어서 전화 모양 이모티콘도 왔다. 전화로 할 말이 있다는 건가.

읽음 표시가 떴다는 걸 확인했는지 답신하기 전에 전화가 왔다.

"뭐 하냐?"

후쿠타 심정과는 딴판으로 태평한 목소리가 스마트폰 너머로 들렸다.

"이 시간에 웬일이야?"

"미안. 중간고사 시험 범위 좀 알려줘."

미안해하는 낌새가 전혀 없는 말투였다. 후쿠타는 순순히 메모해둔 시험 범위와 게이토가 수업 시간에 흘려들은 부분 등을 알려주었다. 하지만 가르쳐주면서도 어차피 네 성적이 더 좋을 거라고 빈정대는 마음을 지울 수 없었다. 게이토는 수업 태도가 불량하지만 시험에서 요령 있게 높은 점수를 얻는 유형이다.

"아 참! 그러고 보니 후쿠타, 긴나미 언덕에서 발생한 사고 이야기가 인터넷에 소문 난 거 알아?"

볼일이 끝나자 갑자기 게이토가 화제를 바꾸었다. 후쿠타는 흠칫했다.

"소문이라니?"

"사고가 난 직후에 조수석에서 누군가 나오는 모습을 근처에 사는 초등학생이 목격했대. 그런데 그 사람이 연기처럼 사라져버렸다는 거야. 그래서 긴나미 언덕의 유령이 또 나온 것 아니냐는 소문이 돌고 있어."

목격자가 료타라는 사실은 모르는구나 싶어서 안심했다. 긴나미 언덕은 가까운 곳이라 후쿠타의 학교에도 이미 사고 소식이 쫙 퍼졌다. 게이토가 그 이야기를 꺼낸 것도 다른 뜻 없이, 그저 공부하다가 잠시 머리를 식힐 겸 잡담하고 싶었을 뿐인 듯했다. 직접 전화한 것도 그래서이리라.

"······그 유령은 벚꽃 피는 계절에 나오잖아."

"그야 그렇지만. 뭐야, 반응이 영 시원찮은걸. 너, 이런 이야기 좋아하지 않냐?"

"지금은 그럴 기분 아니야."

"에이, 재미없네. 그 밖에 불륜설이나 스파이 암살설 등 다양한 가설이 있는데······. 아하, 네 반응이 별로인 이유는 그거? 혹시 그 누나한테 차였어? 왜, 너희 동생이 다니는 학원의 강사라는 대학생 말이야."

의자를 뒤로 기울인 채 통화하던 후쿠타는 하마터면 자빠질 뻔했다.

"······왜 여기서 지구사 씨 이야기가 나오는 건데?"

"너, 그 누나 좋아하잖아."

"좋아하기는 누가?"

"어허, 거짓말은 좋지 않아. 특히 이번 주말은 그런 경솔한 거짓말 금지야. 너도 나처럼 천칭자리잖아?"

"천칭자리가 뭐 어쨌길래?"

벌겋게 달아오른 얼굴로 반문했다. 응? 천칭자리?

"천칭자리는 이번 주말에 경솔한 말이나 행동을 하면 오해를 불러일으킬 우려가 있어." 게이토가 웃음을 참으며 말했다. "'별자리 운세'에서 그러더라. '실베르 아키'라는 점술가 몰라? 용하다고 소문난 사람인데 지금 내 여동생도 푹 빠졌어. 나, 공부할 때 라디오 듣거든. FM 긴나미. '정오의 10분 뉴스'가 끝나면 '별자리 운세' 코너가 나오는데——"

또 그 점술가? 가미야마의 이야기가 떠올라서 묘하게 힘이 쭉 빠졌다. 뭐야, 그 점술가가 인기인가? 안 그래도 공부에 집중이 안 되는데, 시험을 앞두고 귀중한 시간을 이런 쓸데없는 이야기에 낭비할 여유는…….

시간?

곧장 후쿠타는 의자를 박차고 일어섰다.

뒤쪽으로 튕겨 나간 의자가 서가에 부딪혀 오밤중에 요

란한 소리가 울려 퍼졌다. 하지만 후쿠타의 귀에는 그 소리가 들어오지 않았다. 후쿠타는 책상의 자명종을 힐끗 본 후 스마트폰을 움켜쥐고 굳은 목소리로 물었다.

"잠깐만, 게이토. 그 '별자리 운세', 뭐가 끝난 다음에 나온다고 했지?"

5

어머니의 무덤 앞에 겐타가 꽃을 바쳤다.

예쁜 꽃다발이지만 꽃 하나하나의 이름은 잘 모른다. 역 앞 상점가에 있는 꽃집에서 적당히 만들어달라고 했다. 꽃집 주인이 겐타의 엄청난 팬이라 늘 통 크게 만들어준다.

"자, 료타."

후쿠타는 불붙인 선향을 손안에서 나누어 료타에게 한 줌 주었다. 료타는 작은 손으로 선향을 움켜쥐고, 물러나는 겐타와 엇갈려 무덤 앞으로 다가갔다. 그리고 개구리처럼 쪼그려 앉아 옆에 있는 선향대에 선향을 획 던져 넣었다. 옛날에 덴 적이 있어 료타는 선향을 피워 올리기를 조금 무서워한다.

그 자세 그대로 료타는 묘비를 잠시 올려다보았다. 이윽고 양손을 모으고 조그마한 몸을 웅크린 채 혀짤배기소리로 말했다.

"엄마. 나, 나…… 거짓말해서 죄송해요."

사고의 원인은 료타가 아니다.

게이토와 통화하고 다음 날 아침, 후쿠타는 형제들에게 그렇게 말했다.

마침 다 함께 아침을 먹으려고 식탁에 모이면 겐타가 당장이라도 료타에게 질문을 꺼내려던 참이었다. 겐타는 말을 멈췄고 가쿠타는 미심쩍어하는 눈빛을 던졌다. 막 일어난 료타는 아직 상황을 제대로 파악하지 못했는지 맹한 표정으로 졸음이 가득한 눈을 거듭 비볐다.

저혈압인 가쿠타가 잠에서 깨기 위해 요구르트를 마시며 불쾌한 듯한 표정으로 물었다.

"료타가 원인이 아니라고? 그럼 료타는 왜 사고 현장으로 돌아갔다는 사실을 경찰한테 숨긴 건데?"

"료타는 돌아가지 않았어."

"엉?"

"료타는 사고에 앞서 현장을 지나가지도 않았고, 현장으로 되돌아간 적도 없어. 가요코 아주머니가 료타와 마주친 건 딱 사고가 일어난 시간대였지. 아주머니가 시간을 착각한 거야."

"뭐라고?"

이 사실을 알아차린 계기는 '별자리 운세'였다.

게이토는 라디오에서 '정오의 10분 뉴스'가 끝난 다음에 '별자리 운세'가 나온다고 했다. 라디오 정규 코너이고, 점술가 이름과 운세의 내용도 일치하니까 분명 가미야마가 어제 낮에 '하카마다 상점'을 찾아왔을 때 꺼냈던 이야기와 똑같으리라.

하지만 그렇다면 한 가지 모순이 생기는 셈이다.

가미야마가 방문할 때까지 가게에서는 정오를 알리는 괘종시계의 종소리가 울리지 않았다.

뉴스 시간은 10분. 따라서 별자리 운세를 들으면서 걸어온 가미야마는 아무리 빨라도 낮 12시 10분 이후에 가게에 도착했을 것이다. 하지만 정오를 알리는 괘종시계의 종소리는 그 시점에서 아직 울리지 않았다. 각 시간의 30분을 알리는 종소리 한 번은 제대로 울렸으므로, 시계가 아예 고장 난 건 아니다. 그렇다면, 가게의 괘종시계는 적어도 10분 늦다는 결론이 나온다.

"……그렇구나." 가쿠타가 재빨리 이해하고 말을 꺼냈

다. "다시 말해 가요코 아주머니는 2시 반에 종소리를 듣고 가게를 나섰지만 실제로는 2시 40분이었다. 그리고 20분 걸려서 가게로 돌아왔으니까 아주머니가 가게 앞을 통과한 건 3시경…… 딱 사고가 발생한 시간대였던 거네.

어쩐지 아주머니가 개점 시간보다 늦게 가게를 열거나, 쓰레기를 수거 시간에 아슬아슬하게 내놓더라니. 마중 오기를 기다리지 않고 료타가 언덕을 올라온 것도 우리가 늦어서겠지."

겐타가 인스턴트커피를 마시며 고개를 갸우뚱했다.

"하지만…… 대충 3시경이라는 거잖아? 정말로 사고 발생 시간과 일치했는지는 모를 일이야."

"뭐, 그렇지." 가쿠타가 요구르트를 다 마셨다. "그래도 아주머니가 시간을 착각했다면 생각의 폭이 넓어져. '사고의 원인 후보'가 늘어나는 셈이야. 후쿠타 형, 그런 뜻이지?"

후쿠타는 고개를 끄덕인 후, 이야기의 향방에 어쩐지 불안감을 느낀 듯 표정이 심각해진 료타에게 부드럽게 물었다.

"료타, 솔직히 말해줘. 사실 그 사고의 원인은 가요코 아주머니였던 거지?"

료타의 얼굴이 짜자작 얼어붙었다.

그 얼굴이 세상에 종말이 온 것처럼 창백해졌다. 하지만 곧 료타는 입을 꾹 다물고 시든 꽃처럼 고개를 푹 떨구었다.

가요코가 사고를 일으켰다.

적어도 료타의 눈에는 그렇게 비쳤다. 자세히 설명하면 이렇다. 그날 료타는 어머니의 자취를 찾아 긴나미 언덕을 경유해 하교했다. 도중에 '하카마다 상점' 부근에서 오토바이를 타고 언덕을 내려오는 가요코와 마주쳤다. 그때 운 나쁘게도 부동산 회사의 영업 차량이 반대 차선으로 올라왔다. 료타에게 정신을 쏟느라 한눈을 팔며 운전하던 가요코는 반대 차선에 차가 있다는 사실을 알아차리지 못한 데다 커브길에서 중앙선을 조금 침범해서 달렸고, 부동산 회사의 영업 차량은 가요코의 오토바이를 피하려다 운전대를 잘못 조작해서 가게에 충돌했다. 하지만 귀가 어두운 가요코는 사고가 난 줄도 모르고 그대로 달려갔다.

료타는 사고가 난 직후에 가요코를 쫓아갔다. 하지만 뛰어서 오토바이를 따라잡을 수는 없으므로 포기하고 사고 현장으로 돌아갔다고 한다.

그다음부터는 료타가 경찰에 설명한 대로다. 즉, 사고

차량에서 사람이 내리는 것을 목격하고 놀라서 공을 떨어뜨렸고, 공을 주워서 돌아왔더니 그 사람이 사라지고 없더라는 흐름이다. 다만 가쿠타의 말에 따르면 그 사람이야말로 료타의 죄악감이 만들어낸 환영이라고 한다. 가요코 때문에 사고가 발생했다는 사실을 밝힐지 말지 망설이는 마음이 자신도 모르게 '잠재의식'을 자극해, 까마귀인지 뭔지를 사람으로 보이게 해서 양심에 호소하려 했다는 모양인데, 솔직히 그런 심리학적인 설명은 까다로워서 잘 모르겠다.

다만 료타가 내내 양심의 가책을 느끼고 괴로워했다는 것만큼은 확실하다.

료타는 거짓말을 한 건 아니지만, 진실을 전부 말한 것도 아니었다. 료타는 요즘 세상에 보기 드물게 천성이 순수한 아이다. 만약 자신이 사고의 원인을 제공했다면 고민한 끝에 솔직하게 털어놨으리라. 그 원인이 다름 아닌 가요코였기에, 자기가 친할머니처럼 애틋하게 여기는 사람이었기에 누구에게도 진실을 밝히지 못하고 이상해 보일 만큼 혼자 속앓이를 했다.

료타의 료는 양심의 양.

하지만 어머니의 탄생 카드에는 간악한 짓을 하지 말라

는 가르침만 담긴 것이 아니다. '곤경에 처한 사람을 도와 주기를' 바라는 바람도 담겨 있다. 거짓말은 하고 싶지 않다. 그러나 가요코는 돕고 싶다. 어른이라도 답을 내기 힘들 그런 모순에 직면해 어린 동생은 홀로 고독하게 괴로워했다. 기억조차 확실치 않아 환상과도 같은 어머니가 남긴 교훈을 충실히 따르기 위해——.

"……엄마."

오랫동안 묵념을 올리던 료타가 드디어 입을 열었다.

"있지…… 나, 아까 형아들이랑 그 일을 상의했어. 그래서 역시 나, 나……."

말을 더듬거리면서 형들을 힐끔 돌아보았다. 후쿠타는 막내를 격려하듯 고개를 끄덕여주었다. 료타는 입술을 깨물고 고개를 끄덕하더니, 다시 묘비를 보고 이번에는 또박또박 말했다.

"그 일, 경찰 아저씨한테 말 안 할 거야."

선향에서 느릿느릿하게 피어오르는 연기가 동생의 작은 몸을 감쌌다.

"그게, 아주머니가 중앙선을 넘었다고 해도 아주 살짝이거든. 그리고 그 차, 처음부터 가게를 들이받을 것처럼 달려왔어. 내가 보기에도 위험하게 느껴질 만큼. 그 차가 조금만 더 천천히 달렸으면 아주머니를 쉽게 피할 수 있었을 거야. 커브도 무사히 돌 수 있었을 거고. 내 생각은 그래."

료타가 말을 끊었다. 또 잠자코 묘비를 잠시 쳐다보더니 갑자기 고개를 꾸벅 숙였다. 그리고 상념을 떨쳐내듯 일어서서 몸을 돌려 무덤 앞의 낮은 단을 폴짝 뛰어 내려왔다.

료타는 후쿠타의 무릎에 달라붙어 말없이 얼굴을 묻었다. 후쿠타는 막냇동생의 머리를 조용히 쓰다듬었다.

"……엄마가 용서해줄까?"

"그럼."

이번 일은 사형제의 가슴속에 묻어둔다. 그것이 그 후에 모두 함께 의논해서 내린 결론이었다.

도덕적으로는 결코 칭찬받을 일이 아닐지도 모른다. 하지만 료타 말처럼 사고가 많이 발생하는 언덕의 커브길에서 너무 속도를 낸 상대방 차에도 책임이 있고, 가요코도 자신의 가게에 손해를 입었다. 오랜 세월 소중하게 지켜온 가게가 망가졌는데 노부부에게 사회적 제재가 또 필요할까.

"형, 이걸로 된 거겠지?"

후쿠타는 후련한 표정으로 뛰어가는 막냇동생의 뒷모습을 바라보며 겐타에게 물었다.

"글쎄…… 어떨까." 맏이는 하늘의 구름을 바라보며 대답했다. "인터넷에 올라오면 댓글이 폭발할 만한 일이긴 해. 하지만 뭐…… 이만하면 된 거겠지. 료타의 이야기를 들어보니 정말로 가요코 아주머니가 원인을 제공했다고 보기에는 미묘한 점이 있으니까."

"……엄청 급했나, 그 사람?" 후쿠타도 하늘을 올려다보며 불쑥 중얼거렸다.

"어, 뭐가?"

"닭꼬치구이를 먹으면서 운전하다니, 하다못해 먹는 동안은 차를 세워도 됐을 텐데. 부동산 회사는 점심 먹을 겨를도 없을 만큼 바쁜가?"

"글쎄다." 겐타는 살짝 웃고 말을 이었다. "그 업계도 요식업계 못지않게 업무 환경이 열악하긴 해. 뭐, 고객을 방문하러 갔다니까 시간에 늦을 것 같아서 서둘렀겠지. 그런데 운 나쁘게도 가요코 아주머니의 오토바이와 마주친 거야."

"료타가 사고 현장에서 봤다는 사람은 정말로 환각이었을까. 녀석, 그 후에도 어머니 유령을 봤다느니 했는데."

"……뜻밖에 정말로 어머니가 유령이 돼서 나타났다거나?"

그렇게 말하며 겐타가 이쪽으로 손을 뻗었다. 어깨에 선향의 재가 묻어 있었는지 검지로 옷 표면을 탁 튕겼다. 그대로 손을 후쿠타의 머리에 올리고 머리카락을 난폭하게 덥석 잡았다.

"뭐, 어머니라면 이번 일을 너그러이 봐줄 거야. 중요한 건 우리 네 명이 그렇게 하기로 정했다는 거잖아."

"······응."

후쿠타는 형의 거추장스러운 손을 뿌리치며 동의했다. 그렇다. 이 판단이 옳은지 그른지는 가장 큰 문제가 아니다. 중요한 건 그 결과를 우리가 어떻게 받아들이느냐다. 우리에게 정답이라면 그걸로 됐다. 설령 틀렸더라도 료타 혼자 책임지게 하지는 않는다. 그 첫값은 형제가 함께 감당한다.

"다만 가요코 아주머니의 운전은 걱정되네. 이대로 계속 놔둘 수는 없어."

"그러고 보니 가게에서 이야기를 나눴을 때도, 오토바이를 몰면서 딴짓하다가 또 야단맞겠다고 그러셨는데."

"전에 우리 가게에도 상품이 망가진 상태로 배달을 오신 적이 있었어. 분명 본인도 슬슬 자각하고 있겠지. 그런 점을 이유 삼아 면허를 반납하도록 나도 설득해볼게."

"부탁해, 형."

앗, 뜨거워, 하고 근처에서 당황한 목소리가 들렸다. 가쿠타의 손안에서 선향 다발이 불타오르고 있었다. 후쿠타는 재빨리 선향을 빼앗아 익숙한 손놀림으로 가볍게 흔들어 불을 껐다. 선향을 돌려주자 가쿠타는 조심조심 받아 들며 고마워, 하고 퉁명스럽게 감사를 표했다.

묘지 한복판에서 료타가 갑자기 양손을 번쩍 쳐들고 외쳤다.

"아, 배고파!"

가쿠타가 인상을 찌푸렸다. 지나가던 노부부가 귀엽다는 듯 눈을 가늘게 뜨고 미소 지었다. 후쿠타의 입매에도 부드러운 웃음이 번졌다. 머리 위로 펼쳐진 화창한 5월 하늘에 밝고 기운 넘치는 목소리가 한가롭게 울려 퍼졌다.

맛있게 볶은 고기와 양파 냄새가 식탁을 감돌았다. 셰퍼드 파이다. 료타가 점심때 요전에 먹은 파이를 또 먹고 싶다기에 성묘하고 와서 겐타가 얼른 만들었다. 지구사의 조리법과는 달리 평범하게 다진 소고기를 사용했다.

"그나저나 선생님, 착각했네." 가쿠타가 앞접시를 식탁에 늘어놓으며 말했다. "엄마의 추억이 깃든 요리가 셰퍼드 파이 하나뿐인 건 아닌데. 뭐, 여름철 강습 때 오해를 사 게끔 이야기한 내 잘못이지만."

후쿠타는 우유 한 잔에 카페오레 세 잔을 준비하며 대꾸 했다.

"엄마는 늘 그림책이나 소설에 나오는 요리를 끊임없이 만들어댔지."

"맞아! 그렇게 변덕스럽고 돌발적인 요리가 우리에게 는 엄마의 맛이자 추억인데. 셰퍼드 파이를 제대로 만든 건 딱 한 번 아니었나? 무슨 책을 읽더니 갑자기 먹고 싶어졌 다면서……《해리 포터》였던가?"

"《메리 포핀스》."

접시에 파이를 나누어 담던 겐타가 즉시 대답했다. 그거 다, 하고 가쿠타가 손가락을 딱 튕겼다. 후쿠타는 묘하게 기억력이 좋은 두 사람을 보고 감탄했다. 둘 다 그런 걸 용 케도 기억하네.

드디어 식사 준비가 끝나고 평소처럼 식탁에 둘러앉았 다. 잘 먹겠습니다, 하고 한목소리로 말한 후, 료타가 '기다 려'라는 명령에서 풀려난 강아지처럼 게걸스럽게 파이를 먹었다.

입가에 토마토소스를 치덕치덕 묻힌 채 료타가 들뜬 투

로 말했다.

"겐타 형아가 만든 세파드 파이 맛있어. 난 이게 더 좋아."

"셰퍼드야."

가쿠타가 티슈로 료타의 입을 닦아주며 정정했다. 료타는 가쿠타를 매섭게 째려보더니, 가쿠타의 손을 피해 또 파이를 입에 넣고 세파드 파이 맛있다, 하고 고집을 피웠다.

"……그건 그렇고 형아들 때문에 약 올라."

파이가 절반쯤 네 사람의 뱃속으로 사라졌을 때 료타가 불쑥 말했다.

"왜?"

"엄마가 만든 요리를 자기들끼리만 먹었잖아. 나도 먹고 싶었는데. 엄마가 만든 세파드 파이."

후쿠타, 겐타, 가쿠타는 한순간 굳어버렸다.

식탁 위로 세 형의 시선이 교차했다. 잠시 후 겐타가 머쓱한 듯 눈을 내리떴고, 가쿠타는 의미도 없이 안경을 벗어서 렌즈가 더러워지지 않았는지 확인했다.

후쿠타도 무의식중에 고개를 숙이고 포크로 파이 속 소고기를 뒤적였다. ……그런가. 약 오를 만도 하네. 이 녀석은 어머니에 대해 아무것도 모르니까. 손수 만든 요리의 맛도, 얼굴도, 목소리도——.

후쿠타의 '후쿠'는 행복의 '복'.

문득 어머니의 온화한 목소리가 자물쇠로 잠가둔 기억 속 깊은 곳에서 되살아났다.

후쿠타는 누구보다도 행복한 사람이 되렴. 그리고 주변 사람들도 행복하게 해주는 거야. 행복한 후쿠타가 주변을 좀 더 행복하게 만들고, 그 행복을 나눠 받아서 후쿠타도 더욱 행복해지는 거지——. 이상을 말하자면 그런 식이랄까. 뭐, 어려운 일이겠지만. 그래도 이것만큼은 기억하렴. 사람은 결국 남의 행복을 순수하게 축하해줄 수 있을 때 제일 행복한 법이란다.

나는 그런 인간이 될 수 있을까.

겐타가 어험, 하고 헛기침을 한 후 말없이 료타의 접시에 셰퍼드 파이를 더 담아주었다. 가쿠타도 우유 팩을 들고 거의 비어버린 료타의 컵에 우유를 따랐다. 후쿠타는 일어서서 부엌으로 갔다. 냉장고에서 먹지 않고 남겨둔 자신의 푸딩을 꺼내 식탁으로 돌아왔다.

"이거 줄게, 료타."

"어, 진짜?"

료타의 눈이 동그래졌다.

"응. 그러니까, 음, 그, 뭐냐······ 용서해주라."

료타가 포크 끝을 입에 물고 눈을 깜박거렸다. 그리고 앞접시에 듬뿍 담긴 파이, 컵에 남실남실하게 따른 우유, 디저트로 얻은 푸딩을 차례대로 바라보더니 신기해하는 표정을 지었다.

잠시 후 방긋 웃고는 기쁜 목소리로 말했다.

"응. 뭔지는 모르겠지만 용서할게."

제2화

보석 도둑과 행복한 왕자

"아래쪽에 광장이 있단다." 행복한 왕자는 말했습니다. "거기에 성냥을 파는 어린 소녀가 있어. 성냥을 길도랑에 빠뜨려서 전부 못 쓰게 됐지. 돈을 가지고 돌아가지 않으면 아빠가 소녀를 때릴 거야. 그래서 '소녀가 우는 거란다. 저 아이는 신발도 양말도 없고, 머리에도 아무것도 쓰고 있지 않아. 내 남은 눈을 뽑아서 저 아이에게 주렴. 그러면 아빠에게 맞지 않을 거야."

"하룻밤만 더 당신 곁에 머물게요." 제비는 말했습니다. "하지만 당신 눈을 뽑을 수는 없어요. 그랬다가는 당신이 아무것도 보지 못할 테니까요."

"제비야, 제비야, 작은 제비야" 하고 왕자는 말했습니다. "내 부탁을 들어다오."

행복한 왕자

원작: 오스카 와일드　　번역: 유키 히로시(結城浩)

Copyright©2000 Hiroshi Yuki(結城浩)

I

이 카레, 맛있네.

후쿠타는 루(소스나 수프를 걸쭉하게 하기 위해 밀가루를 버터로 볶은 것)를 끼얹은 쌀밥을 한 입 먹고 목구멍 속으로 감탄사를 흘렸다.

태국 카레인가……? 약간 녹색기가 도는 크림색 루에 맵싸한 향기. 개인적으로는 이렇게 묽은 카레보다 걸쭉한 보통 카레를 선호하지만, 이건 격이 다르다.

어젯밤 형이 만든 게 이거였나.

"오, 오늘은 카레 도시락? 맛있어 보이네. 한 입 먹자."

옆으로 다가온 다카하시 게이토가 솔개처럼 잽싸게 숟가락을 빼앗아 카레를 한 입 떠먹었다. 당했다 싶어 방심했던 걸 저주한 다음 순간, 비명에 가까운 목소리가 터져

나왔다.

"맛있다!"

학교 검도장에 메아리칠 정도였다. 그 목소리를 듣고 점심시간에 모여서 도시락을 먹던 검도부 친구들이 일제히 돌아보았다.

모두가 말없이 일어나서 무리 지어 사냥을 나가는 육식 동물같이 조용하게 후쿠타 쪽으로 슬금슬금 다가왔다.

큰일 났다, 하고 본능적으로 위험을 감지했다.

"안 돼. 못 줘. 얼마 없단 말이야."

굶주린 하이에나들의 먹잇감이 되지 않도록 몸으로 도시락을 가렸다. 한 입도 빼앗길 수 없다는 굳은 의지가 느껴졌으리라. 쳇, 혀 차는 소리가 들리고 친구들이 슬렁슬렁 돌아갔다. 아이고, 위험하다, 위험해. 요리사 형이 싸주는 도시락이 아주 맛있다는 사실은 친구들 사이에서도 유명하므로 후쿠타의 도시락은 늘 약탈의 위기에 처하곤 한다.

한동안 맛의 여운에 잠겨 있던 게이토가 휴우 하고 황홀하게 한숨을 내쉬더니 물었다.

"이거, 무슨 카레야?"

"아마도 태국 카레."

"아아, 어쩐지 코코넛 밀크 느낌이 나더라. 나, 코코넛

밀크를 넣은 카레는 너무 달아서 싫어하는데 이건 달라. 매운맛과 감칠맛에서 단맛이 배어난달까⋯⋯."

한 입 더 달라는 듯 게이토가 숟가락을 내밀었다. 후쿠타는 재빨리 그 손목을 붙잡아서 숟가락을 빼앗고, 저리 가라며 발로 밀어냈다.

"태국 하니까 생각났는데." 게이토는 미련이 약간 남은 듯 도시락을 바라보며 말을 꺼냈다. "요전에 선배 방문차 긴나미 중학교에 갔을 때 태국인 선생님이 있지 않았나? 아시아 대표 미녀로 뽑아도 될 만큼 예쁜 사람이었는데."

후쿠타는 고개를 갸우뚱했다.

"그런 선생님이 있었어?"

"있었어. 네 동생 중에 큰 녀석⋯⋯ 가쿠타랬나? 걔랑 복도에서 뭔가 이야기를 나누고 있었어."

지난주 토요일, 게이토와 함께 졸업한 중학교 검도부를 방문했다. 그곳 2학년생인 가쿠타도 볼일이 있어서 등교했는데, 게이토가 그 모습을 본 듯했다. 동생이 교내에서 만나기를 싫어하므로 일부러 다가가지 않았는데⋯⋯. 그런 선생님이 있었다면 억지로라도 만나러 갈 걸 그랬나.

"너무한 거 아니냐? 우리가 다닐 때는 그렇게 섹시한 선생님은 없었는데. 지금도 캐서린이 수업 시간에 다리만 바꿔 꼬아도 가슴이 두근두근한단 말이야."

"캐서린은 내년에 정년이잖아."

캐서린은 가사기 린코라는 이름의 영어 교사로, 이미 손주도 있다. 이 자식 아주 위험한걸, 하고 동정 어린 눈빛으로 친구를 보고 있으니 게이토가 다시 도시락에 손을 뻗어 허를 찔렀다. 하지만 그럴 줄 알았던 후쿠타가 여유롭게 피해서 게이토의 손은 허무하게 허공을 갈랐다.

"……너도 참 안됐다, 후쿠타." 게이토가 이를 갈면서 말했다.

"갑자기 뭔 소리야?"

"어릴 적부터 매일 이렇게 맛있는 것만 먹었지? 이제 평범한 식사로는 만족할 수 없을 거야."

"아니, 딱히 매일 먹는 건 아닌데."

"보인다." 게이토가 젓가락을 척 들이밀었다. "앞으로 네 인생에 찾아올 불행이."

"엥? 불행?" 이 녀석이 뭐라는 거야?

"훗날 사귄 여자 친구가 처음으로 네 자취방에 찾아와 정성껏 요리를 해주는군. 넌 그걸 먹고 웃으면서 맛있다고 칭찬하지만 속으로는 이렇게 생각해. '아아, 역시 형이 만들어준 요리가 더 맛있어.'"

"안 그래. 난 형이랑 달리 혀가 저급하다고."

터무니없는 예언이라고 화를 내면서도, 한순간 그럴지도 모른다는 생각이 머리를 스쳤다. 당황해서 고개를 내저어 불길한 생각을 머릿속에서 떨쳐냈다.

문득 아래를 보자 도시락으로 슬그머니 뻗어 오는 게이토의 손이 눈에 들어왔다.

그 팔을 꽉 붙들고 따졌다.

"뭐야?"

"아니…… 나도 네 불행의 일부를 함께 짊어지고 싶어서."

"그러지 말고 행복을 줘."

"아아, 마이카 선생님 말이구나."

집에 돌아와 거실에서 숙제하는 가쿠타에게 물어보자 바로 대답이 돌아왔다.

"할머니가 태국 사람이고 본인도 태국 출생이야. 일본에는 성인이 되고 나서 왔대. 확실히 젊고 미인이지. 선생님치고는 노출이 심하다는 생각도 들긴 하지만, 더운 나라 출신이라 본인은 딱히 의식을 안 하지 않으려나. 섹시한 선생님이라기보다 인기 많은 아이돌 같은 느낌? 성격도 태평하니, 예쁘고 상냥한 이웃집 누나 같은 인상이야."

그럼 최고 아니야? 후쿠타는 속으로 그렇게 생각했다.

"너희 담임이야?"

"아니. 영어 담당인데 정교사는 아니고 특별 비상근 강사랬나? 교원 자격증은 없는가 봐."

"어? 자격증 없이도 교사가 될 수 있어?"

"그런 제도가 있는 모양이야. 나도 잘은 모르지만. 아참, 그러고 보니 마이카 선생님이 떵떵거리는 집안이라 할아버지의 소개로 들어왔다는 이야기도 있어."

"야, 마이카 선생님이랑 친하냐?"

"친하다고 할 수도……. 출산휴가를 간 선생님 대신 우리 동아리를 담당하고 있으니까 자주 보기는 하지."

"서예부?"

"응."

가쿠타는 연필을 내려놓고 우울해 보이는 표정으로 손바닥에 턱을 괬다.

"후쿠타 형이 친구랑 왔을 때는 상담하던 중이었어. 동아리에서 좀 성가신 사건이 발생해서……."

사건? 후쿠타가 자세히 물어보려고 했을 때였다.

"꺄하하!"

기운찬 목소리가 귀에 꽂히고 다리에 뭔가가 쿵 부딪혔
다. 조그마한 생물이 옆을 지나쳐, 가구와 관엽식물이 빼곡
히 들어찬 거실을 새끼 멧돼지처럼 시끄럽게 뛰어다녔다.

사형제 중 막내인 료타다.

"야, 료타! 팬티, 팬티 입어야지!"

윗도리를 벗고 탄탄한 상체를 드러낸 사람이 그 뒤를
쫓았다. 맏이인 겐타다. 프렌치 레스토랑에서 요리사로 일
하는 모델 같은 미남이다. 미남이라 그런지 어린이용 팬티
를 들고 벌거숭이 초등학생을 쫓아다니는 모습마저 그림
같았다.

료타가 식탁 근처를 지나치려던 순간, 가쿠타가 발을 쑥
내밀었다. 발이 걸린 료타는 으아아, 하며 카펫에 요란하게
나뒹굴었다. 후쿠타가 재빨리 료타를 붙잡았고, 버둥거리
는 발에 차이면서 겐타가 겨우 팬티를 입혔다. 막내가 누구
와 목욕하러 들어가느냐에 따라 역할은 달라지지만, 매일
밤 벌어지는 소동이다.

팬티를 입은 료타는 덫에 걸린 너구리처럼 분하다는 듯
이 자기 하반신을 내려다보았다. 그러다 고개를 번쩍 들어
눈앞에 있는 후쿠타의 사타구니를 빤히 바라보더니, 악랄
하게 씨익 웃었다.

"짜잔, 발표하겠습니다!" 갑자기 벌떡 일어나서 한 손을 들었다. "우리 네 명 중에 제일 큰 사람은——"

"료타, 그만."

후쿠타는 허둥지둥 막내의 입을 막았다. 그건 앞으로 형제 관계에 미묘한 영향을 끼칠 수도 있는 순위였다.

"……응? 잠깐만, 후쿠타 형. 료타가 들고 있는 거 뭐야?"

가쿠타가 안경에 손을 대고 말했다. 확인하자 료타가 쳐든 손에 반짝반짝 빛나는 물건을 쥐고 있었다.

"챔피언에게 줄 메달이야."

"그만하래도. 그거 엄마가 만든 거잖아."

가쿠타가 료타 손에서 액세서리를 빼앗아 원래 놓여 있던 선반에 돌려놓았다. 아무래도 거실을 뛰어다닐 때 낚아챘던 모양이다.

"저거, 엄마가 만든 거야?" 료타의 눈이 빛났다. "굉장하다. 엄마는 보석상이었어?"

"그냥 그림책 작가였어. 저건 취미였던 레진 공예."

"레진?"

"수지를 굳혀서 만든 액세서리……. 그러니까 진짜 보석이 아니라 가짜라는 뜻."

어머니를 일찍 여읜 터라 후쿠타네 집에는 남자들뿐이

다. 하지만 거실은 어머니가 살아 계실 적 그대로 남겨두었으므로 벽에 어머니의 그림이 걸려 있고, 선반은 그림 책과 수제 액세서리, 애용하던 숄 등으로 장식돼 인테리어가 매우 아기자기하다.

"레진 공예라. 옛날 생각나네." 겐타가 눈을 가늘게 떴다. "그러고 보니 후쿠타, 기억나? 어머니의 '보석 착각 사건'."

"아아."

그림이 업이었던 만큼 어머니는 손재주가 좋았다. 그러던 어느 날 창작욕에 휩싸였는지 아는 사람에게 진짜 보석을 사용한 액세서리를 빌려, 그것과 똑같은 물건을 레진으로 만들었다.

그뿐이라면 다행이지만, 완성도가 너무 높았던 나머지 본인이 직접 만든 가짜를 진짜로 착각해서 가짜를 돌려주고 말았다고 한다. 그야말로 어머니의 덜렁대는 면모가 나타나는 일화다.

그것도 모자라 참고용으로 빌린 진짜 액세서리를 부주의로 잃어버리기까지 했다. 그래서 한번은 어머니가 훔친 것 아니냐고 의심해 경찰을 부를 뻔했다. 결국 아버지와 다른 지인이 중재해서 겨우 사태를 원만히 수습한 모양이지만, 배상금으로 그림 책 한 권분의 인세가 통째로 사라지는 결말을 맞았다.

"추억에 잠기는 건 그쯤하고."

당시 아직 어렸던지라 추억담에 끼지 못한 가쿠타가 약간 토라진 것처럼 말했다.

"후쿠타 형, 슬슬 저녁 준비해. 오늘 식사 당번이잖아."

"알았어, 알았어."

"……응?"

겐타가 우동을 한 입 먹고 고개를 갸웃했다.

"역시 별로야?" 후쿠타는 프로 요리사인 형이 어떤 감상을 꺼낼지 두려워하며 물었다.

"아니, 그게 아니라……." 겐타는 골똘히 생각하는 표정으로 국물을 한 입 먹고 말했다. "어쩐지 먹어본 맛인데."

"이거 '장수암' 국물 맛 아니야?" 가쿠타가 끼어들었다. "우리가 늘 해넘이 메밀국수를 주문하는 상점가의 메밀국숫집. 거기 할아버지, 어쩐지 후쿠타 형을 예뻐해서 묻지도 않았는데 메밀국수 맛국물 만드는 법을 가르쳐줬잖아."

"아니. 거기보다는 좀 더 가정적인 맛이랄까……. 후쿠타, 이거 어떻게 만들었어?"

"응? 아아, 그 할아버지가 알려준 대로 만들려면 귀찮으니까 마트에서 파는 맛국물 같은 걸 적당히 넣었는데."

"말린 목이버섯을 불리고 남은 물은?"

"넣었어."

겐타가 그 밖에도 만든 법을 이것저것 물어보았다. 웬일로 내 요리에 형이 이렇게 반응하는 건지 궁금해하며 대답하다가, 겐타가 마지막으로 꺼낸 말을 듣고 이해가 갔다.

"네 우동, 어머니가 만든 거랑 맛이 비슷해."

그런가. 후쿠타는 형과 달리 혀가 무디고, 어머니의 요리를 먹은 기억도 어렴풋해서 솔직히 잘 모르겠다.

애당초 어머니도 요리를 대충 만들 때가 많았다. 일에 열중한 나머지 식사 준비를 자주 깜빡하기도 했다. 결국 어머니 대신에 겐타가 요리를 하게 됐고, 그러한 습관이 현재 직업으로 이어졌다고 해도 과언이 아니다.

"이거, 엄마 맛이야?"

료타가 천진난만하게 물었다. 세 형은 입을 다물었다. 가쿠타가 "글쎄" 하고 무뚝뚝하게 대꾸한 후 냉장고로 가서 보리차를 꺼냈다.

후쿠타는 화제를 바꾸었다.

"그러고 보니 가쿠타. 너, 아까 뭔가 말하다 말지 않았나? 사건이 어쨌느니 했잖아."

"아아, 그것 말이지."

그때 딩동, 하고 초인종이 울렸다.

"실례합니다. 다케미야예요."

"……지구사 선생님이다."

가쿠타가 반응했다. 겐타를 힐끗 보고 배려하듯 말했다.

"겐타 형, 어떻게 할래? 밖에 나가서 없다고 할까?"

근처에 사는 여대생 지구사는 가쿠타가 다니는 학원의 강사다. 또한 겐타가 일하는 레스토랑의 단골손님이자 겐타의 열렬한 팬이기도 하다. 가쿠타가 겐타의 동생인 것을 안 후로 이런저런 핑계로 집을 찾아오는데, 겐타는 손님과 쓸데없는 말썽이 생기는 걸 피하려고 없는 척할 때도 많다.

"……아니. 내가 나갈게."

웬일로 겐타가 직접 나갔다. 후쿠타가 슬쩍 귀를 기울이자 현관에서 말소리가 드문드문 들려왔다.

"앗, 겐타 씨…… 아까 가게에서 고생 많으셨어요……. 골치 아픈 손님이 집적거려서 힘들었죠? ……네? 아는 사람이었어요? 어머니의 옛날 친구? 죄송해요. 추파를 보냈던 건 줄 알고……."

아무래도 낮에 만났던 모양이다. 그때 구두로 약속이라도 해서 도망칠 수 없었던 것이리라. 잠시 후 문이 닫히는 소리가 나고, 겐타가 약간 지친 얼굴로 돌아왔다. 손에는 천을 씌운 바구니를 들고 있었다.

"그건 뭐야?"

"타르트. 가쿠타한테 주래. 그리고 나한테도 프로의 감상을 듣고 싶다는군."

천을 젖힌 료타가 "맛있겠다" 하고 환호했다. 버터와 커스터드 크림의 달콤한 냄새가 훅 풍겼다.

지구사 씨, 청초한 외모에 비해 적극적이네, 하고 생각하는데 가쿠타의 시선이 느껴졌다.

"뭔데?"

"아니, 딱히……. 그냥 후쿠타 형도 같이 가보라고 할 걸 그랬나 싶어서."

"내가 왜?"

"뭐, 겐타 형을 상대로는 승산이 없나. 그러고 보니 선생님한테 여동생이 있을 테니, 이참에 그쪽으로 눈을 돌리는 게 어때? 선생님과는 다른 타입인 모양이지만 나이는 후쿠타 형이랑 비슷하니까——"

"야, 아까부터 뭔 소릴 하는 거야?"

그만 얼굴이 붉어졌다. 이 녀석, 연애에 전혀 흥미가 없는 것처럼 굴면서 왜 이럴 때만 예리한 거야?

"겐타 형아, 추파가 뭐야?"

료타의 순진한 질문에 겐타는 동요하지 않고 대답했다.

"추파는 파의 일종이야. 여러 요리에 사용되지."

"이야, 나도 그거 먹어보고 싶어!"

"다음에 만들어줄게."

다행히 화제가 바뀌었다. 이 기회를 놓치지 않으려고 후쿠타도 질문을 던졌다.

"형, 엄마의 옛날 친구라니?"

"'엔젤 악기'의 주인인 하세가와 씨."

그 사람이구나, 하고 얼굴을 떠올렸다. '엔젤 악기'는 긴나미 상점가에 있는 개인 운영 악기점이다. 주인 하세가와 미네는 싱글맘으로, 가쿠타와 같은 학년인 중학생 딸이 하나 있다. 음악과 그림책은 상성이 잘 맞는지, 어머니 레이와 함께 상점가 행사나 어린이회 구연동화 행사 등에서 자주 활동했다고 들었다.

"어? 하세가와 씨?" 보리차를 마시던 가쿠타가 손을 멈췄다. "그것참, 희한한 우연이네."

"뭐가?"

"그게, 아까 말했잖아. 학교에서 사건이 발생했다고. 그 사건의 피해자가 하세가와 씨의 딸 시오야."

"피해자?"

뒤숭숭한 이야기구나 싶어 한순간 눈살을 찌푸렸다.

하지만 자세히 들어보니 대단한 사건은 아니었다. '하맛코 재활용 아이디어 콩쿠르'라고 인근 중학교를 대상으로 지자체에서 주최하는 이벤트가 있는데, 하세가와네 외동딸이 거기에 출품하려고 만든 작품을 누군가가 망가뜨렸다고 한다.

굳이 거창하게 말하자면 '기물 파손 사건'쯤 될까. 완성도 높은 작품이라 상을 타면 악기점 홍보에도 도움이 될 거라면서 본인은 의욕을 불태웠다고 한다. 피해자 시오는 충격을 받아 아직도 학교를 쉰다고 하니, 동정심은 들지만 사람의 생사가 달린 일은 아니다.

"다만 그 작품을 미술 준비실에 보관해뒀다는 게 문제야." 가쿠타가 귀찮게 됐다는 듯이 말했다. "그래서 우리 서예부원 중 누군가가 범인 아니냐고 의심받고 있지."

"어째서? 미술실이니까 미술부원이라면 모를까."

"서예부는 미술부와 공동으로 미술실을 사용하거든. 그리고 그 작품이 망가진 시간대에는 서예부원만 미술실을 드나들었다나 봐. 그래서 요전에 후쿠타 형과 친구가 왔을 땐 마이카 선생님이랑 의논 중이었던 거야."

가쿠타는 머리가 좋고 학교에서도 수재로 통하는 듯하다. 그래서 의지하는 것이리라.

"그렇구나." 후쿠타는 건성으로 대답했다. 만약 어머니가 아직 살아 계셨다면 지인의 딸을 위해 발 벗고 나서자는 방향으로 이야기가 흘러갔을지도 모른다. 하지만 이제 하세가와네와 친분이 있는 사람은 겐타 정도니까 굳이 개입할 필요는 없다는 생각이었다.

"아하하. 뭐야, 이 노래? 재미있네."

어느새 료타가 겐타의 무릎에 앉아 스마트폰을 들여다보며 웃고 있었다. 경쾌한 곡조가 들렸다. 망가진 작품은 '수제 악기'인데, 시오가 그걸 연주하는 영상이 인터넷에 올라와 있었던 듯하다.

"겐타 형아. 이 노래, 한 번 더 듣자."

연주가 끝나고 다른 곡으로 바뀌자 료타가 겐타에게 졸랐다. 겐타가 늦게 들어와서 못 보는 날이 많으므로, 일찍 퇴근한 오늘은 실컷 어리광을 부리려는 듯했다.

하지만 어째선지 겐타는 대답하지 않았다.

매서운 눈빛으로 영상을 가만히 바라본다. 왜 그러나 싶어 후쿠타도 뒤로 돌아가서 스마트폰을 들여다보았다. 화면 속에서 피부가 뽀얗고 예쁘장한 소녀가 작은 실로폰같이 신기하게 생긴 악기를 연주하고 있었다.

크기는 양손에 들어가는 정도고, 하트 모양 나무판에 대나무 꼬치를 좌우가 대칭된 하프처럼 배치했다. 그걸 엄지로 튕겨서 소리를 내는 모양이다. 나무판과 대나무 꼬치만으로 만든 단순한 악기지만, 소리는 소박하면서도 사랑스러웠다. 포인트를 주듯 나무판 중심에 붙인 장식품도 좋은 의미에서 시선을 끌었다.

그 악기가 클로즈업됐을 때 겐타가 정지 버튼을 눌렀다.

"후쿠타, 이거 봐봐."

악기의 중심부를 가리키며 낮은 목소리로 말했다.

"이 장식, 어머니가 레진 공예로 만든 보석 아니야?"

2

"레이 씨가 누구한테 보석을 빌렸느냐고?"

태블릿 화면 저편에서 머리에 까치집을 지은 아버지가 하암, 하고 하품을 했다.

"아아, 하세가와 씨야."

사형제는 홀로 해외에 파견을 간 아버지에게 영상통화를 걸어 안부도 물을 겸 궁금한 점을 확인하는 참이었다.

어머니가 두 살 많아서인지 아버지는 지금도 '레이 씨'라고 경칭을 붙여서 부른다.

"그건 어쩌다 그랬더라……. 맞다, 연극."

"연극?"

"레이 씨가 구연동화 모임에 참가했었잖아. 그 모임에서 다음에는 연극을 하기로 했거든.《행복한 왕자》였던가. 그 이야기에 보석이 나오는데, 아무래도 진짜를 쓸 수는 없으니까 레이 씨가 레진으로 만들기로…… 그래, 분명 후쿠타도 친구와 함께 무대에 섰을 텐데."

그랬나, 하고 애매하게 고개를 꼬았다. 옛날 일이라 기억에 없지만《행복한 왕자》가 무슨 이야기인지는 어머니가 들려줘서 안다. 외국 동화인데, 마음씨 좋은 왕자 동상이 가난하고 힘들게 살아가는 사람들에게 몸에 달린 보석을 나누어주는 이야기다. 마지막에 보석이 죄다 없어진 왕자 동상이 폐기 처분 될 뿐만 아니라 왕자를 도와준 제비까지 힘이 다해서 죽어버리므로 어린 마음에도 너무하다고 생각했던 기억이 났다.

"그래서 그 레진 공예품을 만드는 데 참고하려고 일부러 하세가와 씨에게 진짜 보석을 빌렸다는 거야?" 가쿠타가 물었다.

"응. 레이 씨는 그런 부분에서 완벽을 추구하는 성격이니까."

"엄마는 진짜 보석을 왜 잃어버렸는데?"

"본인도 잘 몰랐던 모양이야. 적어도 연극이 끝날 때까지는 있었으니까, 연극이 끝나고 뒷정리했을 때나 소도구를 집으로 가지고 돌아온 후에 잃어버린 거겠지."

"그럼 엄마가 하세가와 씨에게 실수로 건네준 가짜 보석은? 그대로 준 거야?"

"아니, 아무리 그래도 그건 좀……. 진짜를 잃어버려놓고 가짜를 주면 상대방 기분을 긁는 것밖에 더 되겠니?"

"그럼 엄마가 레진으로 만든 보석은 지금 어디 있는데?"

"음, 어디에 있더라……."

아버지는 수염이 삐죽삐죽한 턱을 문지르며 생각에 잠겼다.

"그건, 잠깐만. 어디 보자, 분명……. 그렇지, 가미야마 씨가 가져갔어."

"가미야마 씨?" 형제들은 얼굴을 마주 보았다. "'주얼리 가미야마'의 주인 말이야?"

아버지는 고개를 끄덕였다.

"레이 씨, 지인의 신용과 인세를 한꺼번에 잃어서 몹시 낙담했어. 그때 안부 인사차 들른 가미야마 씨가 아마추어 치고는 잘 만들었다면서 레이 씨의 수제 액세서리를 몇 개 사 갔지. 다 합쳐서 1만 엔 정도였지만, 그래도 생활에 도움이 되겠다면서 레이 씨는 아주 기뻐했단다."

후쿠타는 미간에 주름을 잡았다. 어머니는 생전에 사소한 오해를 계기로 가미야마와 친하게 지냈다. 인생을 상담할 만큼 신뢰했지만, 어느 날 가미야마의 조언 때문에 어머니가 결혼반지를 팔 뻔한 사태가 발생했고, 그 후로 후쿠타를 비롯한 형제들은 가미야마를 별로 믿지 않는다.

"배상금은 얼마 정도였는데?" 가쿠타가 물었다.

"음…… 수십만 엔은 됐을걸."

"그렇게나 많이?"

"응. 하세가와 씨도 부모님께 받은 보석이라 집에 있던 감정서를 확인하기까지는 그렇게 비싼 물건인 줄 몰랐나 봐. 그래서 선뜻 빌려준 거겠지. 우리로서는 도저히 배상할 여유가 없었지만, 마침 레이 씨의 그림책이 출판돼서 인세로 겨우 물어냈어. 완전히 공짜로 일한 셈이라며 레이 씨는 몹시 한탄했지만."

통화를 마친 후 거실에 무거운 침묵이 내려앉았다. 분명 무슨 사정인지 전혀 이해하지 못했을 료타도 세 형을 흉내 내 잔뜩 찌푸린 표정으로 팔짱을 꼈다.

"……왜 가미야마 씨에게 팔았다는 어머니의 레진 공예품을 하세가와 씨가 가지고 있는 거지?"

겐타가 제일 먼저 입을 열었다.

"가미야마 씨가 시치미를 뚝 떼고 하세가와 씨에게 다시 판매한 거 아니야?" 후쿠타가 말했다.

"아닐걸. 그랬다면 엄마가 만든 가짜 보석이라는 걸 하세가와 씨가 알아차렸겠지. 진품을 가지고 있으니까."

가쿠타의 반론에, 그것도 그렇다며 후쿠타는 고개를 끄덕였다. 다른 형태로 가공했다면 또 모르지만, 영상만 보고서 겐타가 알아차렸을 정도니까 분명 당시 모습 그대로이리라.

그때 어머니가 자기 작품을 사진으로 찍어 저장해놨다는 걸 겐타가 기억해냈다. 유품인 노트북에서 사진을 찾아서 확인해보니, 역시 똑같은 물건이었다. 아버지 말로는 어머니가 참고한 원조 액세서리도 주문 제작품이라 하나밖에 없는 물건이라고 하니까, 디자인이 우연히 겹쳤을 가능성도 낮다.

"그렇다면…… 별로 받아들이고 싶지는 않지만 찜찜한

가설이 하나 나오는데."

사진과 영상을 견주어 보던 가쿠타가 이맛살을 찌푸리며 중얼거렸다.

"찜찜한 가설이라니?" 후쿠타가 물었다.

"하세가와 씨와 가미야마 씨가 몰래 손을 잡았다는 가설."

뭔가 생각할 때의 버릇인지, 가쿠타는 지구본이 달린 애착 샤프를 손안에서 빙글빙글 돌리며 말을 이었다.

"즉, 이런 거야. 일단 엄마가 레진으로 모조품을 만들고 진품을 하세가와 씨에게 돌려줘. 다음으로 연극이 끝나고 정신없는 사이에 하세가와 씨가 모조품을 훔쳐. 그리고 나중에 알아차린 척, 모조품을 반납받았다고 이의를 제기하며 훔친 모조품을 엄마에게 들이밀어. 사람 좋은 엄마는 자기가 착각했다고 믿고서 원하는 대로 배상금을 지불한 거지.

가미야마 씨는 보석의 감정서를 만드는 데 협조하지 않았을까. 가격을 끌어 올리기 위해서. 다만 엄마가 레진으로 만든 모조품을 계속 가지고 있으면 누군가 이 일에 의문을 품을지도 모르고, 어수룩한 엄마도 언젠가 진상을 알아차릴 수도 있겠지. 그래서 이 일을 완전히 어둠 속에 묻어

버리기 위해 모조품 쪽도 사들인 거야. 그게 무슨 연유인지 하세가와 씨 딸 손에 넘어갔고, 사정을 모르는 하세가와 시오는 평범한 레진 액세서리라고 믿고서 별생각 없이 작품에 사용한 거야."

탁, 하고 샤프가 손에서 거실 바닥으로 떨어졌다. 가쿠타는 샤프를 주워서 다시 돌리기 시작했다.

"하세가와 씨와 가미야마 씨 중에 누가 제안한 일인지는 모르겠지만. 아무튼 이 가설이 맞다면 하세가와 씨 집에 엄마의 레진 공예품이 있는 이유가 설명돼. 둘이 몰래 손을 잡았다고 하면."

"그러니까…… 엄마가 속아서 돈을 뜯겼다는 거야?"

후쿠타는 영 납득이 가지 않는다는 표정으로 물었다.

"그런 셈이지."

"흠. 넌 기억 안 나겠지만 하세가와 씨와 어머니는 평소 친하게 지냈는데? 사건이 일어난 후에도 아무 일도 없었던 것처럼 자주 가게에 갔고."

"어디까지나 표면상으로는 그랬겠지. 하세가와 씨가 진심으로 무슨 생각을 했는지는 아무도 모를 일이야. 그 악기점, 옛날부터 장사가 그리 잘되지는 않은 모양인데, 가령 자금을 융통하기 힘들 당시에 엄마 그림책이 나왔다는 이야기를 들었다면——"

"가쿠타."

겐타가 나지막한 목소리로 가쿠타의 말을 막았다.

"이거 사기 사건으로 경찰에 신고할 수 있나?"

거실에 긴장된 분위기가 감돌았다. 겐타의 얼굴을 힐끔 올려다본 료타가 살그머니 무릎에서 내려와 후쿠타의 다리에 달라붙었다. 평소 여러모로 인내심 강한 형이 이런 표정을 드러내는 건 드문 일이다.

가쿠타가 생침을 꿀꺽 삼켰다.

"……글쎄, 옛날 일인 데다 아직은 내 억측에 지나지 않아. 일단 악기에 달린 그 장식품이 정말로 엄마가 만든 레진 공예품인지 확인부터 해야겠지."

가쿠타는 겐타를 달래듯이 말하고 스마트폰을 다시 집었다.

"잠깐만 있어봐. 마이카 선생님이 보내준 현장 사진과 비교해볼게. 이 작품이 망가진 현장에도 의문스러운 부분이 좀 있어서 상담을 받았거든."

그때 "어?" 하고 가쿠타가 고개를 갸웃했다.

"왜 그래?"

"그게…… 이상하네……. 각도 때문에 안 보이는 건가?

아니야. 역시 맞아. 틀림없어.”

가쿠타는 혼자 중얼중얼하더니 후쿠타를 보고 굳은 웃음을 지었다.

“수수께끼가 또 생겼어, 후쿠타 형.”

“수수께끼라니?”

“없어.”

“없다고? 뭐가?”

“레진. 이 현장 사진에는 아까 영상에서 봤던 장식품이 찍혀 있지 않아.”

“어? 그렇다면…….”

그래, 하고 가쿠타는 얄궂다는 듯 입꼬리를 끌어 올렸다.

“또 누가 훔쳐 간 거야.”

3

“마이카예요.”

수요일 방과 후, 약속 장소인 카페 ‘다 코코넛’에 나타난 여성은 자신을 그렇게 소개했다.

동남아시아 계열의 매력적인 얼굴에, 검고 큼지막한 눈. 할머니가 태국인이라고 들었기에 외모를 보고 놀라지는 않았지만, 복장에는 그만 시선을 빼앗겼다. 어깨끈도 없는 탱크톱에, 허벅다리를 고스란히 드러낸 반바지. 여름이라 특별히 이상하지는 않지만, 남학생만 우글거리는 학교에서 오래 생활한 후쿠타에게는 너무 강한 자극이라고 할 수 있었다.

어디에 시선을 둬야 할지 몰라 난처해하자 그 반응을 다르게 해석했는지, 선생은 문득 생각난 것처럼 한 손을 입에 대고 중얼거렸다.

"아, 명함."

핸드백을 부스럭부스럭 뒤지더니 네모난 종잇조각을 건넸다. 특별히 주문 제작했는지 화사한 일러스트가 들어간 명함에는 '긴나미 중학교 외국어 비상근 강사'라는 직함 밑에 '主井 탄사니'라고 적혀 있었다.

"누시이…… 탄사니?"

후쿠타가 고개를 갸우뚱하자 상대는 싱그럽게 웃으며 유창한 일본어로 대답했다.

"'누시이'가 아니라 '슈이'예요. 잘못 발음하기 쉽지만 '스이'가 아니라 '슈이'. 탄사니는 태국에서 쓰는 이름인데, 어감이 마음에 들어서 일본 이름에도 넣었어요."

"네? 그렇다면…… 태국 이름은 탄사니인데, 일본 이름은 마이카라는 말씀인가요?"

"아니요. 마이카는 별명."

……왜 별명으로 자기소개를 한 거지?

"태국 사람은 작명 센스가 독특하거든."

후쿠타가 난감해하자 옆에 있던 가쿠타가 귓속말했다.

"본명은 너무 길어서 아무도 기억하지 못하니까 보통은 별명으로 부른대. 그것도 본명과는 상관없이, 부모가 좋아하는 물건이라거나 그냥 발음이 마음에 든다거나 그 정도 이유로 별명을 짓는다나 봐."

"마이카는 이거예요."

마이카 선생님은 주문한 아이스 재스민 차를 가리키며 말했다.

"재스민. 일본어로 마쓰리카(茉莉花). 이 한자는 마리카라고 읽기도 하는데, 마이카가 더 발음하기 쉬우니까 그쪽으로 한 거예요."

"아, 그렇군요……."

당혹감 어린 얼굴로 수긍했다. 어딘가 들어맞지 않는 이 느낌은 태국과 일본의 문화 차이 때문일까, 아니면 마이카 선생님의 기질 때문일까. 다만 자기 주관이 뚜렷한 분위기에서 어머니가 연상되어 결코 싫지는 않았다.

"그런데 그 미술 준비실에서 일어났다는 사건 말인데
요……."

상대의 겉모습과 성격, 양쪽에 휘둘리면서도 후쿠타는
일단 본론에 들어갔다. 오늘 겐타는 일하러 갔고 료타는 친
구 집에 놀러 가서, 여기 온 사람은 후쿠타와 가쿠타, 둘뿐
이다.

이야기는 가쿠타에게 대강 들었던 대로였다.

지자체의 환경 정책인지 뭔지의 일환으로, 쓰레기 문제
를 숙고하기 위한 이벤트 '하맛코 재활용 아이디어 콩쿠
르'가 시내 중학교 등을 대상으로 주최된다. 일단 각 학교
에서 선정한 우수작 몇 작품이 현립 미술관에 출품돼 최종
심사를 받는데, 출품 예정이었던 우수작 중 하나를 누군가
가 망가뜨렸다고 한다.

그 작품을 만든 학생이 긴나미 상점가의 노포 악기점
'엔젤 악기'의 외동딸 하세가와 시오다. 긴나미 중학교
2학년으로, 가쿠타와 반은 다르지만 같은 학년이다.

작품이 망가진 건 심사회장으로 옮기기 전날이었다. 학
생들이 돌아간 후 밤에 마이카 선생님이 배송업자를 데리
고 작품 보관 장소로 갔을 때 무참히 변한 모습을 발견했다
고 한다.

"보관 장소가 바로 미술 준비실이야."

가쿠타가 옆에서 보충 설명했다.

"전에 말했다시피 우리 학교에서는 미술부와 서예부가 미술실을 공동으로 사용해. 하지만 그날 미술부는 야외 활동을 하느라 밖으로 나갔고 서예부도 쉬는 날이라 서예부원 중 일부만 미술실을 사용했지. 그래서 의심받는 거야."

"응? 쉬는 날이라면서 너희는 왜 미술실에 있었는데?"

"우리는 자율 연습."

이 녀석, 의외로 동아리 활동을 열심히 하는구나.

"덧붙여, 인원수는 나까지 포함해서 네 명. 자세히 설명하자면 오후 4시쯤에 동아리 활동을 시작해서 오후 7시쯤에 동아리 활동을 마치고 미술실을 나섰어. 마지막으로 내가 문을 잠그고 열쇠는 직접 교무실에 반납했으니까, 그 후에 마이카 선생님이 배송업자를 데려올 때까지 아무도 미술실에 들어갈 수 없었지. 그리고 그 시간대에 사무원 중한 명이 계단 보수 작업을 하고 있었는데, 그 사람도 미술실이 있는 층으로 올라간 학생은 다섯 명뿐이었다고 증언했고. 물론 나머지 한 명은 하세가와 시오."

"동아리 활동 중에는 작품이 망가졌다는 걸 아무도 눈치채지 못했어?"

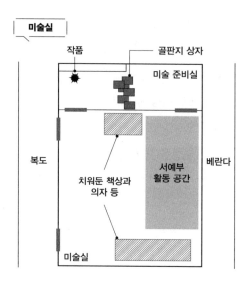

"뭐, 그렇지. 준비실 출입구는 미술실 베란다 쪽과 복도 쪽 두 군데야. 보관대는 복도 쪽 출입구 근처에 있는데, 우리는 베란다 쪽 출입구를 사용했거든. 도중에 거추장스러운 골판지 상자 같은 것도 있고 해서 볼일이 없고서야 굳이 작품을 보러 가지 않아."

가쿠타가 노트를 꺼내서 그림을 그리며 설명했다(그림 '미술실' 참조).

"그럼 너희가 오기 전에 망가진 것 아닐까?"

"그건 아니야. 우리가 연습을 시작했을 무렵에 하세가

와가 작품을 마지막으로 확인하러 왔었거든. 출품하기 전에 소리가 제대로 나는지 확인하고 싶댔어. 알다시피 개가 만든 건 악기니까.

그리고 자율 연습을 하러 나온 서예부원 중 한 명이 하세가와의 친구야. '이도키'라는 이름의 2학년 여자애인데, 개도 하세가와랑 같이 확인하러 갔었고 준비실에서 악기를 연주하는 소리도 들렸으니까 그때까지 무사했던 건 확실해."

범행 시각도 용의자도 한정된다는 뜻인가. 뭐, '용의자'라고 부를 만한 사건까지는 아닐지 모르겠지만. 그러나 만약 그중에 어머니의 레진 공예품을 훔친 장본인이 있고, 그 녀석이 과거의 보석 분실 사건에 관계가 있다면 엄연한 '용의자'다.

"다만 현장에는 이해가 안 되는 점이 하나 더 있는데."

"우물이에요."

마이카 선생님이 끼어들었다.

"우물우물?"

"아니요. 한자로 우물을 뜻하는 우물 정(井) 자요. 준비실 바닥에는 꼬치가 井 자 형태로 놓여 있었어요. 닭꼬치구이 전문점에서 사용할 법한 납작한 꼬치가."

"닭꼬치구이의 꼬치로…… 井 자를?"

뭐야, 그게, 하고 속으로 핀잔을 주었다. 애당초 왜 닭꼬치구이의 꼬치일까……? 아아, '재활용'이라서?

가쿠타가 다시 입을 열었다.

"뭐, 평범하게 생각하면 범행을 목격한 사람이 범인의 정체를 알려주기 위해 남긴 고발 메시지겠지만……."

"고발이라니……. 그럴 바에야 누가 범인이라고 직접 말하면 되잖아."

"나서기 싫은 이유는 얼마든지 있겠지. 범인에게 원한을 사고 싶지 않다든가, 고자질쟁이로 낙인찍히기 싫다든가. 그 후로도 학교생활은 해야 하니까 말이야."

그렇구나 싶었다. 같은 동아리 친구가 범인이라면 밀고자의 정체가 밝혀지는 건 서로 거북한 일이다.

"즉, 범인은 이름에 井 자가 들어간다는 뜻인가?"

"그럴지도 모르지."

"그럼 간단하잖아. 자율 연습하러 나온 서예부원 중에서 이름에 井 자가 들어가는 사람을 찾으면 그만인걸. 아, 그러고 보니 아까 '이도키'라는 애는——"

"안 돼. 추려낼 수 없어."

"어? 왜?"

"전부 이름에 井 자가 들어가거든."

"뭐라고?"

가쿠타가 노트 다음 페이지에 이름을 써나갔다.

"이게 당시 함께 있었던 동아리원들의 이름인데."

그걸 보고 후쿠타는 입이 떡 벌어졌다.

이데(井手), 이스미(井角), 이도키(井戸木).

"야, 야, 잠깐. 이런 우연이······."

"우연 아니야. 이 그룹은 원래 자기 이름의 井 자를 잘못 써서 모인 사람들이니까."

"엥?"

가쿠타 말로는 '이스미 아이미'라는 2학년이 자기 이름을 예쁘게 못 쓴다는 고민을 '이데 소카'라는 3학년 선배에게 상담한 것이 시초라고 한다. 거기에 역시 이름에 井자가 포함된 '이도키 기마코'가 참가해 그룹을 이루었다는 것이다.

"井 자는 균형을 맞춰서 쓰기가 꽤 어려우니까."

가쿠타가 다 안다는 표정으로 말했다. 서예부다운 발언이라고 후쿠타는 일단 납득하고 넘어가려다가 문득 의문을 품었다.

"엇? 가쿠타, 그럼 왜 넌 이 그룹에 낀 건데? 네 이름에는 井 자가 안 들어가잖아."

"난 지도 담당."

지도 담당……? 붓글씨 쓰는 법을 가르친다는 건가.

일단 상황은 파악했다. 하지만 이것만으로는 정보가 불충분하다. 왜냐하면 형제들이 찾아내려 하는 건 '작품을 망가뜨린 범인'이 아니라 '장식품을 훔친 범인'이기 때문이다.

"아, 그런데……."

후쿠타는 준비했던 질문을 천천히 꺼내놓았다.

"그 동아리원 중에 부모님이 정리해고를 당했다든가 해서 금전적으로 문제가 있는 학생은 없나요?"

"금전적으로요? 글쎄요……. 저는 담임이 아니라서 그런 것까지는 모르는데요……."

그러자 가쿠타가 발을 밟았다. 뭔가 싶어 시선을 주자 쓸데없는 소리 하지 말라는 듯이 쏘아보았다. 왜? 우리가 찾는 건 보석 절도범이잖아? 그럼 돈에 쪼들리는 사람을 찾아내는 게 제일 빠른 방법 아니야?

"어쨌거나…… 그 일 때문에 서예부는 지금 분위기가 아주 안 좋아요."

마이카 선생님은 빨대로 유리컵 속 얼음을 달그락달그

락 휘저으며 우울한 목소리로 말했다.

"사건이 발생한 후로 하세가와도 쭉 쉬고 있고요. 다들 누가 범인이냐는 둥, 누가 고자질했느냐는 둥 수군거리면서 서로 까칠하니……. 참 싫다니까요. 학생들이 언제나 밝고 즐겁고 사이좋게 지냈으면 하는데 말이죠."

그 표정에 문득 어머니의 모습이 겹쳤다. 그러고 보니 어머니는 우리가 싸울 때마다 "사이좋게 지내는 게 제일이야!" 하며 말렸더랬지.

"선생님은…… 학생들을 좋아하시는군요."

"네. 하지만 이런 분위기가 계속 이어지면 조금 싫어질 것 같네요. 직장이 즐겁지 않으면 그만두고 싶어질 테고요."

기대했던 대답과는 약간 달랐다. 정해진 틀 밖으로 삐져나오는 이런 느낌도 역시 어머니를 방불케 했다.

"뭐, 그러니까 후쿠타 형."

이야기를 마무리하려는 듯 가쿠타가 빠르게 말했다.

"마이카 선생님이 그만두지 않도록 하기 위해서라도, 사건 해결에 협력해줘. 후쿠타 형은 어쨌거나 발상이 뛰어나니까. '백지장도 맞들면 낫다'라는 속담도 있잖아."

4

"……닭꼬치구이의 꼬치라니, 왜?"

사우나에서 탄탄한 몸에 땀방울을 흘리며 겐타가 말했다.

긴나미 상점의 외곽에 있는 '스파 긴나미'다. '스파'라고
해봤자 옛날부터 있던 대중목욕탕을 요즘 취향에 맞춰 개
축한 정도지만, 요금이 적당하고 시설이 잘 갖춰진 사우나
도 있으므로 형제들은 자주 이용한다.

"그 악기, 대나무 꼬치를 사용했잖아. 그 대나무 꼬치가
상점가의 닭꼬치구잇집 거라나 봐."

"닭꼬치구잇집이면…… '구시마사'?"

"아마도. 재활용이 주제라 가게에서 사용한 대나무 꼬
치를 받아 와서 다시 사용했대. 고발자도 그걸로 메시지를
남겼고."

"그러니까 왜 꼬치로 메시지를?"

"가쿠타 말로는 글씨체를 숨기기 위해서 그런 것 아니
겠느냐던데. 손으로 쓰면 글씨에 평소 버릇이 나와서 들키
겠지. 특히 서예부원이 상대라면."

"흐음……."

겐타는 감량 중인 복서처럼 수건을 머리에 얹고 땀을 흘

리며 진지한 얼굴로 중얼거렸다.

"그렇군. 그러고 보니 지난번 사건에도 닭꼬치구이의 꼬치가 얽혀 있었지. 이 상점가에는 뭔가 그런 징크스라도 있는 걸까? 나쁜 짓을 하면 닭꼬치구이가 천벌을 내린다거나."

"에이, 그냥 우연이겠지."

형 농담은 못 받아주겠다고 생각하면서 후쿠타는 대답했다. 요전에 '하카마다 상점'과 관련해 발생했던 사건이 아직 머릿속에 있는 것이리라. 그 사건의 현장에도 닭꼬치구이의 꼬치가 남아 있었기에 겐타 나름대로 우스갯소리를 한 것이다.

"꺄하!"

료타가 기운차게 소리를 지르며 알몸으로 사우나실에 뛰어들었다. 허리에 수건을 두른 가쿠타도 귀찮다는 듯한 얼굴로 들어왔다. 사우나실이 좁아서 네 명이나 들어오자 바로 갑갑해졌다.

"겐타 형아! 후쿠타 형아!"

료타가 겐타와 후쿠타 사이를 비집고 들어와서 형들에게 손가락을 세 개 세우고 늠름하게 선언했다.

"나, 오늘은 3분에 도전할래!"

"안 돼. 2분까지만."

료타는 이 스파 사우나의 연령 제한을 아슬아슬하게 넘겼다. 그래서 형들을 흉내 내 들어오더라도 혹시나 신체에 미칠지 모르는 해로운 영향을 고려해 시간은 2분으로 정해 두었다.

못 말리겠다는 듯한 표정으로 가쿠타가 겐타 옆에 앉았다. 호리호리하면서도 근육질인 겐타와 나란히 있으니 가쿠타의 빈약한 체격이 한층 눈에 띄었다.

"……저기, 가쿠타."

"왜, 후쿠타 형."

"너 그때 내 발 왜 밟은 거야? 내 질문이 그렇게 이상했어?"

내내 마음에 걸렸던 점을 물어보았다. 만약 그걸 훔친 녀석이 있다면, 그 녀석은 분명 돈에 쪼들려서 그 장식품을 비싼 액세서리로 착각하고 훔친 것이 틀림없다. 나름대로 그런 고찰을 거친 후에 던진 질문이었건만.

가쿠타는 수건으로 얼굴을 닦고 대답했다.

"뭐, 질문 자체가 좀 갑작스럽고 부자연스럽기는 했지만, 그건 딱히 상관없어. 문제는 내용보다 물어본 상대야."

"물어본 상대?"

"그 작품을 망가뜨릴 수 있었던 사람은 당시 미술실에 있던 우리 서예부원 네 명이야. 하지만 장식품을 훔칠 수 있었던 사람으로 따지면 거기에 그치지 않지. 우리 말고도 사건이 발각되기 직전에 준비실에 들어간 사람이 한 명 더 있으니까."

가쿠타가 무슨 소리를 하는 건지 곧바로 이해하지 못했다. 콧잔등에 땀을 흘리며 생각하다 퍼뜩 알아차렸다.

"야, 설마……. 마이카 선생님을 의심하는 거야?"

"첫 번째 발견자를 의심하라는 말 몰라?"

가쿠타가 무미건조한 어조로 대답했다.

"배송업자와 함께 들어갔으니 작품을 망가뜨리기는 불가능할지도 몰라. 하지만 업자 눈을 속이고 장식을 훔치는 건 가능했겠지?"

"아니…… 하지만 그렇다고 왜 선생님이……."

"후쿠타 형, 슈이 지쇼라고 알아?"

"슈이 지쇼? 이 일대의 땅 부자인 그 사람?"

"응. 마이카 선생님의 본가는 그 집안이야. 그 집안 회장이 태국인 할머니에게 반해서 결혼했다나. 슈이(主井)는 독특한 성씨잖아. 먼 옛날에 그 집안이 이 일대 우물[井]의 주인이어서 그런 성씨가 붙었다고 해. 그래서 선생님, 손이 큰 만큼 돈 씀씀이도 헤픈 것 같아. 카페에서도 선생님이 전부 계산했잖아."

"본가가 부자라면 헤퍼도 상관없지 않을까?"

"그게, 할아버지가 아주 인색한 편인가 봐. 손녀한테도 쩨쩨하게 군다고 선생님이 늘 불평해."

학생 앞에서 불평할 일은 아니라고 핀잔을 주고 싶어졌다. 체면에 얽매이지 않는 이러한 면모도 역시 어머니와 비슷하다.

"레진 공예품은 훔쳐봤자 그렇게 큰 돈도 안 될 텐데."

"레진이라면 그렇지. 하지만 만약 선생님이 그걸 진짜 보석으로 착각했다면?"

"재활용 콩쿠르에 출품할 작품에 설마 진짜 보석을 쓸거라고는 생각지 않겠지. 게다가 선생님은 부자잖아? 그럼 그런 쪽으로는 보는 눈이 있을 것 같은데."

"그야 뭐, 틀린 말은 아니지만……."

의심 가득한 표정으로 생각에 잠긴 동생을 보고 후쿠타는 약간 어이가 없었다. 아무리 그래도 그건 너무 억측이다. 확실히 그 선생님 이름에도 井 자가 들어간다면 들어가지만…… 가쿠타는 머리 회전이 빠른 만큼 쓸데없는 일까지 너무 많이 생각해서 결과적으로 허탕을 칠 때도 적지 않다.

"그 글자는 정말로 한자의 井 자였을까?"

겐타가 의문을 꺼냈다. 가쿠타는 고개를 들고 수건으로 목 언저리를 쓱쓱 문질렀다.

"응. 나도 확인했는데 대나무 꼬치는 세로와 가로로 딱 직각이 되게 놓여 있었어. 의식적으로 내려놓지 않으면 그렇게는 안 될 테니 '샤프(♯)'나 '해시태그(#)'는 아니야."

"그런데." 후쿠타는 수건을 허리에서 머리로 옮기며 말했다. "왜 고발자는 井 자에서 멈춘 거지? 이왕 쓸 거면 범인 이름을 전부 쓰는 게 낫잖아."

"확실히 그것도 수수께끼네……." 가쿠타가 다시 생각에 잠겼다.

"꼬치가 모자랐던 것 아닐까?" 겐타가 물었다.

"아니. 그 악기는 24음계였으니까 대나무 꼬치도 스물네 개 있었을 거야. 성씨로 쓰는 한자 중에 그렇게까지 획수가 많은 건 없으니까, 쓰려고 했으면 쓸 수 있었겠지. 만약 대나무 꼬치가 모자라더라도 부러뜨리면 되잖아. 실제로 부러진 대나무 꼬치도 옆에 버려져 있었고."

후쿠타는 서예부원들의 이름을 떠올렸다. '이데(井手)', '이스미(井角)', '이도키(井戸木)'…… 자신의 성씨인 '고구레

(木暮)'를 쓰더라도 대나무 꼬치는 모자라지 않는다.

"그리고 한 가지 마음에 더 걸리는 건, 먹물에 남은 흔적이야."

"먹물에 남은 흔적?"

"후쿠타도 현장 사진을 봤잖아. 마치 살인 사건 현장에 남은 핏자국처럼 먹물이 튀어 있었어."

아아, 하고 후쿠타는 생각했다. 악기는 바닥에 내팽개친 것처럼 망가졌을 뿐만 아니라, 먹물까지 덮어쓴 상태였다. 그야말로 분노에 몸을 맡기고 저지른 듯한 느낌이라, 그것만 보면 역시 원한에서 비롯된 범행일 가능성이 클 듯했다.

"井 자를 쓴 대나무 꼬치는 눈에 확 띄게 먹물 위에 놓여 있었지. 그런데 먹물 위에서 대나무 꼬치 몇 개를 치운 듯한 흔적도 남아 있었어."

"그러니까…… 어쨌다는 거야?"

"고발자는 꼬치로 井 자를 쓰기 전에 다른 한자를 한 번 썼다는 뜻. 쏟아진 먹물에 사람인변(亻)처럼 보이는 부분이 있었잖아. 그건 뭘까?"

참 유심히 관찰했구나, 이 녀석. 후쿠타는 오기가 나서 기억을 쥐어짰다. 분명 井 자는 원형으로 퍼진 먹물 위쪽 부분——井 자는 상하좌우 어디서나 읽을 수 있으므로 위아

래를 정확하게 알 수는 없지
만——에 있었다. 먹물 아래
쪽 부분에 꼬치는 없었지만,
먹물로 이루어진 검은색 바탕
전체에 선 같은 흔적들이 희미
하게 남아 있었다. 듣고 보니
井 자를 남기기 전에 뭔가 다

우물 정 자와 먹물 자국

른 한자를 쓰기 위해 여러 형태로 꼬치를 놓아둔 흔적 같기
도 했다(그림 '우물 정 자와 먹물 자국' 참조).

"원래는 성씨 말고 이름을 쓰려고 했던 것 아닐까? 예를
들면 '진코(仁子)'라든가." 겐타가 의견을 내놓았다.

"아니야. 세 여학생의 성씨와 이름은 이데 소카(井手走華),
이스미 아이미(井角あいみ), 이도키 기마코(井戸木生眞子)⋯⋯.
전부 사람인변은 안 들어가."

사람인변이 포함된 한자라. 후쿠타는 천장을 올려다보
았다. 몸 체(体), 쉴 휴(休), 원수 구(仇)⋯⋯. 부수만 들으니 의
외로 생각이 잘 나지 않았지만, 적어도 서예부원의 이름과
는 관계없을 듯했다.

"푸핫!"

복어처럼 뺨을 부풀리고 있던 료타가 숨을 크게 내뱉었

다. 으, 하고 힘들어하는 소리를 내면서 다리를 바동거렸다. 이제 곧 들어온 지 2분…… 한계인가.

료타가 발로 걷어찬 수건을 가쿠타가 주워서 휙 내던지듯 돌려주었다.

"야, 이제 나가. 얼굴이 새빨개."

"싫어! 나도 같이 생각할 거야."

"억지 쓰지 말고. 딱 봐도 휘청휘청하겠는데, 뭘. 아니면 똑바로 서서 균형 잡아봐."

톡 쏘아붙이던 가쿠타가 갑자기 눈을 크게 떴다.

갑자기 벌떡 일어섰다. 허리에 두른 수건이 팔랑 떨어졌지만, 생각에 집중했는지 아랫도리를 감추려고도 하지 않았다.

"그래, 균형!"

"균형?"

가쿠타가 수건을 줍더니 출구로 달려갔다. "내가 이겼다!" 하고 신나서 소리치는 료타를 겐타에게 맡기고, 후쿠타도 가쿠타를 쫓아 사우나를 나섰다. 가쿠타는 몸도 닦지 않고 탈의실로 가서 옷장을 열고 스마트폰을 꺼냈다. 뒤에서 들여다보자 마이카 선생님에게 받았다는 현장 사진을 확인하고 있었다.

"……역시."

"왜 그러는데?"

"사람인변 말이야. 처음에는 한자 사람인변을 쓴 줄 알았는데, 그런 것치고는 삐침과 세로획의 균형이 뭔가 안 맞아. 글씨체의 문제가 아니라 문자의 종류가 달라서 그런 거야. 이건 한자 부수가 아니라 가타카나의 '이(イ)'야."

현장 사진을 일부 확대해서 이쪽에 보여주었다. 듣고 보니 분명 먹물 속에 희미하게 남아 있는 비스듬한 선은 기울어진 각도로 보건대 한자 亻보다는 가타카나 イ에 가까웠다. 역시 서예부라 보는 눈이 다르구나.

"그렇다면."

"고발자는 원래 가타카나로 범인의 이름을 쓰려고 했다는 뜻. 생각해보면 당연해. 이데(イデ), 이스미(イスミ), 이도키(イドキ). 꼬치로 쓸 거면 가타카나 쪽이 훨씬 쓰기 쉬우니까."

윙, 하고 탈의실의 선풍기가 바람을 보내자 머리카락이 서예 붓처럼 허공에 살랑거렸다. 가쿠타는 그 상태로 중얼거렸다.

"왜 굳이 가타카나를 한자로 바꾼 걸까?"

"저, 하세가와랑 별로 안면이 없어요."

위아래로 운동복을 입은 여학생은 쓴웃음을 지으며 그렇게 말했다.

다음 날 목요일 이른 아침, 둔치의 달리기 코스다.

여학생은 사건 용의자인 서예부원 중 한 명, 3학년 이데 소카다. 약간 어른스럽고 중성적인 얼굴에 짧은 머리, 키도 훤칠해서 활동적인 운동복 차림이 잘 어울렸다. 서예부라기보다 육상부 에이스 같은 분위기였다.

이데 소카가 이른 아침에 달리기를 하는 것이 일과라고 해서 형제들은 그 시간대를 활용해 이야기를 듣기로 약속을 잡았다. 이름대로 둑길을 달리는 것을 좋아하는 모양이다(둑길은 일본어로 도테(土手)이고 이데 소카의 이름에는 손 수(手) 달릴 주(走)라는 한자가 들어간다). 아직 출근하기 전이라 오늘만큼은 겐타도 함께 나왔다. 료타도 떼를 써서 어쩔 수 없이 데려왔지만, 아니나 다를까 너무 일찍 일어난 듯 겐타에게 업혀서 잠들었다.

"하세가와랑은 학년도 다르고 동아리 활동을 함께 하는 후배도 아니라서 접점이 전혀 없어요…… 그래서 이번 일도 누가 뭣 때문에 그랬는지 전혀 짐작이 안 간다고 할까요."

"하세가와 시오가 누군가에게 원한을 산 적은?"

"글쎄요. 학년이 달라서 그것도 잘 모르겠네요."

"이도키 기마코는 하세가와 절친한 사이라고 들었는데……."

"그런가 보더라고요. 교내에서 함께 있는 모습은 자주 봐요. 그냥 평범하게 친한 것 같던데요."

후쿠타의 질문에 이데 소카는 덤덤한 말투로 대답했다. 겉보기와 같이 털털한 성격인 듯했다. 동성 친구와 대화하는 듯한 감각이라 후쿠타로서는 말하기가 편했다.

"그럼 이스미 아이미는? 개도 하세가와랑 사이가 좋아?"

"개는……." 이데 소카는 잠깐 머뭇거리다가 대답했다. "사이가…… 어떠려나. 옛날에는 나쁘지 않았다고 들었는데, 뭔가를 계기로 약간 관계가 틀어진 모양이에요. 무슨 일이었더라……. 아, 맞다. 액세서리."

"액세서리?"

료타를 업고 있던 겐타가 나지막한 목소리로 반응했다.

"아, 네."

이데 소카의 목소리가 약간 높아졌다.

"아이미는 액세서리 만드는 게 취미거든요. 그래서 하세가와가 가지고 있는 액세서리를 빌리려다 거절당했다나…… 자세히는 모르지만요."

"혹시." 후쿠타는 스마트폰으로 악기 연주 영상을 보여주었다. "그 액세서리, 하세가와가 이 작품에 사용한 것 아니야?"

이데 소카는 영상을 보고 고개를 갸웃했다.

"글쎄요…… 모르겠네요. 전 원래 액세서리에 흥미가 별로 없어서요. 게다가 그런 걸 했다가는 집에서 의절당할 테니까요. 벌써부터 발랑 까졌다면서요."

"의절?"

"부모님이 그런 쪽에 엄하시거든요."

이데 소카는 살짝 웃고 어깨를 움츠렸다.

"고구레네 집은 좋겠다. 가족끼리 돈독해 보이네. 나도 남동생이랑은 친한데."

"아니, 뭐……."

가쿠타가 난처한 표정을 지었다. 이데 소카는 후후 웃더니 상반신을 비틀고, 그 자리에서 가볍게 제자리뛰기를 했다.

"아무튼…… 액세서리에 관해서는 아이미에게 직접 물

어보세요. 분명 곧 이쪽으로 뛰어올 테니까."

"어? 이스미랑 매일 아침 같이 달려요, 선배?" 가쿠타가 물었다.

"아니. 그게 아니라."

준비운동을 마친 이데 소카는 달려갈 자세를 취하며 슬쩍 쓴웃음을 지었다.

"걔, 날 스토킹하거든."

"어? 제가 소카 선배를 스토킹한다고요?"

이데 소카가 예언한 대로 잠시 후 분홍색 운동복을 입고 나타난 이스미 아이미는 형제들에게 그간의 사정을 듣고 한순간 굳어버렸다.

하지만 바로 표정을 풀고 웃긴다는 듯 킥킥댔다.

"에이, 진심으로 받아들이지 마세요. 선배가 농담한 거예요. 소카 선배는 의외로 장난을 꽤 좋아하거든요. 선배가 멋있어서 좋아하기는 하지만, 그저 평범하게 동경하는 정도랄까……."

농담이었나 싶어 그만 힘이 쭉 빠졌다. 학교도 그렇고 집도 그렇고 남자끼리만 지내서 그런지 이럴 때면 여자의 심리를 잘 모르겠다.

가쿠타가 약간 이해되지 않는다는 표정으로 고개를 갸우뚱했다.

"그런데 이스미, 이른 아침에 달리기를 할 만큼 운동을 좋아했던가?"

"이건 서예 퍼포먼스를 위해서."

이스미 아이미는 빙긋 웃으며 대답했다.

"춤추면서 글씨를 쓰려면 의외로 체력이 필요하거든. 난 체력이 약해서 소카 선배가 매일 아침 달린다는 이야기를 듣고 따라 해볼 생각으로 시작한 거야."

"서예 퍼포먼스?"

후쿠타가 되묻자 가쿠타는 "응?" 하고 어리둥절한 표정을 지었다.

"후쿠타 형이 다닐 때는 없었어? 가을 문화제마다 서예부가 펼치는 퍼포먼스. 음악에 맞춰 춤추며 커튼같이 커다란 화선지에 글씨를 쓰는 거야. 설날 특선 방송 같은 데 자주 나오잖아. 이스미는 퍼포먼스 안무 팀 리더야."

그러고 보니 그런 게 있었지. 후쿠타는 그리운 중학교 시절을 떠올렸다. 그래봤자 아직 몇 년 지나지도 않았지만.

"후쿠타 형아, 후쿠타 형아." 어느 틈엔가 깨어난 료타가 이스미의 머리를 보고 속닥속닥 귓속말했다. "저 누나

머리, 양 같아."

머리 높은 곳에서 두 갈래로 묶었고 양의 뿔처럼 끝부분이 구부러진 헤어 스타일을 보고 그러는 듯했다. 본인도 의식했는지 이스미의 분홍색 운동복 가슴께에는 양이나 소같이 뿔 있는 동물을 형상화한 액세서리가 달려 있었다.

이야기가 들렸는지 이스미가 씩 웃더니 "메에에에" 하며 자기 머리를 료타에게 내밀었다. 료타가 요란스럽게 소리를 지르며 도망쳤다.

"……하지만 이런 노력도 물거품이 될지 모르겠네."

밝은 태도로 료타를 어르던 이스미 아이미가 문득 그늘진 표정을 지었다.

"물거품? 어째서?"

"저, 서예부를 그만둘지도 모르거든요. 이번 일 때문에 제가 있으면 동아리 전체의 이미지가 안 좋아질 테고, 동아리원들도 예전보다 제 말을 잘 안 들어주는 것 같고요."

"현재 범인이 아닐까 제일 의심받는 사람이 이스미야."

가쿠타가 거들었다. 이스미 아이미는 쪼그려 앉아 료타의 펀치를 손으로 받아주며 자조하듯 중얼거렸다.

"아니라고 해도 믿어줘야 말이지. 하지만 그럴 만도 해요. 그런 메시지가 남아 있었으니까, 다들 저를 의심하는 거죠. 소카 선배는 그런 짓을 할 이유가 없고, 다들 저와 시오가 앙숙이라고 생각하거든요."

시오? 아아, '하세가와 시오' 말이구나.

"사이가 안 좋아?"

"저는 딱히 그렇지 않은데……. 다만 시오가 어떻게 생각하는지는."

이스미 아이미가 한숨을 푹 쉬었다.

"걔가 무슨 생각을 하는지 저로서는 잘 모르겠어요. 그렇다기보다 저한테 별로 관심이 없는지도 모르죠. 요전에 만났을 때는 이름을 잊어버렸더라고요. 그런 면에 저도 화가 나서 좀 차갑게 대한 적은 있어요. 그래서 다들 '앙숙'이라고 여기는 모양이라……."

"그러고 보니 액세서리 때문에 싸웠다고 들었는데."

겐타가 끼어들었다. 이스미 아이미는 "앗, 네" 하고 한옥타브 높은 목소리로 대답한 후, 허둥지둥 일어나서 손가락으로 머리카락을 만지작거렸다.

"싸웠다고 할 정도는 아닌데요……. 저, 액세서리 만들기가 취미라서요."

운동복 가슴께에 손을 대고 비즈로 만든 솟과 동물 모양의 액세서리를 보여주었다.

"저희 엄마가 음악 관련 학교에서 일해서 자주 엄마랑 함께 '엔젤 악기'에 갔었어요. 그러다 시오와 친해졌고요. 그리고 나서 언제였던가, 시오네 집에 놀러 갔는데 아주 잘 만든 수제 액세서리가 있더라고요. 만드는 법이 궁금해져서 자세히 물어봤죠.

그런데 시오가 웃으며 얼버무릴 뿐, 가르쳐주질 않잖아요. 어쩐지 기분이 상해서 그때부터 관계가 좀 어색해졌다고 할까."

"그 액세서리는 혹시 콩쿠르 출품작에 달려 있던?"

"네." 겐타의 질문에 이스미 아이미는 얌전히 눈을 내리뜨고 대답했다. "작품을 처음 봤을 때는 저도 어이가 없었죠. 일부러 도발하는 건가 싶었거든요. 뭐, 시오 성격상 그냥 잊어버리고 그랬을 거라 생각하고 넘어갔지만요."

후쿠타, 겐타, 가쿠타는 서로 눈짓을 보냈다. 드디어 어머니의 액세서리로 이어지는 정보가 약간 나왔다.

"그런데……." 후쿠타는 드디어 핵심적인 질문을 꺼냈다. "사건이 발생한 후, 작품에 달려 있던 그 액세서리가 사라졌어. 이스미, 뭔가 짚이는 거 없어?"

"네? 없어졌다고요?" 이스미 아이미는 얼떨떨한 표정으로 말했다. "시오가 가져간 게 아니라요?"

"아니야." 가쿠타가 설명했다. "마이카 선생님이 발견했을 때부터 없었대. 증거 사진도 있어."

"그렇구나. 마이카 선생님이 멋대로 가져갈 리는 없으니까. 누가 가져간 걸까……."

이스미 아이미는 손끝까지 덮은 운동복 소맷자락을 입에 대고 고개를 기울였다. 약간 내숭을 떠는 것 같기는 했지만, 순수하게 나온 반응인지 천연덕스럽게 시치미를 떼는 건지 여자에게 익숙지 않은 후쿠타로서는 안타깝게도 구분이 되지 않았다.

"액세서리 하면……."

이스미 아이미가 문득 생각난 것처럼 말을 이었다.

"그리고 보니 깃코도 액세서리를 좋아해요."

"깃코?"

"시오의 단짝인 이도키 기마코요. 교육계 종사자라 평소 엄한 부모님에게 반항하는 건지, 학교에서 금지하는 액세서리를 몰래 자주 달고 왔죠. 요즘은 잠잠해졌지만 1학년 때는 매일 다른 액세서리를 했다니까요. 소카 선배에게도 선물한 모양이고요."

"이데 소카에게?"

"네. 선배는 여학생에게 인기가 있으니까." 이스미 아이미는 후후, 웃고는 말했다. "어쩌면 깃코는 정말로 좋아하는지도 몰라요. 학교에서도 늘 졸졸 따라다니는 걸 보면."

"어? 하지만 걔는 하세가와 시오와 친한 게……."

"네. 그래서 저도 충고했어요. 그렇게 선배에게 붙어 다니면 시오가 질투할 거라고요. 어디까지나 농담조였는데, 깃코가 심각하게 난처한 표정을 짓길래 이거 분명 진심이구나 싶었죠."

뭐라고 답변하기가 난감했다. 그 질투는 우정…… 아니면 그 이상의 뭔가일까. 여자들 사이의 거리 감각은 잘 모르겠다.

"하지만 깃코도 좀 안됐어요." 이스미 아이미는 동정하는 표정으로 말했다. "시오가 생긴 것과 다르게 꽤 구속이 심한 모양이에요. 깃코도 시오 앞에서는 아주 신경 쓰는 눈치고요. 시오가 공주님이고 깃코는 시녀 같달까."

"……걔랑 하세가와 시오, 정말로 단짝 맞아?"

후쿠타가 묻자 이스미 아이미는 곤란하다는 듯 눈을 돌리고 반쯤 웃더니, 운동복 소매로 입가를 가렸다.

"제 입으로는 뭐라고도 말 못 하겠는데요."

"어…… 이토키 기마코, 맞지?"

"이도키예요." 말꼬리가 스러질 것 같은 목소리가 정정했다.

"아, 미안. 별로 못 들어본 성씨라서."

"앗, 아, 아니요. 괘, 괜찮아요. 시오도 자주 틀리는걸요. 그리고 다들 별명으로 부르니까 성씨를 제대로 기억하는 사람은 동아리원 정도고……."

장소를 바꿔서 역 앞 자연공원의 벤치. 시간은 저녁녘이다. 오늘은 서예부가 쉬는 날이라 이도키가 학원에 가기 전에 잠깐 시간을 내서 이야기를 듣기로 했다.

동그란 안경을 낀 이도키 기마코는 이름 그대로 아주 성실(일본어로 키마지메(生眞面目)는 성실하다, 고지식하다는 뜻이고 이도키 기마코의 이름에는 生眞이라는 한자가 들어간다)해 보이는 아담한 여학생이었다. 별로 꾸민 구석이 없고 염색기 하나 없는 바가지머리였다. 더 나아가 앞머리를 핀으로 고정해서 넓은 이마를 드러냈다. 교복 치마도 촌스러울 만큼 긴 것이 교칙을 어길 부류로는 보이지 않았다.

후쿠타가 사건에 대해 묻자 이도키 기마코는 모깃소리같이 기어드는 목소리로 더듬더듬 대답했다. 앞선 두 사람과 달리 약간 긴장한 듯했다. 자기보다 나이가 많고 남자여서 그럴까. 참고로 겐타는 오늘 휴가를 내고 자리에 함께했다. 료타는 친구 집에 놀러 갔으므로, 어린 료타가 없는 만큼 좀 더 경직된 분위기가 된지도 모르겠다.

"그럼 이도키도 범인이 누군지는 짐작이 안 가는 거야?"

"아, 네."

"현장에 남아 있던 井 자에 대해서는 어떻게 생각해?"

"아, 그게…… 모르겠는데요……."

"현재는 이스미 아이미가 제일 의심받는다면서? 만약 개가 하세가와에게 원한을 품었다면, 어떤 이유에서 그런 걸까?"

"어, 어? 이유요……? 뭘까…… 시오가 예쁘니까……?"

진도가 안 나간다. 긴장해서 목이 마르는지, 이야기하는 중간중간 페트병의 물을 마시는 이도키 기마코를 보고 남자 셋이 한꺼번에 찾아온 건 실수였구나 싶었다. 딱히 거짓말을 하는 것 같지는 않았지만, 위축된 나머지 차분하게 대답하기가 힘든 듯했다. 이번 탐문은 가쿠타가 도맡았어야 하는지도 모른다.

가쿠타에게 시선을 보내자 무슨 뜻인지 알아차리고 대신해서 입을 열었다.

"좀 난데없는 이야기긴 하지만…… 이도키 그거 알아? 사건이 발생한 후에, 그 작품에 달려 있던 장식품이 없어졌대."

이도키 기마코는 물을 한 모금 꿀꺽 삼키고 대답했다.

"……장식품이라면, 그 레진 공예품?"

"응."

"진짜? 그게 없어졌다고? 시오가 가지고 돌아간 게 아니라?"

"응. 마이카 선생님이 발견했을 때 이미 없었다나 봐."

"그렇구나……. 시오도 없어진 걸 알아?"

"몰라. 하세가와는 그 후로 학교에 안 왔으니까."

흐음, 하고 이도키 기마코는 중얼거린 후, 그제야 알아차린 것처럼 비뚤어진 안경을 바로잡았다. 이야기 상대가 가쿠타로 바뀌어서 차분함을 조금 되찾은 듯했다.

"하긴 그렇겠네……. 그 사실을 알면 시오가 더 우울해할 거야. 이유는 모르겠지만 그 장식품을 아주 소중히 여겼으니까. 시오네 집, 요즘 안 그래도 힘들잖아. 악기는 안 팔리지, 헤어진 아빠가 진 빚도 남아 있지, 그 밖에도 여러모로."

"헤어진 아빠?"

"응. 몰랐어? 시오의 두 번째 아빠 말이야."

"두 번째?"

"결혼은 안 했으니 정식 아빠는 아니지만. 시오가 초등학생 때 엄마가 가게 단골손님의 입발림에 넘어가서 잠시같이 살림을 차렸다가 바로 헤어졌대.

아무래도 그 사람, 툭하면 때리고 정신적으로도 몹시 학대한 모양이야. 그래서 엄마가 그 사람과 헤어졌을 때 정말 기뻤다고 시오가 그랬어. 그런데 그 사람이 가게 명의로 대출을 받았다는 사실이 헤어진 후에 드러나서 지금도 대출금을 갚느라 애먹는 것 같더라."

형제들은 시선을 교환했다. 하세가와 모녀는 생각했던 것 이상으로 고생이 심한 듯했다. 딱하다는 마음이 드는 것과 동시에 의혹이 하나 싹텄다. 그 당시 하세가와네는 금전적으로 아주 궁핍했을 것이다.

"그래서 지금 시오의 머릿속은 집 걱정으로 가득해. 이스미가 시오에 관해 이러니저러니 떠들지만, 애당초 시오는 이스미를 신경 쓸 여유가 없어. 이번 일도 시오한테 얼마나 큰 충격이었을지……. 시오는 이번 콩쿠르가 가게 홍보에 조금이라도 도움이 되기를 바라는 마음으로 의욕을 불태웠거든. 마지막으로 확인할 때도 꼬치 하나가 아무래도 음이 다르다면서 몇 번이나 조정했어. 결국 고치지 못한 모양이지만."

이도키 기마코의 목소리가 점점 격앙됐다.

"그러니까 난 범인을 절대로 용서 못 해. 반드시 찾아내서 시오에게 저지른 짓을 사과시킬 거야. 그게 이스미든 이데 선배든."

"그런데…… 이스미야 그렇다 쳐도, 이데 선배는 작품을 망가뜨릴 이유가 없지 않나? 하세가와 시오하고는 접점이 전혀 없으니까."

가쿠타의 반론에 이도키 기마코는 잠시 생각에 빠진 듯한 표정을 지었다.

"전혀 접점이 없지는…… 않을 텐데."

"어, 왜?"

"분명 시오는 이데 선배를 모를 거야. 하지만 선배는 적어도 시오 엄마를 알걸."

"어떻게?"

"요전에 준비실에 있던 시오의 작품을 보고 선배가 그랬거든. '역시 그 가게는 쓰레기를 위장하는 솜씨가 좋네'라고."

"쓰레기를 위장하다니?"

이도키 기마코의 이야기에 따르면 이데 소카의 어머니는 옛날에 하세가와네 악기점에서 조악한 상품을 추천받아 산 적이 있다는 모양이다. 그래서 이데의 어머니는 당시 일을 내내 마음에 담아두고 있다가 지금도 '속았다'며 딸에게 불평한다고 한다.

"악기 이야기야?"

"그건 모르겠지만 아마 그렇겠지. 하여튼 이데 선배 엄마와 시오 엄마는 서로 아는 사이고, 그걸 선배가 알고 있던 건 확실해. 그러니까 접점이 전혀 없다는 말은 옳지 않아."

형제들은 다시 눈을 마주쳤다. 그 말인즉슨, 우리 어머니 말고도 하세가와네에 호구를 잡힌 피해자가 또 있다는 뜻인가?

"그러고 보니." 겐타가 처음으로 입을 열었다. "이도키 씨의 취미는 액세서리 수집이라고 이스미 씨에게 들었는데 정말이야? 이데 씨에게도 선물했다고 하던데."

그러자 이도키 기마코의 손에서 페트병이 툭 떨어졌다.

겐타의 얼굴을 응시하다가 자신의 빈손을 보고 "어, 어" 하고 당황해하며 덤불에 떨어진 페트병을 주웠다.

"이, 이데 선배한테만 선물한 건 아니고……! 늘 도움을 받으니까 준 것뿐이에요! 다른 아이에게도 줬는데!"

뭐야, 왜 이렇게 당황하지?

이도키 기마코는 동요를 감추려는 듯 페트병의 물을 꿀꺽꿀꺽 들이켰다. 소맷자락으로 입을 쓱 닦고 빈 페트병을 그물망 쓰레기통에 던져 넣었다. 벤치에 놓아둔 가방을 들고 가쿠타에게 말했다.

"고구레, 이제 됐지? 나 이만 가봐야 해. 곧 학원 수업 시작할 시간이야."

"어? 아, 으, 응······."

이도키 기마코는 고개를 꾸벅 숙인 후 공원을 뛰어나갔다. 형제들은 그 뒷모습을 약간 놀란 눈으로 지켜보았다.

6

"결국······ 어떻게 된 거야?"

라면을 후룩후룩 먹으며 겐타가 물었다.

"이데 선배에게도 일단은 작품을 망가뜨릴 동기가 있었다는 뜻. 구체적으로 말하자면 옛날에 엄마가 속은 것에 대한······ 앙갚음이랄까."

안경에 뿌옇게 김이 서린 가쿠타가 대답했다.

"하지만." 후쿠타는 멘마(데친 죽순을 소금에 절인 식품. 주로 라면의 토핑으로 사용된다)를 젓가락으로 집으면서 반론했다.

"이데는 남동생과는 친하다고 했어. 바꿔 말하면 부모님과는 사이가 좋지 않다는 뜻이잖아? 그런데 굳이 어머니를 위해 그런 짓을 할까?"

"그럼 엄마에게 명령받은 것 아닐까. 잘못하면 의절당하느니 하는 소리도 했으니까."

"다른 두 사람은 어떨까? 동기는 없나?" 겐타가 말했다.

"이스미는…… 뭐, 자신을 대하는 하세가와의 태도가 마음에 안 들기는 하겠지. 이도키는 하세가와가 이스미를 신경 쓸 여유 없다고 했지만, 그야 이스미 입장에서는 무시당하는 거나 마찬가지잖아.

이도키는 잘 모르겠지만…… 이스미가 마지막으로 한 말이 마음에 좀 걸리네."

"자기 입으로는 뭐라고도 말 못 하겠다는 그거?"

"응. 듣고 보니 그 두 사람, 대등한 친구라기보다는 이도키가 하세가와를 극진히 떠받드는 인상이야. 아이돌과 그 아이돌을 숭배하는 팬이랄까."

"하지만 이도키 기마코는 이데 소카 선배의 팬 아니야?" 후쿠타가 가쿠타에게 물었다.

"음, 글쎄. 확실히 동아리 활동을 할 때 늘 선배 곁에 있기는 하는데……."

웬일로 말이 시원치 못했다. 똑똑한 동생도 여자의 복잡한 심리에 관해서는 두 손 든 모양이다.

"이도키 기마코라는 아이 말이야…… 내가 액세서리에 대해 물었을 때 태도가 좀 수상하지 않았어?"

겐타의 말에 아아, 하고 후쿠타도 이도키 기마코가 당황해하던 모습을 떠올렸다. 분명 그 반응은 이상해도 너무 이상했다.

가쿠타는 조금 난감해하는 표정으로 겐타를 보았다.

"그건 겐타 형 잘못이야. 아니, 겐타 형은 아무 잘못도 없지만……"

"무슨 소리야?"

"그게 질문 내용에 대한 반응인지, 아니면 겐타 형 같은 미남이 말을 걸면 여자들이 일반적으로 보이는 반응인지 나로서는 판단이 안 된다는 뜻. 이데 선배랑 이스미도 겐타 형이 질문했을 때는 비슷한 반응이 돌아왔잖아. 이도키가 유독 지나치게 반응했을 뿐일지도 모르니까 나도 해석하기가 힘들달까……"

과연, 그럴 수도 있겠구나. 겐타가 있으면 여자들의 호감도가 올라가서 이야기가 술술 풀려 나오지 않을까 싶었는데, 그렇게 단순한 문제가 아니었던 듯하다.

"뭐야, 뭐야. 겐 이 자식, 또 여자를 울렸어?"

천을 꼬아서 머리에 두른 사장이 히죽히죽 웃으며 카운터 너머로 고개를 내밀었다. 긴나미 상점가에서 새로 영업을 시작한 라면집 '라면 후지사키'의 사장, 후지사키 가쓰오다. 옆에 있는 노포 건어물집의 아들이자 고등학교 시절 겐타의 동아리 선배이기도 하다.

후지사키가 굵은 팔을 쭉 뻗어서 형제들 앞에 작은 접시를 내려놓았다. "이것도 새롭게 만들어본 안주야." 그렇게 말하고는 또 바삐 주방으로 돌아갔다.

형제들은 후지사키의 부탁으로 신메뉴를 먹어보는 중이었다. 손님이 늘지 않는 것이 고민인 후지사키는 메뉴 개발에 심혈을 기울이고 있는데, 오늘도 료타를 데리러 갔다 오는 길에 상점가에서 붙잡혀 가게로 끌려왔다(그래서 료타도 함께다).

가쿠타가 작은 접시에서 반투명한 요리를 젓가락으로 집어 들고 고개를 갸웃했다.

"이건 뭘까…… 해파리 절임? 이왕이면 라면 건더기로 넣지."

"아까 이야기를 계속하자면." 후쿠타는 맛이 심심한 해파리 절임을 우물우물 씹으면서 말했다. "솔직히 작품을 망가뜨린 동기 같은 건 아무래도 상관없지 않나? 우리가 찾는 건 '작품을 망가뜨린 범인'이 아니라 '장식품을 훔친 범인'이니까."

"뭐, 그렇지." 가쿠타는 해파리 절임을 조심조심 입에 넣으며 대답했다. "하지만 망가뜨린 이유와 훔친 이유는 일맥상통해. 만약 범인이 이데 선배라면 앙갚음할 마음으로 작품을 부순 김에 그 집 딸이 소중히 여기는 장식품을 훔친 걸 거야. 이스미라면 도발하듯 달아둔 장식품을 보고 화가 나서 작품을 부수고 훔쳤을 테고. 단짝 이도키는…… 아직 잘 모르겠지만, 만약 개가 하세가와의 열광적인 팬 같은 입장이라면 하세가와의 물건을 가지고 싶었다든가."

역시 맛이 모자라는지 가쿠타는 해파리 절임 접시에 간장을 뿌렸다.

"다만…… 현재 난 범인보다 고발자가 누구인지에 더 관심이 있어."

"고발자라면 현장에 대나무 꼬치로 井 자를 남긴 녀석? 왜?"

"먹물 때문이야."

"먹물?"

"망가진 작품은 먹물로 범벅이 됐잖아. 그래서 장식품

이 끼워져 있던 홈을 다시 확인해봤는데, 먹물이 가장자리에서 조금 흘러내린 상태로 굳어서 홈 밑바닥까지는 닿지 않았더라고.

다시 말해 그 장식품은 먹물을 끼얹은 직후도, 먹물이 완전히 마른 후도 아니라, 먹물이 반쯤 마른 상태일 때 도둑맞았다는 뜻. 실험해봤는데, 요즘 계절에 그 먹물은 대략 20분에서 30분 지나면 반쯤 마르고, 한 시간이 지나면 완전히 말라붙어. 卅 자가 놓여 있던 먹물에도 꼬치를 움직인 흔적이 남아 있었으니까 꼬치를 놓아둔 시점 역시 먹물이 반쯤 말랐을 때야. 즉, 꼬치를 놓아둔 시간대와 장식품을 도둑맞은 시간대가 겹치는 거지. 우리는 대강 30분 간격으로 한 명씩 준비실에 드나들었으니까 분명 동일 인물의 소행이야."

"어…… 요컨대 뭐가 어쨌다는 거야?"

"고발자와 엄마의 장식품을 훔친 범인은 동일 인물이라는 뜻."

메시지를 남긴 녀석이 장식품을 훔친 범인? 대체 일이 어떻게 흘러가는 거야?

가쿠타가 스마트폰을 꺼내서 보여준 영상에는 베란다 쪽에서 찍은 듯한 서예부의 연습 광경이 담겨 있었다. 천장에 커튼처럼 매단 커다란 화선지를 배경으로 서예부원들이 서예 퍼포먼스에 열을 올리고 있었다. 다만 미술실 안에 있는 미술 준비실의 출입구, 베란다 쪽과 복도 쪽의 문 두 개는 앵글에서 벗어나서 보이지 않았다.

"이름 쓰기 연습을 마치고 내친김에 퍼포먼스도 연습했지. 이건 메이킹 영상용으로 찍은 거야. 사람들이 드나드는 건 이 영상으로 확인했어. 하긴 준비실 출입구는 둘 다 보이지 않으니, 어디까지나 화면에 잡힌 모습만을 보고 판단한 거지만.

하세가와가 마지막으로 작품을 확인한 후 화면에 잡히지 않는 서예부원의 순서는 이도키, 다음으로 나, 이데 선배, 이스미야. 대강 30분 간격으로 한 명씩, 화면에 잡히지 않는 건 10분 전후. 이거랑 먹물이 마른 상태를 고려하면 작품을 망가뜨린 범인과 고발자의 관계는——"

"야, 야, 먹물이라니? 오징어 먹물은 안 넣었는데?"

그때 사장 후지사키의 호쾌한 웃음소리가 날아들었다. 가쿠타가 얼굴을 찡그렸다. 사장은 새로운 요리가 담긴 접시를 형제들 앞에 내놓은 뒤 갑자기 불안해졌는지 카운터 너머로 몸을 내밀고 작은 목소리로 겐타에게 물었다.

"어이, 겐. 이번 신메뉴, 그렇게 비린내가 났어?"

겐타는 약간 난처해하는 얼굴로 시선을 내렸다.

"아니요…… 충분히 맛있는데요."

"정말로? 넌 옛날부터 괜스레 남을 배려하는 성격이니까 말이야. 그럼…… 야, 가쿠짱. 천재 소년의 감상은 어때? 넌 배려니 뭐니 신경 안 쓰는 성격이잖아."

가쿠타가 휴우, 하고 한숨을 쉬었다. 호주머니에서 천천히 손수건을 꺼내 라면의 김으로 뿌예진 안경을 닦은 후, 사장을 똑바로 쳐다보고 말했다.

"그럼…… 겐타 형 대신 솔직하게 말해도 될까요?"

"어, 응. 덤벼봐."

"일단 이 담백한 국물에는 굵은 면보다 가는 면이 어울릴 것 같네요. 그리고 이 국물, 건어물을 사용하는 게 포인트잖아요. 메뉴에도 그렇게 적혀 있고요."

"그렇지." 후지사키가 가슴을 쭉 폈다. "이것저것 많이 넣었어. 가다랑어포와 고등어포, 말린 오징어와 말린 새우, 말린 가리비 관자…… 100퍼센트 진짜 건어물을 사용하는 게 우리 가게만의 특색이니까."

"그건 괜찮은데, 뭐랄까, 전체적으로 맛이 복잡하게 섞여서 국물에 윤곽이 없달까요. 재료를 좀 더 추리는 편이 낫지 않겠어요? 특히 말린 가리비 관자를 넣는 게 의미가 있을까요? 다른 재료에 밀려서 존재감이 전혀 없는데요."

"의미라……."

후지사키는 아련한 눈빛을 지었다.

"한 번도 생각해본 적 없었군. 난 논리보다 감성으로 밀어붙이는 성격이라……."

그런 건 생각을 좀 해줬으면 한다. 그 밖에도 가쿠타가 꺼내놓는 여러 가지 문제점을 후지사키는 등을 웅크린 채 고분고분한 표정으로 귀 기울여 들었다. 곰같이 큰 체구가 지금은 토끼처럼 쪼그라들어 보였다.

"난 정말 맛있었어요!"

그때 료타가 푸하, 하고 그릇에서 고개를 들고 힘차게 손을 들었다. 후지사키는 구세주를 봤다는 표정으로 말했다.

"오오, 그렇구나! 꼬맹이는 내 맛을 알겠니? 온 가족이 즐길 수 있는 방향이 맞을지도 모르겠군. 그럼 뭐가 제일 맛있었어, 료짱?"

"소용돌이 어묵!"

그건 시판품이야, 료타.

후쿠타는 어깨를 축 늘어뜨린 사장에게 죄책감을 약간 느끼다가 곁에 있는 겐타가 묘하게 조용하다는 걸 알아차렸다. 우묵한 스푼으로 뜬 국물을 가만히 바라보며 뭔가 생각하는 듯했다.

"진짜 건어물이라……." 나직하게 중얼거리더니 크게 말했다. "저기, 후쿠타."

"왜, 형?"

"그 장식품, 역시 진짜였던 것 아닐까?"

응? 하고 후쿠타는 젓가락을 멈췄다.

"그러니까 그건 아니라고 처음에——"

"아하." 사장을 완전히 기죽인 가쿠타가 다시 논의로 돌아왔다. "그것도 말이 안 되지는 않아. 만약 자기 엄마가 무슨 짓을 저질렀는지 딸 하세가와가 전혀 모른다면."

"응? 그게 무슨 소리야?"

"우리 엄마랑은 반대야. 하세가와는 집에 있던 진짜 장식품을 가짜라고 믿고서 작품에 사용한 거지. 나중에 하세가와의 엄마가 그 사실을 알아차려도 뭐라고 참견은 못 했을 거야. 우리 가족에게 배상금을 받은 이상, 집에 진짜가 있어서는 안 되니까."

그렇구나, 하고 이해했다. 가령 하세가와 시오의 어머니가 우리 어머니를 속였고, 딸은 그 사실을 몰랐다고 치자. 그럴 경우, 만약 딸이 집에 있는 진짜 장식품을 발견하더라도 어머니는 어디까지나 '레진으로 만든 가짜'라고 주장하는 수밖에 없다. 또한 어머니가 장식품에 관해 이야기하는 걸 피했다면, 시오가 이스미 아이미에게 자세하게 말하지 못한 것도 설명이 된다.

"그 사진과 영상만으로는 장식품이 진짜인지 가짜인지 판별할 수 없고 말이지. 그렇다면 어떻게 되는 거지? 범인이 진짜라는 걸 알고서 훔쳤다면 역시 동기는 금전 목적? 그렇다면……."

"그렇다면?"

"마이카 선생님 범인설도 다시 부상한다?"

설마, 하고 후쿠타가 입을 열려고 했을 때였다.

가게 문이 드르륵 열렸다.

"네, 어서 옵쇼. 오, 아주머니."

안쪽에서 기운 없이 들통의 국물을 휘젓고 있던 후지사키가 갑자기 싹싹한 목소리로 말했다.

가게에 풍기는 해산물 국물 냄새에 향수 냄새가 섞였다. 새로이 들어온 손님을 보고 후쿠타는 소리를 지를 뻔했다.

가미야마 소노코.

고급 보석점 '주얼리 가미야마'의 주인. 예상치 않게 보석 소동 관계자가 등장했다. 가미야마도 형제들을 보고 "어라……" 하고 발을 멈추더니, 입꼬리를 끌어 올리고 술에 전 듯 거칠어진 목소리로 카운터 안쪽의 사장에게 말을 걸었다.

"얘, 가게 쉬는 날에 아는 사람을 불러서 신메뉴를 연구하는 거야? 이제 제법 사장다운걸."

"에이, 아주머니도 참. 가게는 열었어요. 문 앞을 잘 보라고요. '영업 중' 팻말을 걸어놨잖아요?"

"어머, 그랬어? 바람에 뒤집힌 줄 알았네."

가미야마는 심술궂게 말하고 카운터 끄트머리에 앉았다. 형제들에게도 가볍게 눈인사를 보냈다. 무시할 수도 없어서 인사를 받아주었다.

"……안녕하세요."

"안녕. 요전에는 쓸데없이 참견해서 미안했어." 가미야마는 묘하게 간드러진 목소리로 사과했다. "그 가게 주인과 아는 사이라 그만 편들고 나섰네. 의심해서 미안해, 꼬맹아. 넌 정직한 사람이야."

그렇게 말하고 제일 가까이 있던 료타의 머리를 쓰다듬었다. 얼마 전에 '하카마다 상점'에서 일어난 사건을 말하는 것이리라. 그 사건에서 료타는 '수수께끼의 누군가'를 목격했는데, 가미야마가 신빙성을 의심하며 증언을 취소하라고 성화를 부렸다.

한차례 소동이 지나간 끝에, 형제들도 최종적으로는 누군가를 봤다는 건 '료타의 착각'이었다고 결론 내렸다. 하지만 나중에 들은 바로는, 그 후 경찰 조사를 통해 사고 당시 정말로 운전자 외에 '누군가'가 있었다는 사실이 판명됐다고 한다. 그 일과 관련해 당사자들 간에 합의라도 했는지 더는 공개적으로 수사가 진행되지 않았고, 하카마다네 아저씨와 아주머니도 말을 아꼈으므로 형제들도 그 부분에 대한 진상은 잘 모른다.

"자세히 보니 요 녀석, 참 번듯하게 생겼구나."

료타가 옳았다는 사실이 증명됐기 때문이리라. 가미야마는 손바닥 뒤집듯 막냇동생을 아주 칭찬했다.

"거짓말을 하지 않는 얼굴이야. 내가 관상에 소양이 좀 있었다면 네 말을 믿었을 텐데. 사과라고 하기는 뭣하지만, 네 운세라도 점쳐줄까? 너희 엄마도 힘들 때면 자주 내 점괘에 의지해서…… 어머, 왜 그러니?"

가미야마가 갑자기 손을 멈췄다. 바라보니 너구리 조각상처럼 딱딱하게 굳어버린 료타가 눈에 들어왔다.

큰일이다.

후쿠타는 가슴이 조마조마했다. 료타는 그 사건에 대해 경찰에게도 밝히지 않은 '어떤 비밀'을 간직하고 있다. 그래서 가미야마를 어떤 태도로 대해야 할지 몰라 얼어붙은 듯했다.

허둥지둥 료타의 어깨를 잡고 자기 쪽으로 끌어당겼다.

"죄송해요. 이 녀석이 낯을 가리거든요."

"그래? 들리는 소문으로는 강아지처럼 사람을 잘 따른다고 하던데."

"아주머니 앞에서는 호랑이도 '집 떠난 고양이'처럼 될걸요?"

이히히, 하고 후지사키가 초등학생처럼 소리 내어 웃었다.

가미야마는 후지사키를 한 번 째려보고 나서 약간 신기하다는 듯 료타를 바라보다가 갑자기 얼굴을 바짝 들이댔다.

"얘야, 내가 무섭니?"

후쿠타는 침을 꿀꺽 삼켰다. 료타는 새파랗게 질린 얼굴로 후쿠타의 옷을 움켜잡고 고개를 절레절레 흔들었다. 야, 그거, 완전히 겁에 질린 태도야. 후쿠타는 내심 그렇게 투덜거리면서도 끝까지 천연덕스러운 태도로 나가는 수밖에 없겠다 싶어 모르쇠로 일관했다.

"겁을 줘서 미안하구나. 사과의 표시로 얘한테 달콤한

디저트 같은 거라도 내줘. 내가 살 테니까. 이 가게에도 이런 아이가 좋아할 만한 음식이 있겠지?"

가미야마가 주방에 말하고 일어섰다. 그리고 손짓으로 사장을 불러 가방에서 꺼낸 커다란 갈색 봉투를 건넸다.

"이거에 관해 이야기하고 싶었는데 먼저 온 손님이 있으니 어쩔 수 없지. 다시 올게. 짬 날 때 한번 훑어봐. 나중에 전화할 테니까."

가미야마가 출구로 향했다. 문을 열고 포럼을 빠져나가려다가 문득 걸음을 멈추고 형제들을 돌아보았다.

"아 참, 그러고 보니 너희들, 중학교에서 일어난 사건을 조사하고 있다면서? 재활용 작품이 어쨌느니 저쨌느니 하는."

가슴이 철렁했다. 후쿠타는 그만 당혹한 기색을 얼굴에 드러내고 말았다.

"어떻게…… 그걸?"

"세상은 좁으니까." 가미야마는 씩 웃고는 말을 이었다. "요전에 참견한 값을 내는 셈 치고 충고 한마디 해주마. 악기점에 관련된 일은 그냥 흘려보내. 너희 엄마도 이제 와서 옛일을 다시 끄집어내고 싶지는 않겠지."

엇? 하고 가쿠타가 목소리를 높였다. "그게 무슨——" 말을 끝맺기 전에 포럼이 흔들리고 문이 닫혔다. 향수 냄새가 옅어지고, 료타가 안심한 듯 후쿠타에게서 몸을 뗐다. 후쿠타는 얼떨떨한 기분으로 역시 당황스러운 표정인 가쿠타, 겐타와 시선을 교환했다.

"어린이용 디저트라…… 그런 생각은 해보지도 않았네."

후지사키가 중얼중얼하며 업소용 냉장고를 열고 안쪽을 부스럭부스럭 뒤지다가 "있다!" 하고 편의점에서 팔 법한 푸딩을 꺼냈다. 분명 자기가 먹으려고 사놓은 것이리라.

"료짱. 뭐, 그렇게 무서워하지 마. 저래 보여도 다정한 면이 있는 아주머니니까."

"예를 들면요?"

가쿠타가 가시 돋친 말투로 물었다.

"예를 들면? 예를 들면…… 그야 물론 그거지. 왜, 음, 그러니까, 어, 그렇지……."

후지사키는 한동안 고민한 후 뭔가 번뜩인 얼굴로 손뼉을 짝 쳤다.

"생각났다. '성천님의 자비'야."

"성천님의…… 자비?"

"그래. 아주머니는 저래 보여도 불심이 깊잖아? 그래서 누가 나쁜 짓을 저질러도 바로 경찰에 찌르지는 않아. '부처님 얼굴도 세 번(아무리 부처같이 너그럽고 자비로운 사람이라도 참을성에는 한계가 있다는 뜻의 일본 속담)이라지만, 성천님은 조금 엄하시니까 두 번까지야'라면서.

　예컨대 가게 물건을 훔친 좀도둑이라든가. 1년쯤 전에도 가게에서 액세서리를 훔친 여중생을 붙잡았는데, 걔가 상점가에서 유명한 좀도둑질 상습범이라 귀가 따갑도록 설교를 했지만, 결국 경찰을 부르지는 않았어."

　"앗?" 형제들은 놀랐다. 가쿠타가 뒤집힌 목소리로 물었다. "그거, 긴나미 중학교의 여학생이었죠?"

　"아마도." 후지사키는 손가락으로 동그라미를 만들어 두 눈에 대고 말했다. "이렇게 동그란 안경을 끼고 이마가 넓은 여중생이었어. 그야말로 성실한 반장같이 생겼고, 이름에서도 성실함이 느껴지는 것 같더라. 도저히 그런 못된 짓을 할 것처럼 보이지 않았지만, 부모가 교육계 사람들이라 평소에 몹시 엄한지 스트레스를 받아서 저지른 모양이야.

　난 우연히 그 자리에 있었을 뿐이라 자세하게는 모르지만, 걔가 나중에 악기점에서도 물건을 훔친 모양이라, 성천님을 뵐 낯이 없군, 하고 아주머니가 쓴웃음을 지었지. 뭐, 그쪽도 결국 경찰에는 신고하지 않은 듯하지만."

　후지사키가 "아차" 하고 소리치며 자기 뒤통수를 찰싹

때렸다.

"이놈의 입방정. 아무한테도 말하지 말라고 아주머니가 못을 박았는데. 너희들, 이 이야기는 비밀이다."

형제들은 얼굴을 마주 보았다.

7

집으로 돌아온 형제들은 거실에서 밤새 이야기를 나누었다.

료타를 재운 후, 가쿠타가 애용하는 노트에 지금까지 알게 된 것들을 간결한 그림으로 정리했다(그림 '인간관계' 등 참조). 그걸 바탕으로 이러쿵저러쿵 논의하다 보니, 어느새 새벽 5시가 되어 하늘이 희붐해졌다.

"아무튼." 눈 밑에 다크서클이 생긴 가쿠타가 말했다. "그냥 흘려보내라고 했으니, 가미야마 씨는 하세가와 씨가 우리 엄마에게 무슨 짓을 했는지 알고 있었다는 뜻이겠지. 만약 그 분실 사건에 아무 내막도 없다면 흘려보내는 건 하세가와 씨 쪽이지 우리가 아니야. 엄마가 누명을 써서 돈을 뜯긴 건 거의 확실하다고 봐야겠네."

"그렇다면…… 어떻게 되는 거지?"

【 인간관계 】

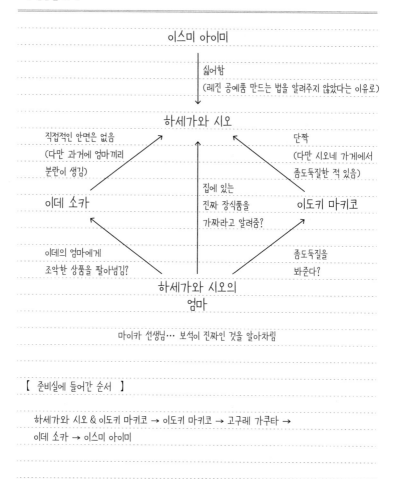

이스미 아이미

│ 싫어함
│ (레진 공예품 만드는 법을 알려주지 않았다는 이유로)
↓

하세가와 시오

직접적인 안면은 없음   단짝
(다만 과거에 엄마끼리   (다만 시오네 가게에서
분란이 생김)   좀도둑질한 적 있음)

                        집에 있는
이데 소카   진짜 장식품을   이도키 마키코
                        가짜라고 알려줌?

이데의 엄마에게   좀도둑질을
조악한 상품을 팔아넘김?   봐준다?

하세가와 시오의
엄마

마이카 선생님··· 보석이 진짜인 것을 알아차림

【 준비실에 들어간 순서 】

하세가와 시오 & 이도키 마키코 → 이도키 마키코 → 고구레 가쿠타 →
이데 소카 → 이스미 아이미

잠을 쫓기 위해 이미 몇 잔 마신 커피를 또 마시며 겐타가 물었다.

"그렇다면 그 장식품은 역시 진짜였다는 뜻."

"하세가와 시오가 집에 있던 진짜 액세서리를 레진으로 만든 가짜라고 믿고서 사용했다는 거야?"

쏟아지는 졸음을 떨쳐내려 애쓰며 후쿠타도 이야기를 따라갔다.

"응. 그게 사실이라면 하세가와의 엄마는 초조했겠지. 비싼 보석이 외부에 유출됐을 뿐만 아니라, 옛날에 저지른 범죄의 증거가 드러난 셈이니까. 당시 일을 사람들이 얼마나 기억하고 있을지는 모르지만, 만약 그게 진짜 보석이라는 사실이 들통나면 의혹을 품는 사람이 나오지 않는다는 보장은 없어. 실제로 우리도 이렇게 눈치챘잖아. 따라서 하세가와의 엄마는 그 작품이 콩쿠르에 출품되기 전에 어떻게든 회수하고 싶었을 거야."

"하지만 직접 중학교에 숨어들 수는 없잖아."

"응. 그러니까 여기서 이도키가 나오는 거지."

"이도키?"

"후지사키 씨 말에 따르면 이도키는 '엔젤 악기'에서도 도둑질을 했어. 그런데도 경찰이 개입하지 않은 걸로 보건대, 하세가와의 엄마가 사건을 은밀히 처리한 거겠지. 반대로 말하면 하세가와의 엄마는 이도키의 비밀을 쥐고 있는 셈이야. 그렇다면."

"그 비밀을 빌미로 이도키를 조종했다는 건가?"

겐타가 컵에 담긴 커피를 들여다보며 중얼거렸다.

"응. 그래서 이도키가 하세가와에게 순종적인 거야. 걔네 엄마에게 약점을 잡혔으니까.

정리하면 내 추리는 이래. 일단 모든 일의 배후에는 하세가와의 엄마가 있어. 그 사람은 딸이 콩쿠르 출품작에 진짜 액세서리를 사용했다는 걸 알아차리고, 딸 몰래 그걸 회수해 오라고 이도키에게 명령해. 약점을 잡힌 이도키는 거절할 수가 없어서 친구를 배신하는 것에 마음 아파하면서도 시키는 대로 작품에 달린 장식품을 훔쳤어.

출품 직전에야 행동에 나선 건 역시 망설여졌기 때문이겠지. 작품을 망가뜨린 건 물론 진짜 목적을 감추기 위해서고. 장식품만 훔치면 이상하게 여길 테니까. 나무를 숨기려면 숲속에 숨겨라, 그거지."

"하지만 그렇다면 현장에 남아 있던 井 자는?"

"이도키의 자작극일 거야. 먹물이 마른 상태로 보건대, 만약 누군가가 이도키의 범행을 목격하고 꼬치로 메시지를 남겼다면, 그럴 사람은 그다음에 들어간 나밖에 없겠지. 하지만 난 그런 메시지 안 남겼어."

"너라면 인간관계니 뭐니 따지지 않고 그 자리에서 바로 고발할 테니까. 그럼 이름을 전부 쓰지 않고 井 자에서 멈춘 건 왜지?"

"그야 예상할 수 없었으니까."

"예상할 수 없었다니?"

"준비실에는 이도키 기마코가 제일 먼저 들어갔어. 동아리 활동이 끝나면 비품을 정리해야 하니까, 이후에 누군가 반드시 준비실에 들어간다는 건 알지만 그 시점에서는 동아리원 중 누가 들어갈지 예상할 수 없지.

그래서 어떤 경우에도 이름이 들어맞기 쉽도록 어중간한 글자를 남긴 거야. 井 자를 써놓으면 이데 선배와 이스미 둘 중 누군가 한 명만 들어가도 되고, 두 명이나 있으니 들어가도록 유도하기도 수월하겠지. 물론 이도키 본인도 범인 후보에 오르겠지만, 다른 두 명에 비하면 단짝인 이도키가 의심받을 위험성은 낮아. 실제로 지금도 이스미가 거의 범인 취급을 받고 있잖아."

그렇게 되는 걸까……. 후쿠타는 졸음과 싸우며 생각했다. 하세가와 시오의 어머니를 그렇게까지 속이 시키면 사

람으로 의심하고 싶지는 않지만, 이데 소카의 어머니에게
도 조악한 상품을 팔았다고 하고, 이도키 기마코가 악기점
에서 도둑질한 것 또한 사실인 듯하다. 본인에게 직접 확인
한 건 아니지만, 어제 일을 돌이켜보건대 이도키 기마코가
야단스럽게 반응한 건 분명 액세서리를 훔친 일로 이야기
가 번지지 않을까 두려웠기 때문이리라.

"하지만⋯⋯." 겐타가 진중한 어조로 말했다. "그렇다
면 딱히 훔치지 않아도 가짜와 바꿔치면 되는 거 아닌가?"

"가짜 장식품은 수중에 없었을지도 모르지. 가미야마
씨가 사들여서 자기 가게에 놔두는 바람에."

"이데 소카와 이스미 아이미, 둘 중 한 명이 훔쳤을 가능
성은 정말 없을까? 그리고 만약 장식품이 진짜라면 마이카
선생님도──"

"이데 선배나 이스미는 훔칠 이유가 부족해. 화풀이가
목적이라면 작품을 망가뜨리는 것만으로 충분하잖아. 그
리고 범인임이 들통날 수도 있는 증거를 굳이 가져갈 것 같
지도 않아.

그리고 아까 설명한 대로 고발자와 장식품을 훔친 사람
은 동일 인물이야. 마이카 선생님은 훔칠 기회는 있었지만
고발은 못 하니까 역시 용의자 후보에서 제외돼."

후쿠타는 가쿠타의 주장을 곰곰이 되짚어보았다. 확실히 이데 소카나 이스미 아이미라면 작품을 망가뜨리거나 작품이 망가진 걸 발견한 시점에 하세가와 시오에게 품었던 화가 어느 정도 풀렸을 것이다. 또한 이데 소카는 '쓰레기를 위장하는 솜씨가 좋다'고 말했고, 이스미 아이미는 장식품을 보고 '도발'로 받아들였으니 장식품이 진짜 보석임을 알아차렸을 가능성도 낮다. 직접 만든 모조품이라고 믿는 물건을 그렇게까지 해서 훔치고 싶을까.

보는 눈이 있는 마이카 선생님이라면 진짜임을 알아차렸는지도 모른다. 하지만 업자와 함께 들어왔으므로 작품을 망가뜨리기도, 꼬치로 메시지를 남기기도 힘들고, 만약 먹물이 묻은 지 한참 지나서 훔쳤다면 마이카 선생님이 장식품을 떼어냈을 때 먹물은 이미 말랐을 테니 다른 흔적이 남았을 것이다.

다만…….

"어쩐지 납득이 안 간다는 표정인데, 후쿠타 형."

후쿠타가 복잡한 표정으로 팔짱을 끼자 가쿠타가 말했다.

"마음에 걸리는 점이 있으면 말해. 후쿠타 형의 감은 그럭저럭 잘 들어맞으니까."

"그게……." 후쿠타는 귀 뒤쪽을 긁적이며 입을 열었다. "만약 그렇다면 '왜 가타카나를 한자로 바꾸었냐'는 네 처음 의문이 해결되지 않는 것 같아서. 왜 이도키 기마코는 가타카나로 쓴 이름을 한자로 다시 쓸 필요가 있었을까? 그냥 이름이 겹치게 하고 싶었다면 가타카나 '이(イ)'만 남겨둬도 되잖아?"

가쿠타는 잠시 입을 다물었다.

"그건…… 역시 꼬치로는 井 자를 만들기가 쉽다고 생각했다든가……. 가타카나는 형태가 조금만 비뚤어지면 잘못 읽을지도 모르잖아. 뭐, 어쨌거나 그런 건 사소한 문제야."

'후쿠짱은 날 닮아서 감이 좋아.'

문득 어머니의 말이 머릿속에 되살아났다.

'뭔가 이상하다 싶으면 아무리 사소한 일이라도 그 감각을 소중히 여기렴. 겐짱은 완벽주의고, 가쿠짱은 머리가 좋아서 생각이 너무 많은 성격이잖니. 그런 형과 동생 사이에서 균형을 잡는 사람이 바로 후쿠짱이야.'

겐타가 남은 커피를 다 마시고 컵을 달칵 내려놓았다.

"만약 가쿠타의 추리가 맞다면…… 우리는 어떻게 하지?"

가쿠타는 또 입을 꾹 다물었다가 후우, 하고 숨을 내쉬곤 답했다.

"어떻게도 못 해."

그러더니 마음을 달래려는 듯 안경을 벗어서 손수건으로 닦았다.

"장식품을 도둑맞았다는 건 제일 중요한 증거가 은닉됐다는 뜻이니까. 우리가 아무리 따져 물어봤자 저쪽이 잡아떼면 그걸로 끝이야. '흘려보내라'는 가미야마 씨의 말이 무슨 뜻인지 이제야 알겠네. 이제 와서 우리가 항의한들 아무 소용도 없으니까 그만 잊어버려라, 우리가 아무리 화를 내도 무덤 속 어머니만 슬퍼할 뿐이다. 그 사람은 그렇게 말한 거라고."

의자에서 일어난 가쿠타가 선반 앞으로 가서 그림책을 한 권 뽑았다. 제목은 '행복한 왕자'.

"엄마는 내게 많은 걸 배우라고 했지만."

가쿠타는 그림책을 넘기며 말했다.

"배우면 배울수록 세상이 싫어져. 어릴 적에 《행복한 왕자》를 읽었을 땐 단순히 왕자가 참 훌륭하다는 감상밖에 품지 않았지만, 지금은 비꼬는 이야기라는 걸 알아. 이건 '그저 어수룩하고 선량하기만 한 사람은 주변 사람에게 감사의 말 한마디 듣지 못하고 뜯어먹힐 뿐'이라는 세상의 진리를 통렬하게 비꼬는 이야기라고. 누가 뭐래도《살로메》(헤롯 왕의 의붓딸 살로메가 세례자 요한에 대한 집착과 욕망으로 그의 목을 요구하고 결국 본인도 처형당하는 비극적인 내용이다)를 쓴 오스카 와일드의 동화인걸.”

어머니 레이는 아이가 태어날 때마다 ‘탄생 카드’를 만들어서 축복했다. 그 카드에는 아이가 태어났을 때의 심정과 앞으로 바라는 점, 이름에 담긴 뜻 등이 적혀 있다. 가쿠타의 가쿠는 당연히 배울 학(學) 자다. 하기야 어머니 본인이 공부를 싫어했으므로 ‘배운다’라고 해도 다양한 인생 경험을 쌓으라는 의미였던 듯하지만, 그런 부모의 마음과 상관없이 가쿠타는 공부를 좋아하는 똘똘한 수재로 자랐다.

페이지를 끝까지 넘겼을 때 책이 손에서 미끄러져 바닥에 떨어졌다. 가쿠타가 그림책을 바라보기만 할 뿐 주우려 하지 않길래 후쿠타가 대신 주워서 선반에 꽂았다.

“저기, 후쿠타 형.” 가쿠타가 불쑥 말했다. “경찰에 신고하는 것보다 효과적인 복수는 뭘까?”

후쿠타는 깜짝 놀라서 동생을 돌아보았다.

“야, 무슨 생각 하는 거야?”

“……글쎄.”

가쿠타는 딱딱한 말투로 대답하고 아직 날이 완전히 새

지 않은 창밖을 바라보았다.

"나도 잘 모르겠어. 다만 한 가지 확실한 건 남의 행복을 염원하는 '행복한 왕자'는 어디까지나 동화 속에만 존재할 뿐, 현실에는 질투의 왕자와 복수의 왕자밖에 없다는 거야."

어쩐지 위태로워 보이는데, 그 녀석.

금요일, 후쿠타는 동아리 활동을 마치고 집에 가는 길이었다. 날이 저물고 땅거미가 내린 길을 자전거로 달리다가 새벽녘에 가쿠타가 했던 말이 떠올라서 불안해졌다.

역시 어떻게든 보복할 작정일까. 맹랑한 성격의 가쿠타는 머리가 좋은 만큼 제대로 작심하면 얼마든지 나쁜 짓을 저지를 수 있을 것 같아서 걱정이었다. 겐타도 평소에는 냉정하고 의지할 수 있는 형이지만, 어머니가 얽힌 일에는 약간 감정이 앞서므로 과연 가쿠타의 브레이크 역할을 해줄 수 있을지 의문이었다. 오히려 가쿠타의 복수에 가담할 것 같기도 했다.

엄마, 전 어쩌면 좋을까요?

신호를 기다리는 동안 호주머니에서 스마트폰을 꺼내 메모해둔 내용을 다시 훑어보았다. 가쿠타가 제시한 '하세가와의 어머니 배후설'을 뒤집으려고 지금까지 들은 정보를 정리해서 가지고 다니며 온종일 고민했다. 하지만 반론의 실마리를 찾기가 힘들었다. 자신의 '좋은 감'을 믿는다면, 역시 가타카나를 썼다가 지웠다는 점이 마음에 걸리는데……

"뭐야, 그건. 겐타 형의 새로운 요리 메뉴?"

갑자기 누군가 말을 걸었다. 깜짝 놀라 고개를 들자 어느 틈에 왔는지 게이토가 옆에서 자전거 안장에 걸터앉아 스마트폰을 들여다보고 있었다.

"……이 글의 어디가 요리 이름으로 보이냐?"

"하지만 여기 행복한 계란이라고 적혀 있는데."

"계란이 아니라 왕자(일본에서 왕자는 한자로 '王子', 계란은 한자로 '卵' 또는 '玉子'로 표기한다).《행복한 왕자》라는 동화야."

이건 또 무슨 개그냐. 귀찮아서 무시하려는데 게이토가 숙연한 표정으로 물었다.

"동화라면…… 혹시 어머니와 관련된 일?"

"뭐, 그렇지."

"그렇구나."

갑자기 조용해졌다. 게이토와는 초등학교 때부터 질긴 인연을 자랑하는지라 후쿠타의 어머니가 그림책 작가였다는 사실도, 일찍 돌아가셨다는 사실도 물론 안다.

"무슨 일 있었어?"

신호가 파란불로 바뀌어 나란히 페달을 밟는데 게이토가 다시 물었다. 망설였지만 이야기하면 힌트를 얻을 수 있을지도 모른다 싶어 실명은 덮어두고 사정을 설명했다. 게이토는 드디어 이해가 간다는 표정을 지었다.

"그게 아침부터 내내 기운이 없었던 이유였구나. '복수'라…… 확실히 너희 동생, 머리는 좋지만 '행복한 왕자' 같은 캐릭터는 아니지. 여유롭게 완전범죄를 저지를 것 같은 인상이야."

힌트를 주기는커녕 불안을 부추기는 말만 늘어놓는다. 역시 이 녀석에게 상담하는 게 아니었다고 후쿠타는 자신의 어리숙한 판단력을 저주했다.

"《행복한 왕자》하니까 생각나는데……."

후쿠타가 귀를 기울이거나 말거나 게이토는 자기 할 말만 했다.

"우리도 그런 연극을 돕느라 무대에 섰었잖아."

"어, 우리?"

"응. 아역이 부족하다면서 우리를 강제로 연극에 참가시켰지. 배곯는 꼬맹이 역할. 그런데 제비 역할을 맡은 아이가 등장 직전에 창피하다며 무대 가장자리 커튼에 숨어 버렸잖아. 그래서 우리끼리 어떻게든 장면을 이어나가라고 눈치를 줘서…….”

아버지가 말했던 ‘친구’는 이 녀석이었나. 놀라서 이야기를 듣는 동안 후쿠타도 서서히 당시 기억이 되살아났다. 제비 역할은 하세가와 씨의 딸이 맡았었다. 당시는 하세가와 씨를 그저 ‘우리 엄마랑 친한 사람’이라고만 생각했다. 설마 그런 사람과 장래에 이런 일로 엮일 줄은 몰랐다.

그런 생각을 하면서 페달을 밟고 있자니 긴나미절의 산문 앞에 접어들었다. 문득 친구의 얼굴을 보았다. 이쪽으로 가면 게이토는 멀리 돌아가는 셈인데, 혹시 형이 차려주는 저녁이 먹고 싶어서 집까지 따라오려는 걸까?

게이토를 떠보려 평소 사용하지 않는 긴나미 언덕의 구도로 방향으로 틀자 게이토는 별말 없이 따라왔다. 역시 올 생각이구나, 하고 확신했을 때 앞을 걷던 중학생 정도의 보행자와 부딪칠 뻔해서 얼른 자전거의 방향을 틀었다. 학원에 다녀오는 길이리라. 이 시간대에도 상점가 주변을 돌아다니는 초등학생과 중학생이 자주 눈에 띄긴 하지만, 이 언덕을 이용하는 사람은 드물다.

좀 더 올라간 지점에서 게이토가 뒤를 돌아보며 말했다.

"방금 걔, 네 동생 아니야?"

"뭐?"

"누구랑 통화하던데. 복수가 어쨌느니 그런 말이 들린 것 같은……."

"뭐라고?"

즉시 반대 방향으로 자전거를 돌렸다. 얼마 내려가기도 전에 전조등 불빛에 낯익은 얼굴이 비쳤다. 분명 가쿠타였다.

"어, 후쿠타 형?"

가쿠타는 이쪽을 알아보고 눈부시다는 듯 눈을 찌푸렸다.

"야." 바퀴가 미끄러질 만큼 브레이크를 꽉 잡아서 자전거를 세운 후 씩씩거리며 물었다. "방금 누구랑 무슨 이야기 했어?"

"누구냐니." 가쿠타는 약간 머뭇거리다 대답했다. "좀 전에 알게 된 아이야. 닭꼬치구잇집 '구시마사'의 세 자매 중 막내. 그쪽에서도 사건을 조사하고 있었나 보더라고."

"'구시마사'의 세 자매 중…… 막내?" 후쿠타는 약간 혼란스러운 기분으로 다시 물었다. "그 아이에게 협력을 부탁했다는 거야?"

"부탁한 게 아니라 부탁을 받았어. 아까 학원 쉬는 시간에 사건에 관해 탐문 조사를 하더라고. 하지만 방금은 좀 더 개인적인 이야기를 나눈 거야. 학원에서 배운 내용을 복습 중인데 모르겠는 부분이 있으니 다음에 가르쳐달라나…… 느닷없이 뭐야, 진짜."

이야기를 듣고 힘이 쭉 빠졌다. 복수가 아니라 복습. 그렇게 진부한 착각을 한 친구에게 비난 어린 시선을 던지자 게이토는 학생 식당 아주머니들에게 인기가 좋은 미소를 지으며 헷, 하고 얄밉게 혀를 내밀었다.

"다행이다. 질투나 복수가 아니라 행복한 계란 쪽이라서."

왕자겠지, 하고 맥 빠진 목소리로 핀잔을 주었다. "계란?" 하고 고개를 갸우뚱하는 가쿠타의 얼굴을 보니 독기가 빠져나간 듯해서 후쿠타도 신기했다. 오늘 새벽녘과는 달리 어쩐지 표정이 밝았다.

"혹시…… 그 세 자매의 조사로 메시지의 수수께끼가 풀린 거야?"

"아니." 다시 가쿠타의 얼굴에 어두운 그늘이 드리워졌다. "그쪽 사정은 전혀 몰라. 난 탐문에 응했을 뿐 정보를 얻지는 못했어. 진실은 여전히 장막 너머에 있는 느낌이랄까."

사건이 해결됐기 때문은 아니었나. 분명 낮에 가쿠타의

기분이 좋아질 만한 일이라도 생긴 것이리라. 그게 뭔지는 모르지만 동생이 평소 모습으로 돌아온 것 같아서 조금 안심했다.

"후쿠타, 장막이 뭐야?"

게이토가 얼빠진 질문을 했다. 후쿠타는 입을 열려다가 질문을 고스란히 가쿠타에게 떠넘겼다.

"……뭐야?"

"커튼 같은 거."

아아, 커튼. 게이토가 여전히 잘 이해하지 못한 듯한 기색으로 맞장구를 쳤다. 시건방진 동생의 말투를 듣고 평상시의 가쿠타구나 싶어 더욱 안심했다. 그나저나 어려운 표현을 아는걸, 이 녀석. 덕분에 지식이 하나 늘기는 했지만, 그럼 '커튼 너머'라고 하면 되지 않나?

그때 갑자기 머릿속에서 불꽃이 펑 터지는 듯한 감각이 느껴졌다.

커튼…… 너머…….

리모컨으로 채널을 이리저리 바꾸는 것처럼 머릿속에 영상이 흘러갔다. 관계자의 얼굴이 차례차례 바뀌다가 어떤 인물에서 정지했다.

왕자와 계란.

손에서 핸들이 미끄러지며 자전거가 와당탕 넘어졌다. 우두커니 서 있는 후쿠타에게 게이토가 다가와서 "왜 그래?" 하고 얼굴 앞에 손을 흔들었다. 후쿠타는 걸리적거리는 그 손을 꽉 잡고 어두운 언덕길을 바라보며 중얼거렸다.

"혹시 이름을 가타카나로 적지 못한 이유는——"

8

커피 원두를 볶는 향기에 맵싸한 요리 냄새가 섞였다.

긴나미 상점가에 새로 생긴 아시안 카페 '다 코코넛'. 형제들이 마이카 선생님과 처음으로 만났던 카페다.

토요일 오후, 후쿠타와 가쿠타는 거기서 사복 차림 여중생과 테이블을 사이에 두고 대치 중이었다. 겐타는 주말 근무가 잡혀서 못 왔다. 료타는 유소년 축구팀 연습을 하고 와서 피곤한지 집에서 낮잠을 자고 있다.

굳은 표정의 소녀 옆에는 마이카 선생님이 보호자 역할로 동석했다. 마이카 선생님만은 지난번과 다름없이 부드럽게 웃는 얼굴이었고, 또한 마찬가지로 재스민 차를 마셨다.

"훔친 건…… 너였구나."

인사를 마치자 후쿠타는 마음을 단단히 먹고 단도직입

적으로 이야기를 꺼냈다.

"하세가와 시오."

맞은편에 앉은 소녀가 어깨를 움찔했다.

고개를 숙인 채 아무 말도 없다. 인내심 있게 대답을 기다리는데 옆에서 마이카 선생님이 신기하다는 듯한 표정으로 물었다.

"훔치다니? 무슨 얘기죠?"

대답하려니 난감했다. 마이카 선생님에게는 '사건 현장에 남은 메시지의 진상을 알려주겠다'라고 전달했다. 그 핑계로 집에 틀어박혀 있던 하세가와를 휴일에 불러내달라고 한 것이다. 따라서 당연히 마이카 선생님은 자세한 사정을 모른다. 어디까지 이야기해야 할까.

망설이는 후쿠타 대신 가쿠타가 대답했다.

"장식품 이야기예요."

"장식품?"

"하세가와의 작품에 달려 있던 장식품."

"아아…… 그런 장식품이 있었죠. 그런데 훔쳤다니요? 하세가와가 그 장식품을 훔쳤다는 말이에요? 이해가 잘 안 되네요. 원래 하세가와가 만든 작품이니까 장식품을 가지고 돌아가도 훔쳤다고 볼 수는 없는 것 아닌가요?"

"그건……."

가쿠타가 말끝을 흐렸다. 후쿠타를 힐끔 보며 크흠, 하고 헛기침을 했다. 그리고 천천히 한 손을 후쿠타 쪽으로 내밀었다.

"그건 이제부터 형이 설명할 겁니다."

그 부분은 떠넘기는 거냐? 후쿠타는 눈을 희번덕거렸다. 한다 하는 동생도 같은 학교 여학생과 선생님을 상대로는 이야기를 펼치기가 힘든 모양이다. 뭐, 똘똘한 동생이 내게 빚질 일은 좀처럼 없다 보니 기분이 나쁘지는 않지만……. 이 녀석이 대접해주는 태도로 나오니까 싱숭생숭하군.

"그럼 일단…… 저희가 하세가와를 의심하게 된 가장 큰 이유부터."

후쿠타도 헛기침을 한 후 설명을 시작했다.

"그건 바로 '井 자'입니다."

"井 자라니, 대나무 꼬치로 만든 그거요?" 마이카 선생님이 물었다.

"네. 실은 井 자를 쓰기 전에 가타카나로 한 번 이름을 쓴 듯한 흔적이 남아 있었어요. 이 사진을 보시면……."

가쿠타의 스마트폰을 빌려서 사진을 보여주며 설명했

다. 마이카 선생님은 당혹스러운 기색으로 말했다. "확실히…… 듣고 보니 그런 흔적도 보이네요. 그런데 그게 뭐 어쨌는데요?"

"왜 가타카나로 쓰다가 말았을까요?"

"……가타카나로 쓰기에는 꼬치가 모자랐다든가?"

"아니요. 악기는 24음계라 꼬치도 스물네 개가 사용됐습니다. 이데(イデ), 이스미(イスミ), 이도키(イドキ), 고구레(コグレ)…… 그리고 마이카(マイカ)나 하세가와(ハセガワ) 모두 가타카나 획수를 고려하면 꼬치는 충분했을 거예요."

흐음, 하고 마이카 선생님은 감이 안 잡힌다는 표정으로 고개를 갸웃했다.

"그럼 질문을 바꾸겠습니다. 애당초 메시지를 손으로 직접 쓰지 않고 대나무 꼬치로 남긴 이유는 뭘까요?"

"그야…… 글씨체를 감추기 위해서?"

"그렇습니다. 그건 다시 말해——"

"자신이 누구인지 들키고 싶지 않다?"

"맞아요. 즉, 고발자는 대나무 꼬치 메시지에 자신의 정체가 들통날 만한 정보는 되도록 남기고 싶지 않았던 거죠.

반대로 이렇게 생각할 수는 없을까요? 고발자는 가타카나로 이름을 쓰면 자신의 정체가 들통난다는 걸 알아차렸기에 일부러 한자로 바꾸었다고."

"이름을 가타카나로 쓰면 자신의 정체가 들통난다고요? 어째서 그런……."

"그건." 후쿠타는 약간 뜸을 들인 후 의기양양한 얼굴로 대답했다. "왕자(王子)와 계란(玉子)의 차이입니다."

"왕자와…… 계란?"

"힌트가 너무 어려워, 후쿠타 형."

가쿠타가 참견했다.

"왕자와 계란의 차이는 한자 표기상 점의 유무인데요, 그걸 이번 일에 대입하면 '탁점'(일본어에서 청음을 탁음으로 바꿀 때 사용하는 기호. 해당하는 글자 오른쪽 상단에 ゛로 표시한다)의 유무입니다."

탁점? 하고 마이카 선생님은 더더욱 곤혹스러워하는 표정을 지었다. 후쿠타는 힌트가 너무 까다로웠나 싶어 약간 반성하며 말을 이었다.

"그때 미술 준비실에 들어간 동아리원 가운데 성씨에 井 자가 포함된 사람은 이데 소카, 이스미 아이미, 이도키 기마코, 총 세 명이죠. 그런데 이 성씨들은 탁점이 있느냐 없느냐에 따라 다양한 방법으로 읽을 수 있어요. 이데나 이테, 이스미나 이즈미, 이도키나 이토기, 이토키, 이도기라는 식으로요. 그리고 고발자는 올바른 발음을 몰랐어요. 그래서 가타카나로는 쓸 수 없었던 거죠."

"어? 하지만 자율 연습에 참가한 동아리원이라면 다들 서로 이름을——"

마이카 선생님이 앗, 하고 손으로 입을 막았다. 시선이 옆에 앉은 학생을 향했다.

"네. 딱 한 명 있죠. 사건에 얽힌 사람들 가운데 서예부원의 이름을 어떻게 발음하는지 모르는 사람이. 그야 물론 혼자 서예부가 아닌 하세가와 시오입니다."

맞은편에 앉은 소녀를 빤히 바라보았다. 하세가와 시오는 아까부터 아무 말 없이 고개를 푹 숙인 자세라 표정이 보이지 않았다.

"동아리원이라면 누구나 아는 발음을 틀리게 썼다간, '고발자는 동아리원이 아니다'라는 사실이 들통나겠죠."

마치 남의 일 같은 말투로 가쿠타가 자세히 설명했다.

"하세가와는 이데 선배와 안면이 없고, 이스미도 하세가와가 자기 이름을 잊어버린다고 불평했어요. 동아리원끼리도 평소 별명으로 부르니까 하세가와는 두 사람의 성씨를 어떻게 발음하는지 알 기회가 없었겠죠. 이도키도 '시오가 자주 틀린다'고 했으니, 단짝이라지만 성씨에 탁음이 붙는지 안 붙는지는 별로 의식하지 않았던 게 아닐까요?

가타카나 'イ(이)'의 흔적만 똑똑히 남아 있던 것이 망설였다는 증거죠. 하세가와는 일단 성씨의 첫 글자인 イ를 쓴 후, 탁점이 문제가 된다는 걸 알아차리고 틀려서 의심받지 않도록 서둘러 한자로 바꾼 거예요."

"하세가와가 고발자⋯⋯?"

마이카 선생님은 놀란 얼굴로 옆에 앉은 여학생을 바라보며 말했다.

"하지만 잠깐만요. 하세가와가 서예부원의 이름을 모른다면 한자 역시——"

"한자는 알 수 있어요."

가쿠타가 옆에서 또 끼어들었다.

"선생님, 생각해보세요. 저희가 그때 뭘 하고 있었죠?"

마이카 선생님은 고개를 살짝 갸웃하더니 한 박자 늦게 손뼉을 짝 쳤다.

"그렇구나. 이름 쓰기 연습!"

"네. 저희는 하세가와가 작품을 마지막으로 확인하러 왔을 때 저마다 이름을 쓰는 연습을 했고, 그 후에 서예 퍼포먼스 연습을 했어요. 그러니까 하세가와는 한자로 쓴 저희 이름은 알 기회가 있었던 거죠. 물론 그때는 범인이라고

생각하고 본 게 아니니까 마침 눈에 들어온 이름을 외운 거
겠지만.”

“하지만…… 그럼 하세가와는 언제 그 메시지를 남긴
건가요?”

마이카 선생님은 여전히 이해가 되지 않는다는 표정으
로 물었다.

“이도키랑 작품을 마지막으로 확인했을 때? 그렇지만
그때 메시지를 남겼다면 스스로 자기 작품을 망가뜨린 셈
이에요. 게다가 그때는 이도키도 함께 있었는데.”

“아닙니다.” 후쿠타는 고개를 저었다. “물론 하세가와
가 자기 작품을 망가뜨릴 이유는 없고, 이도키도 공범이 아
니에요. 마지막으로 확인했을 때가 아니라, 실은 그 후에
하세가와 혼자 한 번 더 미술 준비실에 돌아갔어요.”

“돌아갔다고요? 왜요?”

“마지막으로 작품을 확인했을 때 소리가 이상하다고 했
으니까요.” 가쿠타가 하세가와에게 시선을 주며 말했다.
“그러니 아마 그걸 고치러 돌아간 게 아닐까 싶은데요. 교
체할 대나무 꼬치라도 가지고. 그리고 우리는 아무도 그걸
알아차리지 못했어요. 왜냐하면 그 무렵에는 서예 퍼포먼
스 연습이 이미 시작됐으니까…….”

"흠…… 연습에 너무 몰두해서 알아차리지 못했다는 건 가요? 하지만 아무리 그래도 미술실에 사람이 들어오는 모습을 보면——"

"보이지 않았어요."

가쿠타가 테이블의 종이 냅킨을 한 장 집어서 얼굴 앞에 펼쳤다.

"저희 눈에는요. 서예 퍼포먼스에 사용하는 건 평범한 종이가 아니에요. 커튼처럼 큼지막한 화선지죠. 그리고 퍼포먼스를 마친 후에는 완성도를 확인하기 위해 천장에 매단 채로 먹물을 말려요. 그게 시야를 가려서 사각지대가 만들어진 거죠. 무대의 커튼처럼."

그렇다. 이를테면 '비밀 통로'(그림 '비밀 통로' 참조)다. 하세가와 시오는 어린 시절 연극 무대에서 커튼에 몸을 숨긴 것처럼, 이번에는 화선지 커튼에 몸을 숨긴 채 미술 준비실을 드나든 것이다.

"서예 퍼포먼스를 연습할 때는 댄스용 음악도 틀어놓았고 말이죠. 분명 하세가와는 연습을 방해하면 미안하다는 생각에 말을 걸지 않은 거겠죠. 그렇게 잠자코 미술 준비실에 들어가려다 범행을 목격한 겁니다. 범인이 자기 작품을 망가뜨리는 바로 그 순간을."

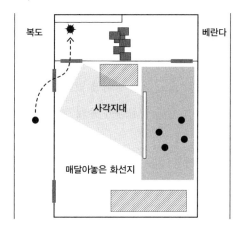

비밀 통로

복도 | 베란다

사각지대

매달아놓은 화선지

미술 준비실에는 베란다 쪽과 복도 쪽에 출입구가 하나씩 있다. 하세가와 시오는 복도 쪽으로 들어갔으므로 베란다 쪽을 사용한 범인과 딱 마주치지 않은 것이리라.

후쿠타는 하세가와 시오를 관찰했다. 가쿠타가 커튼이라는 말을 꺼냈을 때 머리를 움찔한 것 빼고는 계속 침묵으로 일관했다.

"정리할게요." 가쿠타가 담담히 말을 이었다. "그날 하세가와는 이도키와 함께 작품을 확인하고 나서 혼자 미술실을 나섰어요. 그 후 역시 악기 소리가 마음에 걸려서 음을 조정하려고 대나무 꼬치를 들고 다시 미술실로 가요.

안으로 들어가자 저희가 서예 퍼포먼스를 연습하고 있길래, 천장에 매달린 특대형 화선지 뒷면에 숨어서 미술 준비실로 향했죠. 그리고 문에 달린 유리창으로 범행을 목격하고 충격을 받았어요. 잠시 멍하게 있다가 절대로 범인을 용서할 수 없다는 생각에 상대를 몰래 고발하기로 마음먹었죠.

대나무 꼬치를 사용한 건 물론 자기가 고발자라는 사실을 들키지 않기 위해서예요. 상대는 콩쿠르 출품작을 망가뜨릴 만큼 하세가와에게 원한을 품고 있으니까요. 만약 자기가 범행을 목격했고, 상대를 고발했다는 것까지 발각되면 적반하장으로 어떻게 나올지 몰라요.

하세가와는 범인이 글씨 쓰기 연습을 했던 성씨를 떠올리고, 꼬치를 이용해 처음에는 쓰기 쉬운 가타카나로 범인의 이름을 남기려고 했어요. 그런데 '이' 다음 글씨를 쓰려고 했을 때 탁점이 붙는지 안 붙는지 모른다는 사실을 깨닫고 어쩌면 좋을지 망설였죠.

그러는 동안 서예 퍼포먼스는 점점 끝을 향해 나아가요. 꾸물거리다가는 다른 동아리원이 들어올지도 모르는 거죠. 하세가와는 초조한 마음에 가타카나는 그만두고 한자로 다시 이름을 쓰려고 하지만, '井'까지 썼을 때 음악이 막바지에 접어들었어요. 그래서 허둥지둥 소중한 장식품만 회수해 부리나케 그 자리를 떠난 거예요.

'井 자' 아래쪽 공간에도 꼬치를 치운 듯한 흔적이 있으니까, 어쩌면 그 밖에도 글씨를 썼다가 무슨 이유로 지웠는지도 모르지만요. 아무튼 적어도 이름을 가타카나에서 한 자로 바꾼 이유는 범인의 성씨를 어떻게 발음하는지 모르는 하세가와가 메시지를 남겼기 때문입니다. 이렇게 말하려고 했지, 형?"

후쿠타는 쓴웃음을 지으며 고개를 끄덕였다. 그렇다고 나 할까, 가타카나 부분 말고는 대부분 네 추리지만.

"……하세가와, 정말이에요?"

마이카 선생님이 물었지만 여전히 하세가와는 아무 말도 없었다. 마이카 선생님은 고민에 잠긴 듯한 표정으로 다시 후쿠타와 가쿠타를 보았다.

"그래도…… '훔쳤다'는 건 역시 이상하지 않나요? 하세가와는 자기 물건을 회수했을 뿐인데."

"'훔쳤다'는 건." 가쿠타가 나지막히 대답했다. "이번 사건에 관한 이야기가 아니에요."

하세가와가 머리를 또 움찔했다.

"하세가와, 한 가지만 덧붙이고 싶은데."

후쿠타는 하세가와의 머리를 가만히 바라보며 조용히 알려주었다.

"실은 그 장식품, 우리 어머니가 만든 거야."

엇, 하고 처음으로 하세가와가 고개를 들었다.

깜짝 놀란 눈으로 후쿠타를 빤히 쳐다보다가 가쿠타에게 시선을 돌렸다. 이번에는 가쿠타가 거북한 듯 시선을 돌렸다.

"……그랬나요?"

후우우, 하고 숨을 길게 내쉬는 소리가 들렸다. 하세가와는 가슴 앞에 주먹을 꽉 쥐고 천천히 일어서서 자세를 가다듬더니, 양손을 예의 바르게 앞으로 모으고 후쿠타와 가쿠타에게 고개를 깊이 숙였다.

"네. 그때 진짜 보석을 훔친 건 저예요. 어머님께 죄를 뒤집어씌워서 죄송합니다."

"……이유는?"

가쿠타가 억누른 목소리로 짤막하게 물었다.

하세가와는 눈을 내리뜨고 잠긴 목소리로 대답했다.

"저희…… 엄마가 옛날에 사귀었던 사람에 대해서는 아세요?"

"응. 몹쓸 인간이었다고 들었는데."

"네. 그런 일을 핑계로 삼으면 안 되겠지만…… 그 무렵 저는 정말 절박했어요. 엄마를 지켜야 한다는 생각에……."

목소리가 바르르 떨렸다.

"그 남자는 툭하면 엄마에게 돈을 뜯어냈어요. 이제 더는 못 빌려준다, 빌려줄 돈도 없다고 싸우는 소리가 자주 들렸죠. 그런데 그 인간이 엄마가 친구에게 보석을 빌려줬다는 이야기를 어디서 들었나 봐요. 남에게 빌려줄 바에야 자기한테 빌려달라고 엄마를 협박해서……."

하세가와의 표정이 혐오감으로 일그러졌다.

"그것만큼은 절대로 싫었어요. 그 보석은 엄마가 할머니에게 물려받은 물건이거든요. 엄마도 제가 크면 주겠다고 약속했고요.

어쩌면 좋을지 몹시 고민했어요. 그런데 엄마랑 함께 어린이회 연극에 참가한 날, 그거랑 똑같이 생긴 액세서리를 본 거예요. 그 순간 이거랑 바꿔치면 그 인간에게 보석을 넘겨주지 않아도 된다는 생각이 들더군요.

하지만 그게 설마 고구레의 어머님이 만드신 액세서리였을 줄이야."

하세가와가 말을 멈추고 이쪽 눈치를 살피듯 조심조심

시선을 들었다. 가쿠타가 무표정한 얼굴로 바라보자 위축된 듯 고개를 숙이고 한층 가냘픈 목소리로 다시 해명에 나섰다.

"……그 인간, 반납받은 액세서리를 제가 몰래 바꿔친 줄도 모르고 바로 보석점에 팔러 갔어요. 거기서 가짜라는 사실을 알고 잔뜩 화가 나서는 엄마 때문에 창피를 당했다고 얼마나 난리를 치는지……. 너무 무서워서 아무에게도 진실을 밝히지 못하고 가슴속에 담아뒀죠."

"……액세서리를 팔러 간 보석점은 혹시 '주얼리 가미야마'?"

"모르겠어요." 하세가와는 고개를 저었다. "당시는 아직 어렸으니까요. 그뿐만 아니라 엄마가 보석을 빌려준 상대도 엄마 친구라는 것 말고는 잘 몰랐고요.

그래서 그때 맹세했죠. '죄송합니다. 어른이 되면 받은 돈은 꼭 돌려드릴게요' 하고요. 그 후로 엄마가 그 남자와 헤어지고, 엄마 몰래 큰돈을 대출했다는 게 드러나는 등 별로 생각할 여유도 없었는데……. 콩쿠르 출품작을 만들고 시험 삼아 연주했을 때 문득 그 일이 떠올랐어요."

"시험 삼아 연주했을 때? 왜?"

하세가와는 표정을 풀고 가게를 둘러보았다.

"이 곡이요."

"이 곡이라니…… 지금 흘러나오는 곡?"

"네. 옛날에 동남아시아에서 유행한 곡이래요. 인터넷에 올린 영상에서도 연주했는데, 저한테 이 곡을 가르쳐준 분이 그 레진 공예품의 주인이었어요.

당시 그 남자가 무서워서 울고 있는데, 그분이 가게에 왔다가 저를 보고 위로해주셨죠. 그때 기운이 나는 노래라며 가르쳐주신 게 이 곡이에요. 힘들 때일수록 즐거운 노래를 불러야 하고, 즐거운 기분이 들면 힘든 일은 저절로 달아난다면서요. 그래서 그분께 안겨 노래하자 정말로 기운이 나서……."

가녀렸던 목소리가 힘을 조금 되찾았다.

"그 일이 떠오르자 도저히 가만히 있을 수가 없더라고요. 그렇게 상냥하고 좋은 분에게 못된 짓을 했다. 사과해야 한다. 적어도 돈을 돌려주겠다는 약속만큼은 해야 한다고요. 그래서 엄마한테 넌지시 그분에 관해 물어봤더니, 어째선지 알려주질 않아서……."

"같은 학년에 내가 있었기 때문 아니려나." 가쿠타가 말했다. "너희 엄마는 배려하신 거야. 아이들끼리 괜히 사이가 삐걱거리지 않도록."

하세가와 시오의 어머니는 어디까지나 우리 어머니의 실수로 보석을 분실했다고 생각한다. 그렇다면 가르쳐주지 않은 건 오히려 우리 형제를 배려했기 때문이리라. 딸이 같은 학년에 있는 상대의 아들을 나쁘게 여기지 않도록 입을 다물어준 셈이다.

"……그럴지도요. 하지만 저로서는 난감했어요. 엄마에게 솔직히 털어놓을까 싶기도 했지만, 그럼 엄마가 즉시 돈을 돌려주겠다고 하겠죠. 안 그래도 가게가 어려운데 더는 부담을 끼치고 싶지는 않더라고요…….

그러다 문득 좋은 생각이 떠올랐죠. 액세서리를 작품에 달아서 출품하면 그분이 알아차릴 수도 있잖아요. 만약 상을 타면 더 많은 사람 눈에 띌 테니까요. 아, 엄마한테는 이건 가짜인데, 보석을 잃어버린 사람한테 나중에 몰래 받았다고 거짓말했어요."

하세가와의 어머니는 옛날에 사귀었던 남자가 가게 명의로 대출한 돈 때문에 지금도 고통을 받고 있다. 그래서 딸은 진실을 말할 수 없었다. 출품작에 액세서리를 달아서 사람을 찾겠다니, 너무 우회적인 방법 같아 보이지만, 실제로 겐타가 알아차렸으니까 완전히 틀린 방법은 아니었던 셈이다.

덧붙여 하세가와는 그 장식품을 '잃어버린 사람', 즉 고구레 형제의 어머니 레이에게 받은 가짜라고 거짓말했다. 그래서 하세가와의 어머니도 딸이 장식품을 가지고 있었다는 사실에 의문을 품지 않은 듯했다.

테이블에 기묘한 침묵이 내려앉았다. 연달아 코코넛을 외치는 한없이 경쾌한 배경음악을 들으며 후쿠타는 안도감인지 허탈함인지 모를 감각에 사로잡혀 맥이 쭉 빠졌다. 결국 하세가와의 어머니도, 우리 어머니도 잘못 없다는 건가.

"결국…… 그 보석 장식품은 진짜였던 거군요."

잠시 후 마이카 선생님이 침묵을 깼다.

"전혀 몰랐네요. 저는 물건 보는 눈이 없어서…… 그런데 하세가와."

"네."

"본인이 직접 말해주지 않겠어요? 작품을 망가뜨린 범인의 이름을."

후쿠타의 예상대로였다. 서예부 담당 교사인 만큼 마이카 선생님은 어디까지나 이번 '기물 파손 사건'에 관심이 있지, 옛날 도난 사건에는 관심이 없다. 그리고 하세가와가 고발 메시지를 남겼다면, 당연히 범인이 누군지도 알 것이다.

"그건……."

하세가와가 입을 열었다. 모두의 시선이 집중됐다.

"……말 못 해요."

하지만 기대와 달리 하세가와는 대답하기를 거부했다.

"기다리고 싶어요. 상대가 스스로 고백할 마음이 들 때까지. 그 장면을 목격했을 때는 충격을 받아서 무서웠고, 피가 거꾸로 솟는 기분이라 그런 메시지를 남겼지만…… 잘 생각해보면 저도 제가 범인이라는 사실을 고백하기까지 이렇게 오랜 시간이 걸렸는걸요. 분명 그쪽에도 뭔가 그럴 만한 이유가 있었겠죠. 그 이유를 알기까지는 저도 그 사람을 책망하고 싶지 않아요."

하세가와가 눈을 감고 옛날을 추억하듯 배경음악에 맞춰 잠시 콧노래를 흥얼거렸다. 그러다 조용히 눈을 뜨고 미안하다는 듯 마이카 선생님에게 고개를 숙였다.

"제 입장만 앞세워서 죄송해요. 선생님, 하지만 사건 해결은 좀 더 기다려주시면 안 될까요?"

마이카 선생님은 생각에 잠긴 모습으로 손등에 턱을 얹었다.

신비한 표정이었다. 장난기 어린 평소 분위기는 자취를 감추고, 마치 보석이라도 감정하는 듯 사려 깊은 눈빛을 하세가와에게 던졌다.

이윽고 표정을 누그러뜨리더니 재스민 차의 빨대를 입에 물었다.

"알았어요. 기다릴게요. 아무래도 나 역시 하세가와에게 빚이 있는 것 같으니까."

빚? 후쿠타가 고개를 갸우뚱하는 것과 동시에 하세가와의 안색이 확 변했다. "혹시 선생님……" 하고 뭔가 말하려는데 마이카 선생님이 검지를 입술 앞에 세우고 장난스럽게 윙크했다.

"하세가와는 레진 공예품을 만든 분…… 고구레의 어머니에게 아주 좋은 걸 받았네요. 그런 상냥한 마음씨가 있다면, '마이펜라이'. 분명 다 잘될 거예요."

9

마이펜라이는 태국어로 '문제없다'라는 뜻이라고 한다.

그렇다고 가쿠타에게 들었다. 카페에서 수수께끼 풀이를 마치고 집으로 돌아가는 길. 가쿠타가 어머니 무덤에 들르고 싶다고 해서 긴나미절의 묘지로 향하는 중이었다. 평소 조용한 산문 앞이 노점과 인파로 붐비는 광경을 보고 알아차렸다. 그러고 보니 이번 주말 절에서 축제를 연다고 했던가. 1년에 한 번, 불당의 문을 열어 본존을 공개하는 날이라나…… . 내일이라도 료타를 데리고 가볼까.

"……마이카 선생님이 진 빚은 뭘까?"

후쿠타는 오징어구이의 맛있는 냄새에 정신이 팔린 채 중얼거렸다.

"몰라. 잔돈이라도 빌린 거 아닐까? 선생님, 가끔 지갑을 두고 와서 학생에게 돈을 빌리거든. 그나저나 분하네."

"뭐가?"

"이번 추리. 또 후쿠타 형에게 졌어."

가쿠타가 산문을 올려다보며 보란 듯이 한숨을 쉬었다.

"난 아이디어를 냈을 뿐이야. 추리를 완성한 건 너잖아."

"아이디어에서 진 게 분하다는 거야."

"이런 일에 이기고 지고가 어딨냐? 그나저나 콩쿠르 출품작을 망가뜨린 범인은 대체 누굴까?"

"글쎄. 드나든 순번상 분명 고발자 바로 앞사람이 범인일 줄 알았는데, 그런 형태로 하세가와가 끼어들었다면 누구나 범인일 가능성이 있어."

보석에 관련된 일이 마무리돼서 사건에 흥미를 잃은 것이리라. 가쿠타는 자기 알 바 아니라는 듯 말하더니 호주머니에 손을 찔러 넣고 걸어갔다. 앞에서 부모와 아이가 즐겁게 이야기하면서 내려와, 후쿠타와 가쿠타는 계단 옆으로 물러나서 길을 양보했다.

"……그러고 보니 가쿠타. 이도키 기마코는 왜 하세가와에게 쩔쩔맸던 거야? 하세가와의 어머니는 딱히 나쁜 사람도 아니었잖아."

"그거 말인데, 이도키가 물건을 훔치다 잡혔을 때 하세가와가 나서서 두둔해준 모양이야. 옛날에 비슷한 짓을 했던 자기 모습을 이도키에게 투영한 것 아닐까. 그래서 고마운 마음에 이도키가 하세가와에게 잘해주는 것 같아."

흠, 하고 후쿠타는 콧숨을 내쉬었다. 마이카 선생님의 말을 흉내 내는 건 아니지만, 하세가와가 마음씨 따뜻한 사람으로 자란 것이 그나마 다행일까.

"하세가와가…… 어머니에게 받은 돈을 장래에 돌려주겠다고 했잖아. 그거, 어떻게 할 거야?"

"딱히 필요 없는데." 가쿠타는 아무래도 상관없다는 듯한 어조로 말했다. "지금 우리 집은 경제적으로 그다지 어렵지 않잖아. 내가 엄마 사건을 해명하고 싶었던 건 돈 때문이 아니야. 그저 뭐랄까……."

"엄마의 오명을 씻어내고 싶었다?"

"음, 그게……. 조금 전까지만 해도 그렇게 생각했는

데, 어쩐지 그것도 아닌 것 같아. 난 대체 뭘 하고 싶었던 걸까?"

가쿠타는 스스로에게 물으며 하늘을 향해 기지개를 켰다.

"아마 진실이 다 밝혀져도 결국 엄마가 속았다는 사실은 변함없다는 게 짜증 나는 거겠지. 엄마는 분명 자책했을 거야. 친구의 소중한 보석을 잃어버렸다고 자책하고, 귀중한 생활비를 날려버렸다고 후회하고……. 난 그런 일들 하나하나를 용서할 수 없었던 것뿐이겠지."

그건…… 정말로 어쩔 도리가 없는 문제다.

아무리 과거의 수수께끼를 파헤치고 숨겨진 진상을 알아낸들 이미 일어난 일은 바뀌지 않는다. 지금 우리가 할 수 있는 일은 이렇게 무덤 앞에 가서 보고하는 것 정도다.

세상에는 '마이펜라이'로 넘어갈 수 없는 일도 있다.

"아……."

긴나미절의 기다란 돌계단을 올라 묘지로 향하는 길 중간쯤에서 가쿠타가 멈춰 섰다. 잡목림 틈새로 햇빛이 비치는 벤치에 낯익은 사람이 앉아 있었다.

가미야마다.

여기까지 오면 지나다니는 사람도 얼마 없다. 가미야마는 주변에 아무렇게나 피어난 산나리꽃을 홀로 바라보며 물통에 담긴 빨간 액체를 플라스틱 컵에 따랐다. 바람을 타고 멀리 있는 후쿠타의 코끝까지 새콤달콤함이 가미된 술 냄새가 풍겼다. ……흠, 와인인가.

"어라……."

상대도 알아차렸다. 후쿠타와 가쿠타는 형식적으로 고개를 숙이고 재빨리 옆을 지나치려 했다.

그런데 가미야마가 주름진 손을 천천히 들더니 하나, 둘, 셋…… 하고 손가락을 꼽기 시작했다.

"한 10년 됐나. 드디어 너희 엄마도 누명을 벗은 모양이구나."

가슴이 덜컥했다. 후쿠타는 무심코 돌아보고 물었다.

"……어떻게 아시는 거죠?"

"글쎄다."

가미야마는 씩 웃었다.

"꿈풀이로 알아냈다고 하면 믿을래? 한 가지 분명히 해 두자면 난 그 사건과 털끝만큼도 관계없어. 그냥 허수아비였지. 밭 한복판에 멍하니 선 채 발밑에서 찍찍 우는 참새들을 강 건너 불구경하듯 지켜봤을 뿐이야."

가쿠타가 미간을 찌푸렸다. 후쿠타도 불쾌했다. 가미야마가 사실을 얼마나 알고 있었는지는 모른다. 하지만 만약 전부 다 알고서 못 본 척했다면 공범이나 마찬가지다.

"가자, 후쿠타."

가쿠타가 걸음을 옮겼다. 후쿠타는 가미야마를 흘낏 본 후 따라갔다.

"아아, 그리고 하나 더." 가미야마가 또 말을 던졌다. "난 화가 아가씨, 그러니까 너희 엄마를 그저 위로하려고 안부 인사차 간 게 아니야."

후쿠타와 가쿠타는 무시하고 걸어갔다.

"너희 엄마가 상점가에서 제일가는 정보통인 내게 그 악기점에 대해 물어봤어. 듣자니 너희 엄마는 목격했다더 구나. 그 악기점의 딸이 연극을 상연할 때 액세서리를 훔치 는 장면을."

엇, 하고 형제는 동시에 걸음을 멈추고 반사적으로 돌아 보았다.

"뭐, 결국은 모조품이니까 나중에 주의를 주면 되겠거 니 싶어서 느긋하게 있었는데, 그 바꿔치기 소동이 일어났 잖니. 그래서 너희 엄마도 감을 잡은 모양이야."

"그럼…… 엄마는."

가쿠타가 갈라진 목소리로 말했다.

"애초에 하세가와가 훔쳤다는 걸 알고서 돈을 쳤다는

건가요?"

가미야마는 웃는 건지 대답 대신 상반신을 흔들었다.

"나도 한마디 했어. 성가신 남의 집 사정을 네가 떠안을 필요는 없지 않겠느냐고. 그랬더니 너희 엄마는 만약 진상이 드러나면 액세서리를 훔친 딸아이가 집에서 어떤 벌을 받을지 모른다며⋯⋯. 무슨 태평한 소리를 하나 싶어 그저 어이가 없었지."

와인을 따른 플라스틱 컵을 눈높이로 들어서 한입에 들이켰다.

"자기도 너희처럼 손이 많이 가는 사내애를 셋이나 키우면서 말이야. 쌀값이 부족해서 매일 허덕인 주제에⋯⋯. 그렇게 어수룩하면서도 착한 사람이 제일 일찍 저세상에 가다니, 세상은 참 싫다니까."

"⋯⋯그렇구나."

겐타가 주방에서 경쾌하게 프라이팬을 흔들며 말했다.

"그래서 어머니가 늘 그렇게 '엔젤 악기'에 드나든 건가."

저녁 시간. 후쿠타와 가쿠타가 겐타와 료타에게 사건의 진상을 알려주자 겐타가 납득했다는 어조로 이야기를 꺼냈다. 겐타의 기억에 따르면 어머니는 그 사건 후에도 뻔질나게 하세가와네 악기점에 드나들었다고 한다. 그리고 얼마 지나지 않아 하세가와 부부가 헤어진 걸 보면, 우리 어머니가 하세가와의 어머니를 끈기 있게 설득해서 이별시킨 게 아니겠느냐는 것이 겐타의 의견이었다.

"하지만 형." 후쿠타는 접시에 담긴 반찬을 집어 먹으며 말했다. "그럼 헤어진 후에 진상을 밝히고, 돈은 돌려받았어도 되지 않나?"

"뭐, 그쪽도 아직 빚이 남아 있었던 모양이니⋯⋯."

"그게 아니라." 가쿠타가 끼어들었다. "엄마가 잊어버린 거 아니야? 배상금을 줬다는 것 자체를?"

"아아⋯⋯ 그럴 수도 있겠네."

후쿠타와 겐타는 동시에 고개를 끄덕였다. 어머니는 한 가지 일에 몰두하면 당구공 부딪치듯 다른 일은 딱 튕겨져 나가 머릿속에서 빠져나가는 성격이다.

"후쿠타, 거기 좀 치워줘."

겐타가 프라이팬을 들고 주방 카운터를 돌아서 나왔다. 후쿠타는 식탁에 펼쳐놓았던 그림책을 허둥지둥 옆으로 치웠다. 《행복한 왕자》다. 료타가 무슨 이야기인지 모른다기에 선반에서 꺼내서 읽어주려던 참이었다.

"맛있겠다."

료타가 집게로 깔끔하게 담은 파스타에 얼굴을 가까이 대고 오리처럼 궁둥이를 흔들었다. 후쿠타가 장난으로 궁둥이를 찰싹 때리자 막냇동생은 깔깔 웃으며 의자 위에서 몸을 홱 뒤집었다. 가쿠타가 그 모습을 흘겨보며 냉장고에서 자기가 만든 샐러드를 가져왔다.

그러는 동안 겐타가 프라이팬에 파스타를 더 만들어서 식탁에 네 명이 먹을 요리가 갖추어졌다. 각자 버터 냄새가 향긋하게 피어오르는 접시 앞에 앉아 양손을 가볍게 모았다.

"그럼, 잘 먹겠습니다."

식기 부딪히는 소리가 달그락달그락 울렸다. 오늘 겐타가 저녁으로 만든 요리는 간단히 아스파라거스와 베이컨만 넣은 파스타였다. 그러고 보니 이 조합, 어머니가 자주 만들어줬는데.

"맛있다."

료타가 입안 가득 파스타를 넣고 행복한 웃음을 지었다. 이어서 형들에게 물었다.

"이게 엄마표 맛이야?"

후쿠타는 한 입 먹고 고개를 저었다.

"아니…… 엄마가 만든 건 이렇게 맛있지 않았어."

"응. 굳이 따지자면 아빠가 해준 파스타가 정성이 많이 들어가서 맛있었지."

"……나, 미각은 분명 아버지에게 물려받았을 거야."

겐타도 인정했다. 겐타는 추억이 담긴 '엄마표 맛'을 료타에게도 맛보여주기 위해 늘 도전한다. 하지만 엄마의 아마추어 요리를 재현하기에는 본인 실력이 너무 좋아진 듯 맛이 가까워지기는커녕 원조를 1억 광년쯤 앞질렀다.

"나 말이야." 겐타가 약간 고민하는 표정으로 말했다. "아무래도 맛에 너무 까다로운 것 같아. 그래서 선배가 라면의 완성도를 물어봤을 때도 이런 맛이 대중적인 입맛에 맞는 건가 싶어서……."

"에이, 그 라면집 사장에게 그런 배려는 필요 없어."

가쿠타가 냉담하게 톡 쏘아붙였다. 료타는 포크를 입에 물고 형들의 얼굴을 가만히 둘러보았다. 다음으로 접시를 내려다보더니 입에서 튀어나온 파스타를 후루룩 빨아들였다.

"어렵네, 엄마표 맛."

나머지 형제들은 서로 눈을 마주쳤다.

겐타가 뺨의 긴장을 풀었고, 가쿠타가 "어떤 의미에서

는"하고 답했다. "그러게"하고 후쿠타도 미소 지었다. 엄마가 했던 일들은 언제나 단순하고 평범한 듯하면서도 어렵다.

《행복한 왕자》이야기는 싫다. 자신의 사유재산을 털어넣으면서까지 남모르게 선행을 이어나간 고결한 왕자. 그 결과, 사람들에게 감사받기는커녕 마지막에는 고철로 처분되는 그 보람 없는 이야기를 들으면 자기희생의 정신이 느껴진다기보다 그냥 바보 아닌가 하는 기분이 앞선다.

하지만 그렇듯 손해와 이득을 따지지 않고 자신의 행동으로 누군가 구원받았다는 걸 순수하게 기뻐할 수 있다면, 분명 그건 그것대로 가슴이 뻥 뚫린 듯 기분이 상쾌해지리라.

그리고 그걸 '행복한 기분'이라고 부르는지도 모르겠다.

언젠가 그런 경지에 도달할 수 있을까.

후쿠타는 식탁 끄트머리로 밀어둔 그림책을 보고 입가에 미소를 지었다. 뭐, 지금으로서는 여러모로 힘들겠지만 할 수 있을 만큼은 해볼게, 엄마.

'후쿠타'라는 이름이 부끄럽지 않도록.

제3화

부모 자식 간의 싸움과
주문이 많은 요리점

"그러니까 내 생각에 서양 요리점은 찾아온 사람에게 서양 요리를 내놓는 곳이 아니라, 찾아온 사람을 서양 요리로 만들어서 먹는 곳이야. 이건 즈, 즈, 즈, 즉, 우, 우, 우리가……" 몸이 덜덜덜 떨려서 더는 말할 수가 없었습니다.

"그, 우, 우리가, ……으아아." 몸이 덜덜덜 떨려서 더는 말할 수가 없었습니다.'

"도망……." 신사 한 명이 몸을 덜덜 떨면서 뒤쪽 문을 밀었지만, 이럴 수가, 문은 꿈쩍도 하지 않았습니다.

안쪽에는 아직 문이 하나 더 있었습니다. 커다란 열쇠 구멍 이 두 개에 은색 포크와 나이프 모양이 새겨진 그 문에는 이렇게 적혀 있었습니다.

'이야, 오시느라 고생 많으셨습니다. 아주 잘하셨어요. 어서 안으로 드십시오.'

주문이 많은 요리점

원작: 미야자와 겐지

I

"인간은 죄가 참 많아."

게이토가 강을 향해 낚싯대를 휘두르며 말했다.

"뜬금없이 무슨 소리야?"

입질이 좋지 못한 벌레 모양의 인조 미끼를 다른 것으로 바꿔 달면서 후쿠타는 물었다.

"딱히 먹을 것도 아닌데 물고기를 속여서 낚아 올리잖아? 게다가 미끼까지 가짜야. 이런 건 이중 사기라고."

"전혀 못 속였으면서."

후쿠타는 빈 아이스박스를 들여다보고 쌀쌀맞게 말했다. 게이토는 헤헤 웃더니 익숙한 손놀림으로 강 한가운데 미끼를 던져 넣었다. 던지는 폼만큼은 일류다.

수면이 미러볼처럼 반짝였다. 여름철 아마쓰세강. 최근

에 태풍이 불어서 범람한 탓에 평소보다 수량이 많다. 학교
도 여름방학이 시작돼 검도부 친구 두 명과 함께 낚시를 하
러 왔다. 후쿠타는 바다낚시를 선호하지만, 물이 불어난 후
에는 강에서 월척을 낚을 수 있다는 다른 두 사람의 주장에
마지못해 따라왔다.

"그럼 먹기 위해 잡으면 되는 거 아니야?"

두 사람의 친구인 통통한 체형의 다쿠로가 후암, 하고
하품하면서 말했다. 다쿠로는 후쿠타와 게이토처럼 낚시
를 하지 않고, 혼자 강가의 유목이 모이는 구역에서 생미끼
를 달고 찌낚시를 했다. 저렇게 구석진 자리에서 뭘 노리는
거지? 붕어?

게이토가 유목 근처에 인조 미끼를 던져 넣고 대꾸했다.

"농어는 못 먹잖아."

"먹을 수 있어. 손질만 잘하면 냄새도 안 난대."

"오…… 그럼 후쿠타네 형한테 요리를 만들어달라고 할
까."

"잡으면 말이지."

후쿠타는 못 박아 말했다. 형 겐타는 프로 요리사다. 가
끔 겐타가 만든 도시락을 가져가면 친구들 사이에서 반찬
을 두고 싸움이 벌어진다.

"후쿠타네 형 하니까 생각났는데."

다쿠로가 낚싯대를 위아래로 살살 흔들면서 말했다.

"'외르 드 보뇌르'라고 있잖아. 후쿠타네 형이 일하는 식당. 거기 요즘 경영 방침이 바뀌었어?"

"어? 모르는데, 왜?"

'외르 드 보뇌르'는 겐타가 일하는 프렌치 레스토랑이다. 젊은 사람도 마음 편히 들어갈 수 있는 캐주얼한 분위기와 본고장 뺨치게 뛰어난 맛이 특징으로, 이 지역에서는 모르는 사람이 없다.

"그게, 우리 엄마 요리 솜씨가 빵점이잖아. 정말로 맛있는 요리가 뭔지 모르기 때문이라고 아빠가 그러길래, 말 나온 김에 다 같이 갔었어. 그런데——"

"요리가 맛없었어?"

"아니. 요리는 듣던 대로 맛있었는데 종업원 태도가 별로더라."

"종업원이? 설마. 형네 가게는 접객에도 공을 들일 텐데."

"응. 나도 그렇게 들어서 좀 놀랐지. 접객 태도도 문제인데, 애당초 일본어가 잘 안 통하는 외국인 종업원이 많더라고. 엄마, 완전히 기분 상했는지 '역시 요리는 맛보다 애정'

이라며 툴툴거렸어.”

“흐음…….”

후쿠타는 고개를 갸우뚱했다. 분명 그 가게는 채용 기준이 상당히 엄격했을 텐데. 인력 부족인가?

“너희 엄마, 가족에게 맛있는 음식을 먹이고자 하는 애정은 없는 거야?” 게이토가 비뚤어진 감상을 꺼내놓고 나서 말을 이었다. “그런데 아까부터 찌가 움직이는 것 같은데?”

“뭐? 어, 아차.”

다쿠로가 허둥지둥 낚싯대를 잡아당겼다. 곧장 “우오오” 하고 환성이 일었다. 낚싯바늘에 갈색 낙엽 같은 것이 걸려 있었다.

“뭐야, 그건? 쓰레기?”

“징거미새우. 아무것도 입히지 말고 그대로 튀겨 먹으면 맛있어. 이거라면 우리 엄마도 요리할 수 있겠지.”

다쿠로는 주먹을 불끈 쥐고 대답했다. 누가 보면 생존 전문가인 줄 알겠네, 하고 약간 동정하면서도 어머니가 끼니마다 밥을 차려주는 것만 해도 고맙지 않냐고 선망하는 마음이 되었다. 그러고 보니 오늘 식사 당번은 나였던가. 자, 저녁은 뭐로 할까. 그렇게 딴생각을 하면서 적당히 낚싯대를 휘두른 것이 실수였다. 낚싯바늘이 엉뚱한 방향으로 날아가서 강가의 덤불에 걸렸다.

쳇, 하고 혀를 찼다. 이러니까 강낚시는 싫다.

"빼낼 수 있겠어?"

"걱정하지 마."

게이토에게 대답하고 덤불로 향했다. 덤불 앞에서 의아한 기분으로 발을 멈췄다. 자세히 보니 낚싯바늘은 풀이나 나무가 아니라 강가에 널브러진 아이스박스에 걸려 있었다.

"그건 뭐야?"

따라온 게이토가 어깨 너머로 들여다보았다.

"글쎄."

"누가 깜박 두고 간 건가? 낚시용치고는 좀 큰데."

"그러고 보니 요 부근에 축산물 도매상의 창고가 있잖아." 다쿠로도 뒤따라와서 말했다. "거기 비품 아니야? 요전에 강이 범람했을 때 떠내려왔다든가."

"축산물 도매상의 아이스박스? 그럼 고기가 들었나?"

"하지만 이렇게 더우니까 상했겠지……."

안 상했으면 먹겠다는 거냐? 후쿠타는 내심 핀잔을 주면서 아이스박스를 열었다. 속을 들여다보고 엇, 하고 중얼거렸다.

게이토가 달려들 것처럼 물었다.

"뭔데? 역시 고기?"

"고기랄까, 고기와 관련된……."

"진짜? 나도 좀 보자. 즉석식품이나 통조림이라면 강아지한테 줄 수 있을지도 몰라."

후쿠타는 아이스박스 속으로 손을 뻗었다.

"먹을래?"

꺼내서 보여준 것은 닭꼬치구이 특집 서적이었다.

"후쿠타 형아. 나, 이제부터 고기 안 먹을 거야."

집에 돌아가자 막내 료타가 그렇게 선언했다.

울었는지 눈언저리가 발그레했다. "뭐야, 배라도 아파?" 걱정돼서 물어보자 료타는 고개를 절레절레 내젓고 도망치듯 자기 방으로 뛰어들었다.

"쟤도 참 단순하다니까."

교대하듯 몸집이 작고 뽀얀 피부에 안경을 낀 남학생이 거실로 들어왔다. 셋째 가쿠타다.

"료타 저 녀석, 갑자기 왜 저래?"

"수업의 영향인가 봐. 오늘 학교에서 '식용육'을 공부하면서 지금까지 반에서 키운 닭을 다 함께 손질해서 먹었대. 그래서 충격을 받은 거겠지."

그건 슬픈 일이다. 동물을 좋아하는 료타가 먹이 주기 당번 날에 양배추 자투리를 기쁜 표정으로 가져갔던 모습이 생각났다. 대신 다른 동물이라도 키우게 해주고 싶지만, 공교롭게도 맨션은 반려동물 금지다.

"그렇구나……. 야단났네. 오늘 저녁으로 닭꼬치구이를 먹으려고 했는데."

"닭꼬치구이? 혹시 '구시마사'의……?"

"아니." 후쿠타는 들고 있던 잡지를 보여주었다. "내가 만들 거야. 이거, 닭꼬치구이 특집 책이거든. 무크지라고 하나? 가게 소갯글 외에도 맛있어 보이는 조리법이 실려 있길래 만들어보려고."

"이야, 좀 보여줘."

가쿠타가 뜻밖에도 흥미를 보이며 책을 낚아챘다.

"일본 닭꼬치구이 애호회……? 처음 듣는 출판사네. 긴나미 상점가에 있는 가게도 한 집 소개됐네. 역시 '구시마사'구나. 오, 편집부가 선정한 순위에서 2위를 차지했잖아. 걔가 좋아하겠는걸."

'구시마사'는 긴나미 상점가에서 인기 있는 닭꼬치구

잇집이다. 겐타가 감탄할 만큼 맛있는 곳이라 후쿠타도 자주 간다. 얼마 전에 긴나미 중학교에서 발생한 '기물 파손 사건'을 계기로 가쿠타는 그 집 세 자매의 셋째와 친해진 모양이다.

"어? 이게 뭐야. 불량품?"

책을 펄럭펄럭 넘기던 가쿠타가 페이지를 보여주었다. 벌레 먹은 것처럼 군데군데 네모난 구멍이 있었다.

"몰라. 예전 주인이 잘라냈나 보지."

"예전 주인이라니…… 이 무크지, 빌린 거야?"

"아니, 강가에서 주웠어."

"강가에서?"

가쿠타가 찝찝하다는 듯 인상을 쓰며 책을 멀찍이 떼어놓았다.

"혹시 이거 아마쓰세강 강가에 떨어져 있었어? 더러워 죽겠네. 그런 걸 주워 오면 어쩌자는 거야?"

"아니, 아이스박스에 들어 있었어. 그리고 가격을 봐. 사려면 천 엔은 한다고."

"그렇다고 책을 왜 들고 오냐? 조리법이 적힌 부분만 사진을 찍어 오면 되잖아."

그런 방법이 있었구나. 후쿠타는 친구를 흉내 내 헤헤거리며 웃음으로 얼버무렸다.

"……도마 위에는 두지 마."

가쿠타는 세균이라도 만지듯 손가락 끝으로 책을 집어서 돌려준 후, 재빨리 화장실로 갔다. 여부가 있겠습니까? 하고 후쿠타는 어깨를 움츠린 채 조용히 주방으로 향했다.

2

"후쿠타 형, 잠깐 괜찮아?"

저녁을 준비하고 있는데 가쿠타가 약간 심각한 표정으로 주방에 왔다.

손에는 노트와 태블릿을 들고 있었다.

"무슨 일인데?"

"아까 그 잡지, 어디서 주웠어?"

"강가라고 했잖아."

"정확하게 어디쯤? 덴진 다리 근처?"

몹시 끈질기게 물어본다. 후쿠타는 귀찮았지만 가쿠타가 태블릿에 띄운 지도를 보고 위치를 가리켰다. 아마쓰세 강의 중간쯤에 걸린 덴진 다리보다 약간 상류 쪽. 다쿠로 말처럼 축산물 도매상의 창고 부근이다.

가쿠타는 지도를 들여다보며 음, 하고 소리를 냈다.

"실은 아까 모모에게 축하 메시지를 보내려고 했거든."

"모모? 아아, '구시마사'의 세 자매 중 막내."

"응. 그렇지만 주운 잡지에서 봤다고 하기는 미안하니까 전자책을 샀어. 그런데 책에서 무슨 글씨를 잘라냈는지 궁금해서 그 부분을 찾아서 옮겨 써놨거든. 이거 봐봐."

가쿠타가 노트에 적은 글씨를 보여주었다.

거래다

8월 10일 새벽 2시 텐진 다리 아래의 보트에
300만 엔을 실어라

그 대신, 다리 위의 간판 뒤쪽에 데려간 여자를
놓아두겠다

후쿠타는 닭고기를 자르던 손을 멈췄다.

"뭐야, 이게?"

"이렇게 늘어놓으니 납치 협박장같이 보이지 않아?"

"뭘로 보인다고? 허, 그렇다면 그 잡지를 어떤 납치범이 협박장을 만드는 데 사용했다는 거야? 말도 안 돼."

"말도 안 되는 소리라면…… 좋을 텐데."

가쿠타는 진지한 얼굴로 노트를 들여다보며 말을 이었다.

"후쿠타 형, 몰라? 최근에 유행하는 '설문 조사'라는 도시 전설."

"설문 조사? 응, 처음 듣는데."

"내용은 다양하게 변주되는 것 같은데 내가 들은 건 이런 식이야. 한 미식가가 '엄선한 식재료'를 특색으로 내세우는 회원제 레스토랑을 방문해. 레스토랑에서는 '고객님께 최적의 요리를 제공해드리고자 하니 설문 조사에 응해주십시오'라면서 다양한 질문을 던지지. 이름과 주소 외에도 키와 몸무게, 병력, 복용 중인 약 등 아주 세세한 부분까지 물어봐.

미식가는 참 꼼꼼한 레스토랑이라고 감탄하면서 질문에 전부 대답해. 대답을 마치자 '협조해주셔서 감사합니다. 요리가 완성될 때까지 이걸 마시면서 기다려주십시오' 하고 식전주를 제공해. 식전주를 마시며 들뜬 기분으로 기다리던 미식가는 갑자기 졸음이 몰려와서 잠들지.

잠든 미식가는 안쪽 조리실로 옮겨져서 진짜 '고객'에게 제공돼. 식전주에는 수면제가 들어 있었고, '엄선한 식재료'는 바로 미식가의 신체였다는 결말."

그게 뭐냐 싶어서 후쿠타는 쓴웃음을 지었다. 그야말로

도시 전설답게 전개가 진부하다.

"꼭 그거 같네. 왜, 어머니가 좋아했던 미야자와 겐지의……."

"《주문이 많은 요리점》?"

"응, 그거."

"비슷하달까, 그 작품에서 아이디어를 얻은 거 아니겠어? 다만 이 도시 전설이 우리하고 전혀 무관하지만은 않아. 후쿠타 형, 그거 알아? 이 도시 전설 때문에 겐타 형네 가게가 피해를 받고 있어."

"어? 왜?"

"겐타 형네 가게, 최근에 주인이 바뀌었잖아. 그 때문인지 외국인 종업원이 많이 늘어났는데, 그중에 베트남인 여종업원 한 명이 행방불명됐대. 그래서——"

"그 여종업원이 식재료로 사용됐다는 거야? 어이가 없네."

헛소문이 듣고 울겠다. 오래전에 어떤 대형 햄버거 프랜차이즈에서 패티에 지렁이 고기를 사용한다는 악질적인 유언비어가 퍼진 적이 있었다는데, 그보다도 수준이 낮다.

"시시하지. 다만 행방불명된 베트남 사람이 마이카 선생님의 지인인 모양이야."

"어, 진짜?"

후쿠타의 머릿속에 섹시한 미녀 중학교 교사가 웃는 모습이 떠올랐다. 할머니는 태국인, 할아버지는 땅 부자라 떵떵거리는 집안의 손녀라는 그 사람 말인가.

"마이카 선생님은 일본어 어학당에서도 교사로 자원봉사를 하는데, 거기 학생이었다나 봐. 그래서 오늘 선생님에게 상담을 받고 왔는데……."

"그 실종 사건과 이 협박장이 관계가 있지 않겠느냐는 거야?"

"응."

"에이, 설마……. 무엇보다 식재료로 사용하려고 납치했다면 협박장은 필요 없잖아. 지어낸 이야기라고 쳐도 앞뒤가 안 맞아."

"그러니까 도시 전설은 납치범이 범죄를 위장하기 위해 퍼뜨린 낭설이야. 그 이면에는 몸값을 받아내기 위한 납치 사건이 실제로 벌어졌다……. 역시 생각이 지나쳤나?"

본인이 말해놓고도 어처구니가 없었는지 가쿠타가 쓴웃음을 지었다.

"뭐, 이 문장 자체가 내 멋대로 글씨를 늘어놓고 만든 거니까. 그리고 '여자를 놓아주겠다'가 아니라 '여자를 놓아두겠다'니 아무래도 좀 부자연스러운 표현이야. 무엇보다, 만에 하나 이게 진짜 협박장이더라도 어차피 '거래'는 끝났어. 협박장에 지정된 날짜는 8월 10일이고 오늘은 8월 12일이니까.

하지만 뭔가 실마리가 될 수도 있으니까 일단 마이카 선생님에게 알려주긴 해야겠다. 경찰에 연락할지는 모르겠지만, 괜찮지?"

"그건 상관없는데……."

어쩐지 일이 커졌다. 이 녀석, 아주 예민하게 구는군. 어차피 이런 거야 근처에 사는 장난꾸러기의 장난이겠지. 일본어가 어색한 것도 꼬맹이가 썼다고 생각하면 이해가 가고.

"그러고 보니 가쿠타." 문득 검도부 친구와 나누었던 대화가 떠올라 물어보았다. "방금 형네 가게의 주인이 바뀌었다고 했어?"

"응. 지난번 주인이 권리를 넘긴 모양이야. 외국인 채용을 늘린 건 요즘 증가 추세인 해외여행객을 응대하기 위해서인 듯하고. 내 생각에 진짜 목적은 인건비 삭감이 아닐까 싶지만."

그런 사정이 있었구나. 주인이 바뀌면 가게가 망한다는 이야기가 많은데, 형네 가게는 괜찮을까.

팬히 걱정돼서 마음을 졸이고 있는데 딩동, 하고 초인종
이 울렸다. 택배인가? 먼저 반응한 가쿠타가 현관으로 갔
다가 금방 돌아왔다.

"지구사 선생님이야. 난 지금 팬티 바람이니까 대신 나
가봐."

능글맞게 웃는 표정이었다. 지구사는 가쿠타가 다니는
학원에서 아르바이트 강사로 일하는 여대생이다. 겐타의
팬이라 가쿠타를 핑계 삼아 집까지 찾아오고는 한다.

왜 내가, 하고 받아치려 했지만 실제로 가쿠타는 무늬가
들어간 사각팬티 한 장뿐인 무방비한 차림새였다. 하는 수
없이 식칼을 내려놓고 현관으로 향했다. 별 상관은 없지만
아무래도 동생은 둘째 형이 지구사를 좋아한다고 믿는 듯
하다. 이렇듯 중학생답지 않게 오지랖이 넓은 구석도 귀염
성 없는 면모다.

"아, ……후쿠타."

문을 열자 풍성한 갈색 머리에 사랑스럽게 생긴 여성이
서 있었다. 잠깐 침묵이 흐른 건, 후쿠타의 이름을 떠올리
는 데 시간이 걸렸기 때문이리라. 5초는 걸린 것 같아서 쓴
웃음이 나왔다.

"안녕하세요."

"안녕……. 저녁 먹을 시간에 미안해. 저기, 가쿠타 있니? 전에 동생 료타에게 해주고 싶다던 추억 속 어머니의 요리를 만들어봤는데."

그렇게 말하며 천을 씌운 바구니를 건넸다. 천을 들치자 크리스마스 요리처럼 화려한 닭고기 간장 양념 구이가 들어 있었다. 여러모로 타이밍이 안 좋다.

"어…… 고맙습니다. 나중에 먹을게요."

"지금 후쿠타 혼자 있어?"

"가쿠타랑 료타는 있어요. 형은 일이 바빠서 당분간 안들어올 거고요."

"안 들어오다니……."

지구사는 허공을 쳐다본 후 넋 나간 목소리로 말했다.

"그럼 역시…… 여자 친구와 동거를?"

"네?"

"겐타 형이 여자 친구와 동거한다고요? 무슨 말씀이세요?"

안에서 실내복으로 갈아입은 가쿠타가 나오며 물었다. 지구사는 퍼뜩 정신을 차렸는지 웃음을 지었다.

"안녕, 가쿠타."

"안녕하세요, 지구사 선생님. 방금 뭔가 이상한 말씀 안

하셨어요? 겐타 형한테 여자 친구가 어쩌니저쩌니 하신 거 같은데?"

"아, 응…… 가쿠타는 모르니? 최근에 겐타 씨에게 여자 친구가 생겼는지 어쨌는지."

"아니요. 못 들었는데요."

"그렇구나."

지구사의 시선이 허공을 헤맸다.

"그럼 아직 가족에게도 비밀인 건가……. 실은 목격했거든."

"뭘요?

"겐타 씨가 편의점에서 여자가 쓰는 물건을 구입하는 모습을. 지난달 중순쯤이었나. 스타킹이니 생리 용품이니…… 가쿠타네 집에 그런 물건은 필요 없을 테고, 그냥 아는 사이라면 그런 걸 사달라는 부탁은 하지 않겠지? 여동생도 내가 그런 부탁을 하면 정말 싫다는 표정을 짓거든. 그렇다면 역시 여자 친구인가 싶어서……."

지구사가 뺨에 손을 대고 중얼중얼 말을 늘어놓았다.

"하지만 가족에게도 비밀로 했다면…… 근처에서 동거하는 게 아닌가? 그럼 좀 더 조사 범위를 넓혀야……."

"저기…… 지구사 선생님?"

"앗, 미안해." 지구사는 얼버무리듯이 웃었다. "방금 그건 혼잣말. 그렇구나, 고마워. 겐타 씨에 대해 뭔가 또 정보가 들어오면 연락할게. 나, 요즘 인스타그램에 빠져서 사진 찍으러 여러 곳을 산책하거든."

갈게, 하고 지구사는 명랑하게 손을 흔들고 문을 쿵 닫았다.

타다다닥, 하고 경쾌하게 멀어지는 발소리를 들으며 후쿠타와 가쿠타는 얼굴을 마주 보았다.

"……형이라면, 뭐."

지구사가 돌아간 후, 후쿠타는 드디어 완성한 저녁밥을 식탁에 차리면서 말했다.

"여자 친구 한둘쯤 있어도 이상하지 않겠지. 그렇게 잘생겼으니."

가쿠타도 밥공기에 밥을 푸면서 음, 하고 고개를 꼬았다.

"하지만 그런 낌새는 전혀 없었는데……. 겐타 형은 인기가 많지만, 마마보이 성향이 강해서 좀처럼 여자 친구를 못 사귀잖아."

그렇군, 하고 맞장구를 쳤다. 형은 외모가 모델급이라 너무 인기가 많아서 한 명만 고를 수가 없는 건가 싶었는데⋯⋯. 그러고 보니 형이 지금까지 사귄 여자 친구는 전부 연상이었던 것 같다.

"더구나." 가쿠타가 말을 이었다. "여성 용품을 샀다고 해서 꼭 여자 친구에게 줄 거라고 볼 수는 없어. 예를 들면⋯⋯."

"뭐야. 설마 형한테 여장 취미라도 있다든가?"

"생리 용품까지 여장에 사용하지는 않겠지. 그게 아니라 납치. 만약 납치범이 여성을 감금했다면, 일단 그런 생활용품이 필요하잖아."

후쿠타는 앗, 하고 외마디를 내뱉었다. 그런 발상은 해보지 않았다. 다시 말해 형이 납치범?

에이, 그럴 리가, 하고 바로 고개를 저었다.

"야, 진심으로 하는 소리냐?"

"설마."

가쿠타도 혀를 쏙 내밀었다.

"망상을 좀 해봤을 뿐이야. 아까 협박장 이야기가 나온 김에. 뭐, 그 협박장도 진짜라고 믿는 건 아니고. 그 문장, 어법 말고도 좀 이상한 부분이 있거든."

"어법 말고도? 어디가?"

"인질을 놓아주는 장소. '다리 위의 간판 뒤쪽'이라고 했는데, 덴진 다리에 간판이 있었나?"

"다리 중간에 있었던 그거 아니야? 보강 공사 일정을 알리는 간판."

"아아, 그 입간판……. 그럴지도 모르지만, 그렇게 세세하게 지정할 필요가 있나? 인질을 놓아줄 거면 그냥 '다리 위'라고만 해도 되잖아."

그것도 그런가. 덴진 다리는 자동차가 아슬아슬하게 엇갈려 지나갈 정도로 좁고, 지나다니는 사람도 얼마 없다. 다리 위에 사람이 서 있으면 띄기 싫어도 눈에 띈다.

"인질을 '놓아두겠다'라는 표현도 그렇고, 그게 진짜 납치 협박장이라면 역시 위화감이 심해. 마치 일본어를 잘 모르는 사람이 흉내 내서 문장을 짜낸 듯한……. 어쩌면 그 간판에 집착할 이유가 있었는지도 모르지만, 다리가 무너진 지금으로서는 확인할 방도도 없고." 가쿠타가 말을 이었다.

덴진 다리는 지난주인 8월 3일, 태풍이 불어 강이 범람한 영향으로 무너지고 말았다. '보강 공사'가 한발 늦은 모양이다.

"하지만 마이카 선생님의 지인이라는 베트남 사람이 행방을 감춘 건 사실이잖아? 그 여자가 형과 같은 가게에서 일했던 것도."

"그건 그렇지만 그것도 사건과 연관이 있으려나…….
마이카 선생님 말로는 그 지인이 아무래도 질 안 좋은 남
자와 사귀었다나 봐. 그래서 본인은 헤어지고 싶어 했다는
데."

"……그 남자와 인연을 끊기 위해 몸을 숨겼다는 거
야?"

"응. 그리고 그 지인은 몰래 유흥업소에서 아르바이트
도 했다는 모양이야. 어학연수 비자로 체류하는 사람이 해
서는 안 되는 일이니까 발각돼서 강제 송환될까 봐 두려워
서 달아났을 수도 있겠지."

이 녀석, 중학생 주제에 왜 그런 쪽으로 빠삭한 거야?

가쿠타는 정말로 같은 부모의 피가 흐르는 게 맞나 의심
스러울 만큼 똑똑하기에, 지식이나 머리 회전으로는 도저
히 못 당한다. 뭐, 어쨌거나 여기서 논의해본들 명확한 결
론은 나오지 않는다. 형에게 자세히 물어보고 싶지만 주인
이 바뀌어서 가게가 바쁜지, 지난달쯤부터 거의 가게에서
숙식하며 일하고 집에 별로 들어오지 않는다. 전화도 해보
았지만 역시 받지 않았다. 일단 메시지는 보내두었지만, 재
깍 연락하는 성격이 아니기에 이틀 후에나 답신을 보내는

경우가 허다하다.

"……후쿠타 형아. 그거 고기야?"

거실에서 가냘픈 목소리가 들렸다. 료타가 소파에 몸을 숨기고 이쪽을 엿보았다.

"료타, 얼른 와. 저녁 먹자."

"난 고기 안 먹어."

"이건 고기가 아니라 콩고기야."

후쿠타는 큰 접시에 담은 꼬치를 가리키며 안심시키듯 말했다. 냉장고를 뒤지자 마침 있었다. 가게에서 채식주의자용 메뉴라도 만들 예정인지, 겐타가 시험해볼 용도로 사둔 모양이다.

료타가 잔뜩 경계심을 보이며 자리에 앉았다. 매콤달콤한 양념에 버무린 콩고기를 의심스럽게 바라보더니 "이거, 진짜로 고기 아니야?" 하고 후쿠타에게 몇 번이나 확인했다.

참을성 있게 계속 아니라고 하자 그제야 한 입 먹었다. 바로 눈을 반짝이더니 우걱우걱 먹기 시작했다. 아무래도 입맛에 맞는 듯했다.

후쿠타도 안심하고 식사를 시작했다. 이어서 이번에는 가쿠타가 콩고기를 한 입 먹더니 굳어버렸다.

"후쿠타 형…… 이거 그 책에 실린 조리법대로 한 거야?"

"응? 아아, 그런데."

가쿠타가 갑자기 자리에서 일어났다. 뭐야, 간이 안 맞나? 걱정하며 보고 있으니 가쿠타는 재빨리 거실을 나섰다가 다시 돌아왔다.

"이거 봐봐, 후쿠타 형."

"뭔데?"

"겐타 형의 조리법 노트. 겐타 형은 요리 연구에 진심이라 집에서 요리를 하면 반드시 조리법을 남겨둬. 오늘 후쿠타 형이 만든 요리를 전에 먹어본 것 같아서 잠깐 확인해봤는데……."

가쿠타는 한 손에 낡은 노트, 다른 손에는 태블릿을 들고 있었다. 양쪽에 표시된 조리법을 비교하던 후쿠타가 앗, 하고 소리쳤다.

"완전히 똑같네?"

"응, 이 노트에 실린 조리법이 무크지에 있던 '베트남풍 닭꼬치구이'의 조리법과 일치해. 조미료 사용량도 똑같고, 프렌치 요리에는 사용하지 않는 향신료도 들어가."

"즉, 형이 협박장에 사용된 것과 같은 책을 실제로 읽었다는 뜻이야?"

"응."

가쿠타가 후쿠타를 올려다보며 보기 드물게 가녀린 목소리로 물었다.

"저기, 설마 겐타 형이 정말로 납치 사건에 관여했을 리는…… 없겠지?"

3

"그 조리법? 응, 우리 건데."

수염을 덥수룩하게 기른 사장이 유리잔을 닦으면서 대답했다.

"그 책 편집자가 몇 달 전에 우리 가게에 왔거든. '구시마사'를 취재하러 온 김에 들른 것 같던데, 그때 우리 '베트남풍 닭꼬치구이'를 먹어보고 조리법을 꼭 싣게 해달라고 부탁해서……."

긴나미 상점가에서는 새내기에 속하는 아시안 카페 '다코코넛'. 후쿠타와 가쿠타는 가게 사장 야시지마 고로와 이야기를 나누는 중이었다.

어제 무크지를 다시 확인하다가 그 조리법에 '제공/ 다코코넛'이라고 적혀 있다는 걸 가쿠타가 알아차렸다. 그래서 오늘 오전에 영업시간이 되자마자 가쿠타와 함께 가게를 찾아온 것이다.

조리법이 실린 경위를 듣고 후쿠타와 가쿠타는 납득했다. 취재진이 상점가에 직접 왔다면 내친김에 다른 가게를 돌아다녔어도 이상하지 않다. 문제는——.

"그런데 야시지마 씨, 그 조리법을 저희 형에게도 가르쳐주셨나요?"

"겐타에게? 아니, 그런 기억은 없는데…… 왜?"

후쿠타가 솔직하게 대답하려는데 옆에서 가쿠타가 입을 열었다.

"요전에 겐타 형네 가게의 새 메뉴를 먹어본 친구가 다코코넛의 메뉴를 베꼈다고 했거든요. 그래서 겐타 형의 명예를 지키기 위해 베낀 게 아니라는 걸 증명하고 싶어서……."

뭐지? 한순간 의아했지만 바로 가쿠타가 얼렁뚱땅 둘러댔다는 걸 깨달았다. 확실히 협박장에 관해서는 너무 떠들지 않는 편이 낫다.

"허…… 그런 일이."

야시지마는 놀란 얼굴로 유리잔을 선반에 내려놓았다.

"내 요리가 그 가게에서 따라 할 수준이라면 오히려 기뿐걸. 뭐, 우연히 조리법이 겹친 거 아니겠어? 나도 옛날에 베트남 노점에서 먹어본 맛을 참고했으니까."

"하지만 향신료 종류와 조미료 양까지 똑같아요."

"호오. 그럼 겐타가 우리 가게에서 먹어본 맛을 무의식 중에 재현한 걸까. 겐타는 언제쯤 그 요리를 만들었는데?"

"보자…… 분명 지난달 초로 기억하는데……."

"지난달 초? 그럼 책을 참고한 건 아니네."

야시지마가 턱수염을 쓰다듬었다.

"그 무크지는 최근에 발매됐거든. 분명…… 8월 4일이었을 거야. 독립 출판이라고 해서 거의 개인 출판 비슷하게 찍어내는 책이라, 판매하는 서점도 한정된 비주류 출판물인 것 같더라고. 요 부근에서 그 책을 들여놓은 곳은 '모토요시 서점' 정도래."

후쿠타는 독립 출판이라는 말을 처음 들어봤지만, 아무래도 그런 형태의 출판물이 있는 모양이다. 그래서 출판사 이름이 익숙하지 않았나 보다. '모토요시 서점'은 옛날부터 긴나미 상점가에서 영업한 동네 서점이다. 어머니 레이가 생전에 생활비를 벌기 위해 육아하는 짬짬이 아르바이트한 적이 있다.

"……응? 8월 4일?"

가쿠타가 고개를 갸우뚱했다. 왜 그러냐고 물어보자 가쿠타는 생각을 바꿨다는 듯 고개를 저었다.

"어쩌면 무크지가 발매일 전에 팔렸을지도 모르겠다 싶어서……. 하지만 지난달 초라면 애당초 책이 완성되지 않았을 테니, 겐타 형도 손에 넣을 수 없었겠지. 좀 안심했어."

"그렇구나. …… 아아, 하지만."

야시지마가 갑자기 생각났다는 듯 말을 이었다.

"그러고 보니 그 조리법, 우리 알바생에게는 알려줬어."

"알바생이요?"

"쿠엔이라고 베트남에서 어학연수를 온 유학생. 마이카 선생님의 지인이랬나. 고향의 맛과 비슷하니까 조리법을 가르쳐달라더라고. 이미 책에 싣기로 결정된 상태라 발매일까지는 비밀로 해달라고 부탁했는데……. 걔는 겐타네 레스토랑에서도 아르바이트를 했으니까 어쩌다 알려줬을지도 모르겠네."

"마이카 선생님의 지인인 베트남 사람? 혹시 최근에 행방불명된……."

"응."

야시지마의 얼굴이 약간 어두워졌다.

"너희에게까지 이야기가 퍼졌구나. 맞아. 얼마 전에 나한테도 가게를 그만두겠다고 갑자기 전화한 뒤로 깜깜무소식……. 이상한 사건에 휘말린 게 아니라면 좋을 텐데."

후쿠타와 가쿠타는 입을 다물었다. 끊어진 줄 알았던 실이 다시 연결되고 말았다. 비밀로 하라고 부탁한 조리법을 알려줄 만큼 그 여자는 겐타와 사이가 좋았던 걸까? 그렇다면 겐타는 역시 그 여자의 실종 사건에 관여한 걸까?

"아, 어서 오세요."

그때 딸랑, 하고 식당 문의 종이 울렸다. 입구에 손님 같아 보이는 사람이 나타나자 야시지마가 인사했다. 점심시간이 가까워져서 가게가 바빠질 듯했다.

이만 물러갈까. 카운터석에서 일어서려 했을 때 "아, 잠깐만" 하고 야시지마가 불러 세웠다.

"마침 잘됐네. 혹시 조리법이 신경 쓰인다면 지금 들어온 손님한테 물어보는 게 어때?"

"네? 저 사람은……."

"얼마 전에 겐타네 가게를 인수한 사람. 그 '신메뉴'에 대해 뭔가 알고 있을지도 몰라."

겐타 형네 가게의 새 주인?

후쿠타는 돌아보았다. 챙 넓은 모자를 쓴 호리호리한 여자가 서 있었다. 여자는 좌석으로 향하지 않고 가게 입구 부근에 서서, 마치 보이지 않는 뭔가라도 있는 것처럼 허공을 가만히 쳐다보고 있었다.

자세히 보니 손발로 살짝 리듬을 타고 있다. 춤추는 건가?

"오늘도 기분이 좋으신가 보군요, 야마네 씨."

야시지마가 말을 걸자 여자는 이쪽으로 고개를 돌리더니 앗, 하고 작게 소리쳤다.

"뭐야, 나 춤췄어? 어휴, 창피해라. 이 음악을 들으면 몸이 멋대로 움직인다니까. 어머나, 어린 손님이 오셨네."

쑥스러움을 감추려는 건지 여자는 모자를 깊이 눌러쓰고 다가오더니, 사뿐히 내려앉듯 가쿠타 옆자리에 앉았다. 가쿠타에게 친근하게 다가붙어 연거푸 말을 던졌다.

"안녕. 중학생이니? 이 자리에 앉다니 뭘 좀 아는구나. 이 집 베트남 커피 맛있어. 난 이 동네에 온 뒤로 푹 빠졌는데…… 아 참, 중학생이면 아직 커피는 안 마시나."

"얘는 대놓고 마시는데요."

야시지마는 웃으며 말을 이었다.

"야마네 씨. 이쪽은 고구레가의 후쿠타와 가쿠타예요. 형이 야마네 씨 가게에서 일하죠. 얘들아, 이분이 그 레스토랑의 새 주인 야마네 유리카 씨야."

"어? 고구레라면." 여성은 검지를 진자처럼 흔들어서 후쿠타와 가쿠타를 가리키며 말했다. "혹시 겐타의 동생들?"

"아, 네."

"형을 잘 부탁드립니다."

형제가 동시에 대답했다(참고로, 어른스럽게 인사한 쪽이 가쿠타다).

"와아, 둘이 분위기가 똑 닮았네. 우애 있어 보여. 겐타는 집에서 어때? 역시 그렇게 냉정하고 침착해? 아니면 가족 앞에서는 좀 더 수더분하다든가?"

"네? 그게, 그러니까……."

"마침 야마네 씨 가게 이야기를 하던 참이었어요."

야마네에게 휘둘리는 후쿠타와 가쿠타가 보기 딱했는지 야시지마가 웃으며 도와주었다.

"어, 아이고. 어차피 안 좋은 이야기지? 도시 전설이 어쩌고저쩌고하는."

"아닙니다. 가게의 신메뉴에 관해 이야기했어요."

"응?" 야마네가 놀라서 모자를 벗었다. "우리 레스토랑의 신메뉴? 그게 무슨 소리야?"

"아니, 그게……."

당황해서 해명하려던 가쿠타가 흠칫하며 말을 멈췄다.

후쿠타도 숨을 삼켰다. 시선이 야마네의 얼굴에 못 박혔다. 눈썹 위로 가지런히 자른 앞머리. 어린아이가 좋아할 법한 동그란 얼굴. 가늘게 뜨면 초승달처럼 휘어지는 외까풀 눈에, 늘 뭔가 재미있는 장난을 꾸미듯 짓궂은 웃음을 띤 입매.

닮았다.

"흠……."

야마네는 손버릇처럼 모자를 가슴 앞에서 빙글빙글 돌리며 후쿠타와 가쿠타의 얼굴을 가만히 바라보았다.

"뭔가 사정이 있는가 보구나. 그럼 그 신메뉴에 대해 좀 더 자세히 들려주겠니?"

"정말 차만 마셔도 되겠어? 내가 살 테니까 사양하지 않아도 돼."

중후한 색감의 테이블 맞은편에 앉은 야마네가 싹싹하게 웃는 얼굴로 메뉴판을 건넸다.

겐타가 일하는 캐주얼한 프렌치 레스토랑 '외르 드 보뇌르'. 후쿠타와 가쿠타는 그곳 2층의 독실로 초대받았다.

1층은 요즘 스타일의 홀이지만 2층 독실은 차분한 분위기의 앤티크 가구에 둘러싸여 있어서 완전히 분위기가 딴판이다. 야마네가 가게를 인수한 후 여기만 개축 공사를 했다고 한다.

후쿠타는 홍차 향기가 풍기는 찻잔을 들고 고개를 끄덕였다.

"네. 막냇동생이랑 집에서 점심을 먹어야 하거든요."

"막냇동생? 아아, 사형제였던가. 그럼 다음에는 막냇동생도 데리고 먹으러 와. 너희 형이 만드는 요리, 아주 맛있단다."

"알아요. 집에서도 먹으니까요."

"앗, 그렇구나. 당연히 그렇겠네. 나도 참 바보라니까."

야마네는 테이블을 가볍게 두드리더니 입을 크게 벌리고 깔깔 웃었다.

후쿠타도 따라서 웃었다. '다 코코넛'에서 장소를 옮기자고 제안한 건 야마네였다. '신메뉴'라는 거짓말을 어떻게 얼버무릴지 몰라서 안절부절못하는 가쿠타를 보고 뭔가 눈치챈 듯했다. 후쿠타와 가쿠타도 야시지마 앞에서 협박장에 관해 말하기는 꺼려졌으므로 냉큼 제안을 받아들였다.

그나저나…… 닮았다.

후쿠타의 시선이 찻잔 너머 상대의 얼굴에 자석처럼 달라붙었다.

물론 돌아가신 어머니 레이와 닮았다는 뜻이다.

자세히 보면 이목구비는 다르게 생겼다. 나이도 더 어린 듯했지만 헤어스타일과 화장, 옷 입는 센스, 표정, 그리고 무엇보다 말투와 행동거지가 기억 속 어머니의 모습과 겹친다.

하기야 후쿠타도 이제는 어머니의 얼굴이 정확하게 기억나지 않으니 더더욱 그렇게 느끼는지도 모르지만, 가쿠타도 비슷한 생각인지 아까부터 한마디도 하지 않고 야마네를 응시했다. 야마네는 그런 시선을 딱히 신경 쓰는 기색도 없이 홍차를 한 모금 마시고 흥미롭다는 듯 물었다.

"그런데 왜 그런 거짓말을 했니?"

"아, 네. 그건…….”

웬일로 가쿠타가 긴장된 목소리로 설명했다.

"그러니까…… 겐타 형이 양꼬치구이 책을 주웠는데…… 어, 아니다. 주운 건 후쿠타 형이지…… 그 양꼬치구이 책이 협박장으로 사용돼서…… 그런데 겐타 형이 양꼬치구이 책에 실린 것과 똑같은 조리법을 알고 있어서…….”

어휴, 닭꼬치구이잖아. 동요한 나머지 횡설수설하는 동생에게 내심 핀잔을 주었다. 가쿠타가 요령 없이 더듬더듬 설명하는데도 야마네는 너그럽게 웃는 얼굴로 듣고 있었지만, 가쿠타가 자기 노트에 옮겨 적은 협박장의 내용을 보여주자 약간 의아해하는 표정을 지었다. 그러더니 반신반의하듯 몇 번이나 노트를 들여다보았다. 역시 지어낸 이야기라고 생각하는 걸까.

"흠......."

이야기가 끝나자 야마네는 잠시 고민하는 표정을 지은 후 진지한 어조로 말했다.

"즉, 너희는 소년 탐정인 거구나."

"네?"

"예를 들면...... 칼레? 아니면 에밀이려나. 가슴이 좀 두근두근하네. 이 동네에서 소년 탐정이 활약하고 있을 줄이야."

당혹스러워하는 후쿠타와 가쿠타의 시선을 눈치챘는지 야마네는 앗, 하고 입을 막았다.

"생뚱맞은 소리를 해서 미안해. 방금 그건 내가 좋아하는 아동문학 작품에 나오는 등장인물의 이름이야. 아스트리드 린드그렌의 《소년 탐정 칼레》, 그리고 에리히 캐스트

너의《에밀과 탐정들》."

찌릿한 통증이 가슴을 스쳤다. 들어본 적 있는 제목이었기 때문이다. 전부 어머니의 애독서로, 지금도 유품을 모아둔 선반에 꽂혀 있다.

"이야기가 좀 엇나갔네. 정리 좀 할게. 일단 글씨가 잘려 나간 책을 너희가 주웠어. 잘려 나간 글씨를 늘어놓자 협박장이 나왔지. 그리고 그 책에 실린 조리법을 너희 형 겐타가 알고 있었어. 그래서 겐타가 협박장과 관계있는 건 아닌지 의심했다. 요컨대 그런 거지?"

"행방불명된 베트남 여자도 이유 중 하나예요." 가쿠타가 덧붙였다. "겐타 형이 어째선지 편의점에서 여성 용품을 구입했다는 목격담이 나왔어요. 게다가 협박장에 사용된 무크지는 겐타 형이 요리를 만든 시점에 아직 발매되지 않았고요. '다 코코넛'의 사장님이 그 베트남 여자에게 조리법을 알려줬으니, 겐타 형은 그 여자에게 배웠을 가능성이 있겠죠. 즉, 겐타 형은 베트남 여자가 행방불명된 사건에 얽혀 있을지도 몰라요."

"형은 그 사람과 친했나요?"

후쿠타가 묻자 야마네는 "글쎄" 하고 고개를 기울였다.

"가게를 인수한 지 얼마 안 돼서 종업원들의 개인적인

친분까지는 자세히 몰라. 행방불명된 베트남 여자는, 요전에 우리 레스토랑을 그만둔 쿠엔을 말하는 거지? 확실히 그 사람은 미인이고 겐타도 잘생겼으니까 사귀면 어울릴 것 같기는 하네."

"쿠엔 씨, 가게를 그만뒀나요?"

"응. 지난달인가 갑자기 전화해서 그만두겠다고 했어. 이쪽도 근무 일정이라는 게 있으니까 그러면 곤란한데 말이야."

야마네는 아하하, 하고 밝게 웃어넘겼다.

"그렇군. '겐타와 수수께끼의 협박장'이라. 뭐, 이야기를 들어보니 좀 억지스러운 것 같기도 하지만, 걱정되면 차라리 본인에게 물어보지 그래? 그러면 해결이 더 빠르지 않겠니?"

"그게, 겐타 형과 연락이 안 돼서……."

"아아, 그것도 그런가." 야마네는 갑자기 생각난 것처럼 말했다. "그러고 보니 겐타, 지금 '미스터리 미식 투어'에 참가 중이야."

"미스터리…… 미식 투어?"

"내가 알고 지내는 중국인이 일본에서 시작한 사업이야. 일본의 식문화는 세계적으로 봐도 수준이 높잖아? 일식뿐만 아니라 일본식으로 맛깔나게 만든 세계 각국의 요리를 맛볼 수 있지. 그래서 해외 부유층을 대상으로 일본에서 고급 미식 투어를 열면 인기가 있지 않을까 싶었던 모양이야. 그 이야기에 나도 공감해서 우리 레스토랑에서도 솜씨 있는 요리사를 한 명 제공한 거지."

"그게 저희 형이라는 말씀이세요?"

"응."

야마네가 홍차를 마셨다.

"이 동네에도 좋은 자극이 될 것 같았거든. 긴나미 상점가는 전통과 운치를 간직한 곳이지만 아무래도 그……'젊음'이 없잖아."

야마네는 외국의 관광회사를 불러들이면 거리도 활성화되지 않을까 싶었다고 한다. 그래서 시청의 지역진흥과를 설득하는 등 적극적인 활동에 나섰다. 그런데…….

"아무래도 내가 너무 설쳤나 봐."

지금까지 의기양양하게 설명하던 야마네가 시든 꽃처럼 갑자기 고개를 푹 떨구었다.

"그게 무슨 말씀이세요?"

"매상에 도움이 될 것 같아서 상점가의 다양한 가게를 관광회사에 소개했는데, 그게 토박이들의 성미를 건드린 것 같아. '수상쩍은 외국 기업을 등에 업고 우리 상점가를 좌지우지하려 드는 나쁜 년'이라는 식으로 대하더라고. 특히 상점가의 두목 같은 사람이."

"상점가의 두목?"

"왜, 있잖아. 보석점을 운영하는······."

가미야마 씨구나. 상점가에서 방귀깨나 뀌는 가미야마에게 야마네의 행동은 분명 꺼림칙하게 느껴졌을지도 모른다.

"나, 이래 보여도 이 동네 출신이거든?"

야마네가 익살스럽게 어깨를 으쓱했다.

"젊었을 때 가족과 불화가 생겨서 상점가를 뛰쳐나갔을 뿐이지······. 그런데 일단 동네를 떠나면 외지인이라 그건가. 오랜만에 고향에 돌아왔는데 소외감이 장난 아니네."

상점가 출신이었구나. 뜻밖의 사실에 놀란 것과 동시에 야마네가 외지인 취급받는다는 이야기에 문득 어머니가 떠올랐다. 그림책 작가였던 어머니는 이 동네로 이사 왔을 때 쌀집과 채소 가게와 친하게 지내두면 여차할 때 외상을 할 수 있다는 선배 작가의 충고를 진심으로 받아들이고, 상점가의 여러 가게와 친분을 쌓기 위해 분주히 노력했다고 한다. 어머니도 처음에는 야마네처럼 고생했던 걸까.

야마네는 홍차를 한 모금 더 마신 후, 아차 싶었는지 고개를 들고 말했다.

"상관없는 이야기를 해서 미안해. 음, 그러니까 겐타는 지금 투어에 참가 중이야. 하지만 어디로 갔는지는 나도 모르고······. 어쨌거나 미스터리 미식 투어니까.

투어 중이니까 겐타도 전화를 멀리하는 건지도 모르지. 정 걱정되면 너희 힘으로 목적지를 알아내는 게 어떨까? 힘내, 탐정님들."

4

대체 뭐가 어떻게 돌아가는 거지······?

라면 국물 냄새가 감도는 카운터에서 후쿠타는 생각에 잠겼다.

긴나미 상점가의 인기 없는 라면집 '라면 후지사키'. 후쿠타와 가쿠타는 일단 집으로 돌아가서 배가 고프다는 료타를 데리고 늦은 점심을 먹으러 나왔다. 라면 맛은 무난한 수준이지만, 손님이 거의 없으므로 밀담을 나누기에 딱 좋은 곳이다.

"겐타 형은 여전히 전화 연결이 안 되네." 가쿠타가 스마트폰을 귀에서 떼고 중얼거렸다. "역시 뭔가 수상쩍어. 아무리 미스터리 투어라지만 그렇게까지 비밀리에 진행할 일이야? 전화 연락 정도는 허가해도 되지 않나?"

"그냥 전파가 닿지 않는 곳에 있는 것 아닐까?" 후쿠타도 확신 없는 어조로 대답했다. "산속 펜션이나 항해 중인 유람선이라든가. 그리고 형이 투어에 참가했다면 적어도 베트남 여자가 행방불명된 일과는 상관없겠지. 만약 형이 감금했다면 내내 감시하고 있어야 할 테니까."

"글쎄." 가쿠타가 딱딱한 말투로 대꾸했다. "외출할 때는 밖에서 자물쇠를 잠가서 가둬두면 그만인걸. 그리고 한 패가 있을 수도……. 왜, 겐타 형은 예전에 폭력배 같은 놈들과 어울린 적이 있잖아."

"……다 옛날 일이잖아."

어머니 레이가 돌아가시고 겐타는 한동안 방황했다. 그때 나쁜 친구들과 어울려 다녔는데, 그들이 상해 사건을 일으킨 걸 계기로 관계를 딱 끊었다. 그 후로 겐타는 마음을 고쳐먹고 요리사를 목표로 삼아 갱생…… 했을 텐데.

"옛날 일 하니까……."

가쿠타가 약간 딴생각에 빠진 말투로 중얼거렸다.

"닮았더라, 그 사람."

후쿠타는 잠시 침묵을 지키다가 물었다.

"역시 네 생각도 그래?"

"응. 판박이라고 할 정도는 아니지만 뭐랄까…… 분위기가."

역시 이 녀석도 그렇게 느꼈나. 어머니 기억이 흐릿한 우리 동생들조차 이런데, 하물며 (가쿠타 말로는) '마마보이'인 겐타가 야마네를 보면……. 형은 대체 어떤 마음이 들었을까?

"혹시 야마네 씨를 만나서 겐타 형의 오래된 상처가 덧났다든가……?" 가쿠타가 중얼중얼 말을 늘어놓았다. "어떻게도 달래지지 않는 마음을 묻어버리려고 또 나쁜 친구들과 어울려 밤거리에 나갔다가…… 그놈들에게 부추김을 당해서 나쁜 짓을……."

"설마."

후쿠타는 조금 동요하면서도, 애써 가능성을 부정했다.

"형은 그렇게 나약한 인간이 아니야. 그리고 협박장도 아직 진짜가 맞는지 모르잖아. 네 입으로 말했을 텐데, 뭔가 이상한 점이 있다고."

"아아…… 뭐, 그렇지."

가쿠타는 갑자기 정신이 번쩍 든 것처럼 설명했다.

"그래, 그 문장은 이상해. 인질을 '놓아두겠다'라는 표현은 부자연스럽고, 인질을 놓아주는 장소를 '다리 위 간판 뒤쪽'이라고 세세히 지정할 필요가 있는지도 잘 모르겠어. 역시 그건 어린아이의 장난? 아니, 하지만……."

자문자답이었다. 덧붙여, 다리가 무너지기 전날 찍힌 사진을 인터넷에서 발견했는데, 역시 다리 위에는 보강 공사 일정을 알리는 입간판이 있을 뿐, 달리 간판이라고 부를 만한 물건은 없었다. 새벽 2시라면 사람도 거의 지나다니지 않을 테니, 굳이 그렇게까지 장소를 세세하게 정해둘 이유는 없다.

"후쿠타 형아."

그때 료타가 갑자기 목소리를 높여서 후쿠타는 깜짝 놀랐다.

"어, 왜?"

"정했어. 나 이거 먹을래."

료타가 카운터에 놓인 메뉴를 가리켰다. 후쿠타는 어깨에서 힘을 빼고 확인했다.

"신메뉴 '똠양꿍 라면'? 괜찮겠어? 이거 꽤 매워 보이고, 새우도 들어가는 건데."

"응. 나 새우 좋아해."

"그렇구나……."

고기는 안 되지만 새우는 허용 범위인가. 가쿠타가 뭔가 말하려다 맥 빠진 표정으로 어깨를 으쓱했다. 후쿠타도 쓴웃음을 지으며 가쿠타에게 눈짓했다. 뭐, 상관없겠지. 채식주의자도 계란은 괜찮다거나 하는 식으로 다양한 종류가 있다고 하니까.

"아무튼." 가쿠타가 말했다. "계속 우리끼리 이야기해봤자 해결이 안 돼. 야마네 씨 말대로 겐타 형을 직접 만나서 물어보는 게 제일 빠른 방법이겠지."

"하지만 정작 어디로 갔는지 모르잖아?"

"응, 그건 그렇지만. 아는 사람 중에 참가자가 있으면 좋을 텐데……."

"오? 뭐야, 뭐야. 너희도 그 미식 투어에 참가하고 싶은 거냐?"

주방 안쪽에서 이십대 후반쯤 된 남자가 나왔다. 바투깎은 스포츠머리에 천을 꼬아서 이마에 둘렀다. 라면집 주인을 그림으로 그린 듯한 이 남자가 바로 이 가게의 사장 후지사키 가쓰오다. 이번에 개발할 라면은 생강 맛인지 생강이 수북이 담긴 스테인리스 사발을 들고 있었다.

"후지사키 씨, '미스터리 미식 투어'에 대해 아세요?"

가쿠타가 물었다.

"알다마다. 오늘도 맞은편 행사장에서 모니터 요원을 모집하기 위해 경품을 추첨했는걸."

"모니터 요원을 모집…… 경품 추첨?"

"응. 참가를 취소한 사람이 나와서 빈자리를 메우려고 모니터 요원이라는 형식으로 모집했다나 봐."

후쿠타는 가쿠타와 눈을 마주 보았다. 이건 기회인가?

"아직도 추첨하고 있나요?"

"아깝게 됐네. 오전에 당첨자가 나와서 끝났어."

후쿠타와 가쿠타는 어깨를 축 늘어뜨렸다. 한발 늦었구나.

"뭐야, 그렇게 그 투어에 참가하고 싶었어? 어쩔 수 없군. 대신에 이거라도 볼래?"

그러면서 후지사키가 광고지를 한 장 주었다. 가쿠타가 고개를 갸웃했다.

"이게 뭔데요?"

"그 투어의 광고지. 당첨자가 우리 가게 앞을 지나칠 때 떨어뜨렸어. 아주 들뜬 표정으로 달려가던데?"

후쿠타는 광고지를 보았다. 일반 고객에게 홍보하기 위해 만든 것이리라. 육류와 해산물 등 맛있어 보이는 식재료의 사진으로 가득한 종이에 '산과 바다의 호화로운 고급 식자재를 아낌없이 사용한 일본, 유럽, 중국의 일품요리!' 라는 문구가 큼지막하게 박혀 있었다.

"당첨자는 어떤 사람이었나요?"

"글쎄다……. 젊은 여자 같았는데 모자, 마스크, 선글라스로 중무장해서 어떻게 생겼는지는 전혀 모르겠더라."

자외선 차단용인가? 하다못해 남자였으면 얼굴 정도는 알 수 있었을 텐데 싶어 후쿠타는 아쉬웠다.

"아, 그리고 보니." 후지사키가 손뼉을 짝 쳤다. "그 여자, 덤벙거리는 건 확실해. 버스로 향하다가 신발이 벗겨져서 우당탕 넘어졌거든."

그야말로 전형적인 덤벙이 같은 짓이다. 하지만 그런 정보만으로는 행방을 쫓을 실마리를 찾을 수 없다. 가쿠타가 더 캐묻자 "음…… 숄이라고 하나? 황록색 천 같은 걸 목에 두르고 있었던 듯한데……" 하고 애매모호한 대답이 돌아왔다. 미각뿐만 아니라 관찰력도 믿을 수가 없는 애물단지다.

"산과 바다의 호화로운 고급 식자재를 아낌없이 사용한 일본, 유럽, 중국의 일품요리……."

가쿠타가 광고지를 보고 입속으로 웅얼거렸다.

잠시 후 고개를 번쩍 들어 후지사키의 얼굴을 보았다.

"후지사키 씨, 부탁이 좀 있는데요."

"뭔데, 가쿠짱?"

"가게 거래처 좀 알아봐주시면 안 될까요? 최근 거면 돼요."

"거래처? 우리는 그 관광회사와 거래 안 해. 가미야마 아주머니가 주의를 줬거든. 제안이 들어왔어도 어차피 참가할 마음은 없었지만. 어, 아니면 우리 가게가 식자재를 들여오는 곳 말이야? 마침 최근에 오래 거래하던 축산물 도매상이 망해서――"

"아니에요."

가쿠타가 고개를 저었다.

"이 가게의 거래처 말고요. 제가 알고 싶은 건 후지사키 씨의 본가인 건어물집의 거래처예요."

5

"저기 황록색 숄을 걸친 여자가 저 사람인가요, 후지사키 씨?"

"음…… 아마도."

고지대의 고급 주택가에 자리한 저택이었다. 멋들어진

일본 가옥이지만, 대문과 지붕 형태에서 어쩐지 중국풍의 정취가 느껴졌다.

가게 홈페이지의 설명에 따르면 제2차 세계대전 후에 화교 무역상이 지은 집이라고 한다. 정원 테이블에서 담소를 나누는 손님 같은 사람들 가운데 황록색 숄을 걸친 젊은 여자가 보였다. 저 사람이 후지사키가 목격한 '투어 모니터 요원 당첨자'인 듯했다. 자외선 차단용인지 모자, 마스크, 선글라스로 얼굴을 꼭꼭 감춰서 어떻게 생겼는지는 알 수 없었다.

"그나저나 용케 알아차렸구나, 가쿠짱."

후쿠타, 가쿠타, 료타를 여기까지 차로 데려온 후지사키가 운전석에서 거듭 감탄한 듯 말했다.

"우리 아버지가 그 투어에 한몫했다는 걸 말이야."

"중화요리의 고급 식자재 하면 건어물이니까요."

가쿠타는 후지사키의 아버지가 운영하는 건어물집에 문의해서 이번 투어의 목적지를 알아냈다. 말린 상어 지느러미나 말린 전복 등의 건조식품은 중국에서 특별히 귀한 식재료로 쓰이고, 고급 요리에도 빠지지 않는다. '산과 바다의 호화로운 고급 식자재를 아낌없이 사용한 일본, 유럽, 중국의 일품요리!'라는 광고지의 홍보 문구를 보고 감이 왔다고 한다.

"야마네 씨가 상점가의 다양한 가게를 관광회사에 소개했다고 했으니까." 가쿠타는 후지사키 몰래 후쿠타에게 말했다. "물건을 거래한다면 후지사키 씨 아버지의 건어물집이 아닐까 싶었지. 식자재는 요리를 제공하는 곳에 직접 배달할 테고 말이야."

후쿠타는 졸린 듯 옆에서 몸을 기대는 료타의 머리를 쓰다듬으며 물었다.

"하지만 중화요리는 형의 전문이 아니잖아?"

"'일본, 유럽, 중국'이라고 했으니 프랑스 요리도 포함되어 있겠지. 한꺼번에 모든 종류를 먹는 건 아닐 테니, 요리에 맞춰 장소와 시간을 변경하는 것 아닐까. 하루에 세 번 먹는다면 점심, 오후의 경식, 느지막한 저녁이려나? 프랑스 요리라면 저녁으로 나오지 않겠어?"

확실히 일식보다 양식이 더 묵직할 것 같으니, 프랑스 요리가 나온다면 역시 마지막 마무리이려나. 그렇다면 겐타를 만나기 위해서는 투어를 끝까지 미행해야 한다.

"그런데 그 '스토커'는 누구일까…… 설마 저 덤벙이는 아닐 테고."

갓길에 세운 차 안에서 후지사키가 쌍안경을 들여다보

면서 중얼거렸다.

후지사키에게는 '겐타의 스토커'를 찾아내기 위해 조사 중이라고 설명했다. 겐타에게 협박장 비슷한 러브 레터를 보내는 여자 스토커가 이번 투어에 끼어든 것 같으니, 정체를 알아내고 싶다고 여느 때처럼 가쿠타가 적당히 꾸며냈는데, 진짜라면 재미있겠다는 생각도 살짝 머리를 스쳤다 (라면집은 손님이 올 것 같지 않아서 일찍 문을 닫았다).

"……저기, 가쿠타." 후쿠타는 멀찍이 보이는 손님들을 관찰하며 작은 목소리로 물었다. "저 숄, 어쩐지 낯익지 않아?"

"응. 엄마 숄이랑 비슷하네."

"어머니와 비슷한 숄을 두른 사람이 전에도 있지 않았나?"

"하카마다 상점에서 사건이 발생했을 때 료타가 엄마로 착각한 사람? 글쎄. 오늘은 비 예보가 있어서 좀 쌀쌀한 데다 황록색을 좋아하는 사람은 수두룩할 텐데. 료타, 네가 봤다는 '양상추색 숄'을 두른 사람, 저 사람이야?"

"……몰라."

료타가 잠이 덜 깬 눈으로 대답했다. 그런 이야기를 나누고 있는데 저택에서 댕, 하고 징 소리가 들려왔다. 라이브로 연주도 하는 모양이다. 과연 고급 미식 투어답게, 연출에도 공을 들였다.

"……이제 됐나."

가쿠타가 중얼거렸다. 징 소리가 연주의 끝을 알리는 신호라면 슬슬 이동할 시간이 된 것이리라.

마음의 준비를 할까. 후쿠타가 료타의 몸을 밀어내려고 했을 때 누군가 창문을 똑똑 두드렸다.

쳐다보자 여자 경찰관이 웃는 얼굴로 서 있었다.

후지사키가 창문을 열었다.

"왜 그러시죠?"

"혹시 일하시는 중이라면 죄송합니다." 경찰관이 말했다. "오랜 시간 주차한 차가 있는데 걱정되니까 한번 확인해달라는 인근 주민의 신고가 들어와서요. 몸이 안 좋은 분이라도 있으신가요?"

"아, 그게……."

가쿠타가 아차 싶은 표정을 지었다. 후쿠타도 당황했다. 그렇구나. 고급 주택가인 만큼 낯선 사람을 의심하는 시선이 많고 방범도 철저한 게 당연하다.

가쿠타가 애써 변명해서 별일 없이 넘어갔지만, 드디어 경찰이 떠났을 때 투어 버스는 이미 출발하고 없었다. 가게 주차장으로 달려간 가쿠타가 속상한 듯 발을 동동 굴렀다.

"망할! 간신히 여기까지 쫓아왔는데!"

후쿠타도 어깨를 축 늘어뜨렸다. 젠장, 원점으로 돌아간 셈인가.

그렇게 포기하려 했을 때였다.

뒤에서 귀여운 여자아이 목소리가 들렸다.

"어? 가쿠타네. 이런 데서 뭐 해?"

고개를 돌리자 중학생쯤으로 보이는 피부가 뽀얀 소녀가 악기 케이스를 끌어안고 서 있었다.

이 아이는 하세가와 시오?

상점가의 오래된 악기점 '엔젤 악기'의 외동딸. 가쿠타와 똑같이 긴나미 중학교 2학년이다.

가쿠타가 놀라서 대답했다.

"그게, 볼일이 좀 있어서. 하세가와야말로 왜 여기에?"

"나? 난 엄마를 도우러."

"엄마를 돕는다고?"

"시오! 이거 좀 옮겨. 어머, 가쿠타와 후쿠타구나."

저택 안쪽에서 시오의 어머니 하세가와 미네가 골판지 상자를 들고 나왔다. '보석 도난 사건'이 떠올라서 "어⋯⋯ 안녕하세요⋯⋯" 하고 후쿠타는 어색한 태도로 인사했다.

한편 미네의 말투는 스스럼없었다. 그 모습으로 보건대 시오는 아직 보석에 관한 진상을 밝히지 않은 듯했다. 덧붙여 가쿠타 말에 따르면 '기물 파손 사건' 쪽은 범인이 자수해서 무사히 해결됐다고 한다. 내밀히 처리했기 때문에 이름은 공개되지 않았지만, 시오의 표정이 환한 걸 보니 범인과는 원만하게 화해한 모양이다.

싹싹하게 예의를 차리기가 거북한 후쿠타 대신 가쿠타가 자연스럽게 인사를 건넸다.

"하세가와 어머니, 안녕하세요? 같이 투어에 참가하신 거예요?"

"응? 아니야, 아니야. 우리는 투어 때 연주할 악기를 빌려줬을 뿐이야."

"악기를요?"

미네의 이야기에 따르면 '엔젤 악기'에서는 최근에 악기 대여업도 시작했다고 한다. 불황과 저출산의 여파로 악기가 팔리지 않기 때문에 여러모로 타개책을 찾고 있는 듯하다.

"왜, 얼마 전에 겐타네 가게를 인수한 사람 있잖아? 야마네 씨라고 하는데, 그 사람이 관광회사 사장과 아는 사이라 우리를 소개해줬어. 중국 징은 없어서 부랴부랴 마련하느라 경비가 좀 들어갔지만."

또 야마네인가. 상점가에 녹아들기 위해 분투하고 있다더니 정말인가 보다.

"그런데 가쿠타는 형이랑 여기서 뭐 해?" 시오가 고개를 갸우뚱했다. "투어 버스는 이미 갔는데."

"아, 그건······."

가쿠타가 후지사키에게 했었던 것과 똑같이 설명했다. 오오, 하고 하세가와 모녀는 눈을 반짝였다.

"형의 스토커라. 꼭 정체를 밝혀내야겠네."

"그럼 이따가 돌아올 관광회사 직원을 몰래 따라가보는 게 어떨까? 목적지를 알아낼 수 있을지도 몰라."

미네의 말에 "네?" 하고 후쿠타와 가쿠타는 되물었다.

"직원이 돌아온다고요?"

"응. 아무래도 투어 고객 중에 여기서 지갑을 잃어버린 사람이 있는가 봐. 그래서 아까 전화가 와서 직원이 가지러 오겠다고 했어."

그야말로 행운이다. 누구인지 모르지만 지갑을 잃어버려서 고맙다. 혹시 '양상추색 숄'을 걸친 그 덤벙이 여자일까?

"그나저나 겐타에게 스토커라······." 미네가 골판지 상자를 차에 실으며 중얼거렸다. "야마네 씨도 걱정이 많겠네."

"뭐, 손님과 괜한 문제가 생기는 건 피하고 싶을 테니까요." 후쿠타는 작업을 도와주며 대답했다.

"그것도 그렇지만…… 분명 그 이상으로 야마네 씨는 신경이 쓰일 거야. 그 사람, 겐타를 자기 자식처럼 여기거든."

어, 하고 손을 멈췄다. 가쿠타가 미심쩍어하는 표정을 지었다.

"야마네 씨가 겐타 형을 자기 자식처럼 여긴다고요? 겐타 형이 야마네 씨를 엄마처럼 여기는 게 아니라요?"

"겐타가? 글쎄, 어쩌려나. 확실히 야마네 씨는 레이 씨와 분위기가 비슷하다면 비슷하지만……."

미네는 허공을 바라보다 납득했다는 듯 혼자 고개를 끄덕였다.

"뭐, 어떤 의미에서는 당연히 비슷할 만도 하겠지. 야마네 씨는 레이 씨의 친구였으니까."

6

돌아온 직원의 차를 추적하는 동안 후쿠타는 아무 말도 없었다. 미네의 마지막 한마디가 머릿속에 진하게 남아 지워지지 않았기 때문이다.

야마네 씨가 돌아가신 엄마의 친구……?

가쿠타도 말이 없었다. 지루한 나머지 잠에 빠진 료타의 숨소리와 후지사키의 태평한 콧노래 소리만 차 안에 울렸다.

"그 사람이 엄마의 친구였다니……. 가쿠타, 기억나?"

작은 목소리로 물어보자 가쿠타는 고개를 저었다.

"아니, 전혀. 엄마가 살아 있을 적에 우리는 어렸고, 엄마의 교우 관계를 모조리 파악하고 있던 것도 아니니까."

"형은 알고 있을까?"

"모르겠어. 하지만 만났을 가능성은 크겠지. 우리 중에서는 겐타 형이 엄마와 함께 살았던 시간이 제일 기니까."

후지사키가 라디오를 틀었다. 경쾌한 레게풍 음악이 흐르자 후지사키는 리듬에 맞춰 고개를 흔들었다.

"만약 겐타 형이 알고 있었다면." 음악에 묻힐 만큼 작은 목소리로 가쿠타가 말을 이었다. "더더욱 위험할지도 몰라."

"위험하다니?"

"엄마와 분위기가 비슷한, 엄마의 옛날 친구가 느닷없이 눈앞에 나타났잖아. 그야 아무리 겐타 형이라도 동요하겠지. 엄마와 함께했던 기억이 되살아나서, 방황했던 시절의 기분이 울컥 치밀어 올랐다면…….”

설마. 후쿠타는 이맛살을 찌푸렸다. 확실히 겐타가 한때 나쁜 친구들과 어울리긴 했지만, 마지막 선을 넘지는 않았다. 더구나——.

“형이 엄마의 기억을 떠올렸다면.” 후쿠타는 반론했다. “오히려 마음을 다잡았겠지. 애당초 형이 정신을 차린 것도 엄마 덕분인걸.”

“아아…… 겐타의 ‘겐(元)’ 말이구나.”

어머니 레이는 출산할 때마다 아이에게 줄 ‘탄생 카드’를 만들었다. 그림책 작가답게 멋진 일러스트가 들어간 카드인데, 아이를 얻은 기쁨, 감사, 충고, 이름에 담긴 의미 등이 고된 임신과 출산 과정을 불평하는 말과 함께 길게 적혀 있다.

겐타의 ‘겐’은 원기의 ‘원’. 겐타의 카드에는 분명 그렇게 적혀 있었을 것이다. 돌아가신 어머니가 남긴 그 메시지 덕분에 겐타는 나쁜 길로 빠질 뻔한 순간에 마음을 고쳐먹고 ‘자신의 힘으로 타인에게 원기를 북돋아줄 수 있는’ 요리사가 된 것이다.

“하지만…… 그럼 사라진 베트남 여자의 행방은?” 가쿠타가 뭔가에 씐 것처럼 혼자 중얼거렸다. "겐타 형이 여성 용품을 구입한 이유는? 그 잡지에 실린 조리법을 알고 있었던 경위와 협박장과의 관계는……?"

물론 후쿠타로서는 대답할 수 없는 질문이다. 그러는 사이에 관광회사 직원의 차가 멈췄다. 옛날에 무사들이 살았던 저택처럼 기와를 얹은 담장이 보였다. 정원이 딸린 훌륭한 일본식 전통 가옥으로, 고급 요릿집 같은 분위기였다.

"다음은 일식인가 보군."

후지사키가 조금 떨어진 갓길에 차를 대고 말했다.

대문에서 양상추색 숄을 걸친 여자가 뛰어나와 꾸벅꾸벅 머리를 숙이며 직원에게 지갑을 받았다. 역시 저 사람이 잃어버렸었나 보다. 여자가 다시 안으로 사라졌으므로 그대로 잠시 기다렸다. 바람이 강해지고 날씨가 조금 험해졌다. 그러고 보니 오후부터 날씨가 흐려진댔나. 요전에 태풍이 왔을 때처럼 심해지면 안 되는데.

마침내 투어 고객들이 밖으로 나왔다. 곧 버스에 올라 출발했다. 도중에 한 번 편의점에 들른 것을 제외하고 내처 달렸다. 일정이 밀렸는지, 조금 서두르는 느낌이었다.

"이런, 고속도로를 타려는 모양인데."

후지사키의 말에 쳐다보자 조금 앞쪽에 있는 투어 버스

가 깜빡이를 켜고 고속도로 진입로로 이어지는 옆길로 들어가려 했다.

"고속도로 통행료라면 나중에 드릴게요."

"그런 게 아니라…… 기름이 얼마 안 남았어. 이렇게까지 멀리 나올 줄은 몰랐거든. 어쩌지, 가쿠짱? 되든 안 되든 이대로 따라가볼까? 휴게소에서 쉴지도 모르잖아."

"아아. 그거라면 문제없어요."

가쿠타가 스마트폰을 만지작거리며 말했다.

"이대로 국도를 달리다 주유소가 나오면 기름을 넣으세요. 목적지는 대강 추렸으니까."

"목적지를 추렸다고? 어떻게 알았는데?"

후쿠타가 묻자 가쿠타는 "이거" 하고 작은 종잇조각을 보여주었다.

"이게 뭔데?"

"아까 버스가 편의점에 들렀을 때 주운 영수증. '양상추색 숄을 걸친 여자'가 떨어뜨렸더라고. 구입한 물건을 보고 감이 딱 왔지."

후쿠타는 영수증에 찍힌 품목을 확인했다. 클렌징폼, 보습 크림, 토너, 헤어밴드……?

"그냥 화장을 고칠 거면 이런 물건은 필요 없겠지. 굳이 클렌징폼, 보습 크림, 토너를 준비하고 헤어밴드도 쓴다면, 일단 화장을 전부 지울 작정이라는 뜻이야. 즉……."

가쿠타는 스마트폰을 후쿠타에게 내밀어 표시된 주변 시설 목록을 보여주었다.

"다음 목적지는 온천이야."

가쿠타가 추리한 대로 투어 버스는 금방 발견됐다. 이 부근은 특별히 유명한 온천지가 아니라서 온천 시설 자체가 많지 않았기 때문이다.

주차장에서 잠시 기다리자 버스는 한 시간쯤 후에 다시 출발했다. 그리 오래 머무르지 않은 건 역시 일정이 밀렸기 때문이리라. 바람이 차갑고 하늘에는 잿빛 구름이 끼었다. 또 거센 비가 쏟아질지도 모른다.

"마지막으로 식사할 장소가 어딘지 알았어. 요 앞 항구에 있는 유람선. 거기서 선상 만찬을 즐기려는 모양이네."

미행하던 중에 가쿠타가 또 스마트폰으로 뭔가를 조사하며 말했다.

"이번에는 어떤 추리를 펼친 거야?"

"이번에는 추리한 게 아니라, 아까 주차장에서 운전기사와 관광회사 직원이 나누는 대화를 엿들었을 뿐이야. 지금까지와는 달리 이번 주차장에는 온천에 온 다른 손님들도 많아서 숨어서 접근하기가 쉬웠지."

이 녀석, 스파이가 따로 없군. 뭐, 어쨌거나 이걸로 '탐정 놀이'도 대단원에 들어섰다. 여기까지 온 마당에 이제 이러니저러니 고민할 것도 없다. 겐타를 만나서 직접 물어보면 그만이다.

그때 후쿠타는 가쿠타가 네모난 모양의 작은 봉지를 만지작거리고 있다는 걸 알아차렸다.

"뭐야 그건?"

"목욕 소금(주로 소금을 사용해 혈액순환 개선과 피로 해소에 도움을 주는 입욕제). '양상추색 숄을 걸친 여자'가 또 떨어뜨리고 갔어. 선물용으로 산 것 같은데……."

또냐. 무슨 규칙이라도 되는 듯 꼬박꼬박 덤벙거리는 그 모습에 후쿠타는 쓴웃음을 참지 못하고 말했다.

"어쩐지《헨젤과 그레텔》같은 느낌이네."

"왜?"

"그야 지갑이니 영수증이니, 그 사람이 떨어뜨린 물건을 따라서 우리가 여기까지 올 수 있었으니까."

"아아…… 그렇게 따지면 난 오히려《주문이 많은 요리점》이 연상되는걸."

가쿠타는 봉지를 손안에서 빙글빙글 돌렸다.

"모자에 신발, 상의, 지갑, 크림, 소금…… 이거 전부 그 이야기에 등장하는 '신사 손님'들에게 레스토랑 측이 주문한 물건이잖아. 이것만 보면 뭔가 메시지가 있는 것 아닌지 의심스러워."

"메시지라니?"

"아무래도 잡아먹힐 것 같으니 도와달라는 거 아닐까?"

그러고 보니 그 동화는 그런 내용이었던가. 어머니가 읽어준 기억이 되살아났다. 두 신사가 사냥을 나갔다가 산속에 있는 레스토랑을 발견하고 들어갔더니, 실은 손님을 잡아먹는 곳이었다는 이야기다.

"식인 미식 투어라……."

가쿠타가 의미심장하게 중얼거리자 후쿠타는 인상을 찌푸렸다.

"야, 설마 그 도시 전설을 진지하게——"

"그런 거 아니야. 다만 '먹잇감으로 삼다'라는 표현에는 다른 뜻도 있잖아. 자신의 이익을 위해 남을 이용한다는……."

가쿠타는 목욕 소금을 호주머니에 넣으며 문득 생각났다는 듯 운전석의 후지사키에게 물었다.

"후지사키 씨. 그러고 보니 아까 가게 거래처에 대해 물어봤을 때, 그러지 않았어요? 관광회사와 거래하는 걸 두고 가미야마 씨가 주의를 줬다고."

"응? 아아." 후지사키가 하품을 삼키고 대답했다. "그 관광회사 사장은 원래 여행업자가 아니라 건강식품 따위를 취급하는 수입업자였는데, 그 시절에 불법 상품을 거래했다는 소문이 있다는군. 미승인 의약품이나 밀렵한 천산갑의 비늘 같은 거 말이야. 그런데 당국의 단속이 심해져서 눈가림용으로 내세웠던 관광사업으로 갈아탄 거래.

가미야마 아주머니에게 그 이야기를 들었으니, 제안이 들어와도 무시할 작정이었지. 그런데 미식 투어를 기획하면서 우리 가게에는 말 한마디 없다니, 어떻게 된 거야? 그 사장도 보는 눈이 참 없다니까."

원래 구린 구석이 있는 업자였던 건가. 옆을 보니 가쿠타가 공허한 표정으로 한곳을 바라보고 있었다. "불법 상품…… 해외 고객을 위한 투어…… 행방불명된 여자……." 중얼거리는 내용이 어쩐지 심상치 않았다.

"어? 가쿠짱." 그때 후지사키가 말을 꺼냈다. "저 버스 뭐야? 또 고속도로를 탔는데. 항구랑 방향이 다르지 않아?"

엇, 하고 고개를 든 가쿠타가 옆길로 빠지는 버스를 생각에 잠긴 표정으로 잠시 바라보았다.

그리고 스마트폰으로 경로를 확인하더니 "이런!" 하고 소리쳤다.

"왜 그래, 가쿠타?"

"큰일이야, 후쿠타 형! 저 버스, 항구로 가는 게 아니야!"

"뭐라고?"

"목적지를 변경한 거야. 분명 날씨 탓이겠지. 바다가 거칠어져서 유람선 운행이 중지됐어."

"정말이야?" 후지사키도 당황스러워했다. "미안해, 가쿠짱. 고속도로 진입로를 지나쳤어. 버스를 쫓으려면 얼른 돌아가야겠네."

"아니요! 이대로 항구로 가주세요, 후지사키 씨!"

가쿠타가 운전석에 몸을 내밀고 외쳤다.

"갑자기 일정이 변경됐다면 주방에서 일하는 사람들은 아직 유람선에 있을 테니, 거기서 겐타 형을 붙잡을 수 있을 거예요. 지금 유턴해서 버스를 쫓아간들 놓칠 확률이 커요."

"엉? 하지만 스토커를 쫓는 게——"

"겐타 형을 뒤쫓으면 다음 목적지도 알 수 있잖아요. 아무튼 빨리요!"

"그런가? 좋아, 맡겨둬!"

후지사키가 가속 페달을 꾹 밟았다. 몸이 덜컥 흔들리더니, 속력이 붙은 차가 기세 좋게 앞차를 앞질렀다.

빗방울이 얼굴을 세차게 때렸다.

항구에 도착한 후쿠타 일행은 관리 사무소로 달려가서 배가 정박한 장소를 알아내고, 거기로 달려가는 중이었다. 이제 빗줄기가 많이 강해져서 장대비로 변했다. 바다에서 불어오는 바람도 세차서 빗방울이 돌팔매처럼 아팠다.

"야, 가쿠타!" 후쿠타는 바다 냄새가 풍기는 방파제 옆을 달리며 동생을 불렀다.

"왜!"

"아까 이야기 말이야, 만약 그 관광회사가 '사람을 먹잇감으로 삼는다'면 뭐가 어떻게 되는 건데!"

"불법체류 비즈니스야!" 가쿠타가 목소리를 높였다. "잠깐 조사해봤는데, 일본에 관광을 왔다가 그대로 행방을 감추고 불법체류하는 사례가 있는가 봐. 만약 그 관광회사가 그런 범죄에 가담했다면——"

"……미식 투어도 불법체류를 위한 포석이라는 거야?" 한순간 말문이 막혔다. "하지만 그거랑 협박장이랑 무슨 관계가——"

"불법체류자는 취약한 입장이잖아. 어쨌거나 그 나라 법률의 보호를 받을 수 없으니까. 그렇게 취약한 계층은 범죄 조직의 표적이 되기 십상이지. 필리핀에서는 중국인 불법체류자가 역시 불법체류 중인 중국인에게 납치되는 사건이 빈번히 발생한대."

정말인가. 무시무시한 연쇄 작용에 등골이 오싹했다. 먹잇감으로 삼는 수준을 넘어서 그야말로 '동족포식'이다.

"그럼…… 그 관광회사는 불법체류를 알선한 데다 추가로 돈벌이를 위해 그 사람들을 납치하기도 했다는 거야?"

"응. 그야말로 '골수까지 빨아먹는' 거지. 그렇다면 그 협박장에서 인질을 '놓아두겠다'고 물건 취급한 것도 이해가 가. 그리고 '둔갑질'이라고 불법체류자가 그 나라에 실제로 존재하는 사람의 호적을 가로채서 그 사람을 사칭하는 사례도 있다나 봐. 모니터 요원으로 당첨됐다는 여자가 둔갑질을 위해 선택된 거라면……."

그 사람도 신변이 위험하다는 뜻인가? 그야말로 도시전설도 새파랗게 질릴 만큼 '공포스러운 미식 투어'다.

"게다가, 야마네 씨는 관광회사 사장과 알고 지내는 사이라고 했어. 유유상종이라고, 불법 거래를 자행하는 인간과 알고 지내는 만큼 야마네 씨도 의외로 속이 시커먼 것 아닐까? 그리고 봤다시피 야마네 씨는 우리 엄마와 분위기가 비슷해. 야마네 씨에게 엄마를 투영한 겐타가 제안을 거절하지 못하고……."

"범죄 조직과 손을 잡았다……?"

후쿠타는 도저히 믿기지 않는 기분으로 고개를 저었다.

"에이, 설마. 그거야말로 망상이지. 야마네 씨는 절대 그런 사람으로는 보이지 않았어. 무엇보다 어머니가 그렇게 극악무도한 사람을 친구로 삼을까?"

"엄마는 천성이 단순하니까." 가쿠타는 젖은 길바닥에 발이 미끄러져 넘어질 뻔했지만 간신히 버텼다. "후쿠타 형도 기억하지? 엄마의 반지 사건. 가미야마 씨 말에 홀딱 속아 넘어갔잖아."

어머니 레이는 가미야마를 친부모처럼 따랐다. 그런 관계가 형성된 가운데 발생한 것이 '결혼반지 판매 미수 사건'이다.

후쿠타를 비롯한 형제들이 아직 어렸던 어느 날, 어머니가 느닷없이 자기 결혼반지를 가미야마에게 팔겠다고 했다. 가미야마가 '반지에 나쁜 기운이 씌었다'고 말한 것이 이유인 듯했다. 수상쩍게 여긴 형제들이 단결해서 반대한 끝에 겨우 어머니 마음을 돌렸다. 그 후로 형제들은 가미야마에게 불신을 품고 있다.

"겐타 형도 엄마를 닮아서 아무 일에나 잘 끼는 면이 있잖아. 그리고 엄마는 애당초 선인과 악인을 구별하지 않는 사람이었고. 왜, 후쿠타 형도 읽었잖아. 료타의 '료'는."

"아아……."

료타의 '료'는 양심의 '양'. 어머니는 '좋은 사람'이란 무엇인가에 관해 '탄생 카드'에 열렬한 지론을 펼쳤다.

"저기…… 반대로 형이 납치범에게서 그 여자를 구하려고 했을 가능성은 없을까?"

어떻게든 겐타를 변호하려고 후쿠타는 필사적으로 물고 늘어졌다.

"생활용품을 샀다고 해서 꼭 감금해놨다고 볼 수는 없잖아? 납치될 뻔한 여자를 형이 구해서 숨겨주고 있었다든가."

"그렇다면 타이밍이 이상해." 가쿠타가 대답했다. "지구사 선생님이 편의점에서 겐타 형을 목격한 건 지난달, 7월 중순쯤이야. 무크지 발매일은 8월 4일이고, 모모 말에 따르면 무크지 견본은 7월 말에 '구시마사'로 배달됐다니까 그 무렵에는 아직 무크지가 제본조차 되지 않았을 거야.

그러니까 만약 7월 중순 시점에 겐타 형이 여자를 구출했다면, 납치범은 인질도 없는데 군이 8월에 무크지를 입수해서 협박장만 만든 셈이지. 그건 부자연스럽잖아."

그것도 그런가 싶어 마지못해 동의했다. 만약 겐타가 '납치당한 여자'를 구해서 숨겼다고 한다면, 그 협박장은 겐타가 구출하기 전에 만들어졌어야 마땅하다.

어떻게 된 걸까 고민하는 사이에 선착장이 보였다. 선착장 끄트머리의 바다에서 중형 유람선 한 척이 물결에 흔들리고 있었다. 흰옷 위에 비옷을 입은 사람 몇 명이 짐을 내리고 있었다. 그중에 키가 훤칠하게 큰 남자가 보였다. 등에는 '외르 드 보뇌르'의 로고가 박혀 있었다. 나머지는 전부 여자다. 저건 겐타가 틀림없다.

늦지 않았다. 안도감과 함께 갑자기 불안감이 후쿠타의 가슴에 밀려왔다.

형, 범죄에 가담한 거 아니지?

"형!"

마음을 단단히 먹고 달려가서 어깨를 잡았다. 상대가 놀란 얼굴로 돌아보았다. 눈이 마주친 후쿠타는 "어?" 하고 굳어버렸다.

가쿠타가 뒤쫓아왔다. 숨을 헐떡이며 후쿠타 옆에 선 가쿠타는 비뚤어진 안경을 바로잡으며 고개를 들었다. 그리고 역시 "어?" 하고 움직임을 멈췄다.

가쿠타가 말했다.

"겐타 형이…… 아니잖아?"

7

"어떻게…… 된 건가요?"

가쿠타가 눈앞에서 묵묵히 홍차를 마시는 여자에게 따졌다.

"왜 겐타 형이 투어에 참가했다고 거짓말한 거죠? 겐타 형은 지금 어디 있어요? 야마네 씨, 대체 뭘 감추고 있는 거죠?"

캐주얼한 프렌치 레스토랑 '외르 드 보뇌르'의 2층 독실에서 형제들은 야마네와 대치하고 있었다.

덧붙여 후지사키는 없다. 상점가에 도착하자마자 급하게 찾는 전화가 왔는지 "뭐? '미트 나카무라'의 사장님이?" 하고 허둥대며 어디론가 가버렸다. 쫓아낼 수고를 덜어서 다행이었지만 그건 그렇다 치고──.

야마네는 침묵으로 일관했다. 가쿠타는 분노에 찬 눈으

로 야마네를 노려보면서 인내심 대결이라도 하듯이 대답을 기다렸다. 후쿠타는 화가 났다기보다 당혹스러운 기분으로 야마네를 바라보았다. 앤티크 가구에 둘러싸인 차분한 분위기의 방에는 료타가 정신없이 케이크 먹는 소리만 울려 퍼졌다.

야마네가 눈을 내리뜨고 입을 열었다.

"……들켰나?"

"지금 무슨 소리를——"

"진정해, 가쿠타. 이유는 제대로 설명할 테니까 일단 홍차라도 마시렴."

야마네는 가쿠타를 달래듯 미소 짓더니, 손바닥에 턱을 괸 채 마지못해 찻잔으로 손을 뻗는 후쿠타와 가쿠타를 가만히 바라보았다.

"그 전에 한 가지 묻고 싶은데…… 너희는 날 처음 봤을 때 무슨 생각이 들었니?"

허를 찌르는 질문에 후쿠타와 가쿠타는 동시에 사레가 들렸다.

"나, 너희 엄마인 레이를 닮지 않았어?"

거듭 묻기에 후쿠타는 콜록거리면서 시선을 돌렸다.

"하지만 그것도 당연해. 나, 레이에게 영향을 많이 받았거든."

"……어머니를 아세요?"

"응."

야마네가 창밖을 보았다.

"숨겨서 미안해. 실은 나, 레이의 친구였어. 다만 레이가 세상을 떠났을 때 해외에서 일하느라 장례식에도 참석하지 못해서……. 이제 와서 친구랍시고 나서기가 어쩐지 꺼려졌거든."

그런 이유였나. 친구이기에 더 미안해서 말할 수 없었다는 심정은 뭐, 이해하지 못할 바도 아니다.

"겐타 형은 그걸 알고 있었나요?" 가쿠타가 물었다.

"글쎄……. 다만 겐타가 내게 레이를 투영한 건 확실할 거야. 종종 그런 시선이 느껴졌거든. 그래, 딱 지금 너희들처럼."

야마네가 미소 지었다. 후쿠타와 가쿠타는 붉어진 얼굴을 숙였다.

"하지만 그 덕분인지 처음에는 겐타와 사이가 아주 좋았어. 그야말로 부모 자식처럼. 그런데 어느 날, 결혼 이야기를 들은 후부터 갑자기 태도가 서먹서먹해져서……."

"결혼이요?"

"응" 하고 야마네는 쑥스러운 표정으로 왼손을 들었다. 약지에서 뭔가 빛났다. 저건 반지?

"나 같은 사람에게도 드디어 봄이 찾아왔거든. 하지만 겐타는 그게 거슬렸나 봐. 함께 기뻐해줄 줄 알았는데."

약혼반지라는 건가. 지난번에 만났을 때는 몰랐다. 뭐, 약혼반지는 1년 내내 끼고 다니는 게 아닌지도 모르지만. 아무튼 '반지'라는 말에 어머니의 그 사건이 떠올랐다.

"반지……."

가쿠타도 한순간 시선을 빼앗겼지만 바로 고개를 휘휘 내젓고 이야기를 되돌렸다.

"즉, 겐타 형은 야마네 씨가 결혼한다는 사실에 심통이 났다는 건가요? 그건 마치……."

가쿠타가 도중에 말을 멈췄다.

"마치 엄마의 재혼에 반대하는 어린아이 같다고?"

야마네가 상냥한 목소리로 말을 이어받았다.

"그러게. 실제로 그럴 수도 있겠지. 본인은 자각하지 못하는지도 모르지만. 아마 겐타 형에게는 지금 반항기가 찾아온 건지도 모르겠네. 어머니 생전에는 겪고 싶어도 겪을 수 없었던, 뒤늦은 반항기가."

반항기. 후쿠타는 무심코 입속으로 따라 말했다.

"겐타가 툭하면 가게를 쉰 건 그다음부터였나. 이유를 몰라서 걱정하는데 쿠엔 씨가 행방불명됐지. 그러다 오늘 너희가 가져온 '협박장'을 보고 감이 왔어. 겐타가 날 애먹이기 위해 납치를 계획한 거 아니겠느냐고."

야마네가 손끝으로 반지를 살짝 쓰다듬었다.

"가게 종업원이 납치되는 사건이 벌어지면 결혼식은 물 건너가겠지. 쿠엔 씨도 정말로 납치당한 게 아니라 겐타 계획에 협력한 것 아니려나? 그 사람은 그 사람대로 돈에 쪼들리고 있었던 모양이니까. 몰래 유흥업소에서 아르바이트도 했을 정도야."

"즉, 이번 일은 겐타 형이 꾸민 납치 자작극…… 그런 말씀인가요?"

가쿠타가 얼떨떨해하는 표정으로 묻자 야마네는 애매한 웃음을 지었다.

"잘 모르겠지만 그럴 가능성이 크지 않을까 싶었지. 그래서 일단 너희들에게는 사정을 감추고 탐정이라도 고용해서 독자적으로 조사할 작정이었어. 경찰을 부르고 싶지는 않았고, 겐타가 단독으로 저지른 일이라는 보장도 없으니까. 예를 들어 배후에 더 큰 흑막이 있고, 그 사람이 겐타를 부추겼다든가……. 이건 드라마를 너무 많이 본 탓일지도 모르겠네.

하지만 '소년 탐정'들이 너무 우수해서 내 거짓말을 먼저 알아차리고 말았어. 이렇게 들통날 줄이야."

야마네가 난처하게 웃는 얼굴로 혀를 살짝 내민 후 비가 내리는 바깥으로 시선을 돌렸다.

"나…… 어쩌면 좋을까?"

형제들은 야마네의 차를 타고 야마네의 집으로 향했다. 앞으로 어떻게 할지 대응책을 상의하기 위해서다. 저녁 영업이 시작되어 가게도 바빠졌으므로 장소를 옮겨서 이야기하기로 했다.

비는 줄기차게 내리고 있다. 료타는 케이크를 먹고 배가 부른지 옆에서 새근새근 숨소리를 내며 태평하게 잠들었다. 가쿠타는 아무 말 없이 창밖만 바라보았다. 규칙적으로 창문을 때리는 빗소리와 라디오에서 흘러나오는 옛날 팝송만 차에 담담하게 울려 퍼졌다.

"뒤늦게 찾아온 겐타 형의 반항기라……."

가쿠타가 작게 중얼거렸다. 후쿠타는 눈썹을 치켜올리고 야마네에게 들리지 않도록 목소리를 낮춰서 말을 걸었다.

"그거 말인데, 가쿠타…… 정말로 말이 되는 소리라고

생각해?"

"뭐가?"

"야마네 씨가 결혼한다는 이유로 형이 심통 났다는 이야기. 아무리 어머니와 닮았고, 어머니의 옛날 친구라고 해도 결국은 생판 남인걸? 우리도 분명 충격은 받았지만 진짜 어머니랑 혼동은 하지 않잖아."

"그건 그렇지. 하지만 겐타 형은 우리보다 더 큰 충격을 받았을지도 몰라."

"왜?"

"겐타 형이 제일 많이 가지고 있으니까."

가쿠타의 눈빛이 아련해졌다.

"엄마와 함께 살았던 기억. 난 엄마에 대해 어렴풋이 기억날 뿐이고, 후쿠타 형도 그렇잖아? 료타에게 엄마는 거의 판타지 속 인물일 테고.

하지만 겐타 형은 달라. 분명 엄마를 생생히 기억하고 있어. 목소리도 체취도 엄마가 해준 음식 맛도 몸에 단단히 새겨져 있다고.

그리고 뭐니 뭐니 해도 우리는 겐타 형에게 어리광을 부릴 수 있었잖아. 하지만 맏이인 겐타 형은 어리광을 부릴 수 있는 사람이 없었어. 아빠는 바로 해외에 가버렸으니까.

그래서 쌓이고 쌓인 울분이 야마네 씨를 만나자 단숨에 분출됐다…… 그런 일이 일어나도 이상하지 않다고 생각해. 이건 분명 겐타 형이 마지막으로 해보고 싶었던 '부모 자식 간의 싸움'이야."

부모 자식 간의 싸움, 하고 후쿠타는 입속으로 되뇌면서 유리창을 타고 흘러내리는 빗방울을 바라보았다.

그게 그렇게나 해보고 싶은 걸까.

"……이쪽에 주택가가 있었던가요?"

후쿠타는 차가 숲 안쪽으로 향한다는 사실을 알아차리고 의문을 제기했다.

"다리가 무너졌거든." 야마네가 대답했다. "왜, 닭꼬치 구이 책을 사용해서 만든 협박장에도 적혀 있던 덴진 다리. 거기로는 못 지나가니까 다른 쪽으로 우회하는 거야. 좁은 임간 도로지만 안심해. 자주 다녀봤으니까."

그러고 보니 그 다리는 저번에 태풍이 왔을 때 무너졌지, 참. 협박장에서 지정한 다리가 무너지다니, 협박범에게는 지지리 운도 없는 일이다.

그때 "어?" 하고 저도 모르게 목소리가 튀어나왔다.

"왜 그래, 후쿠타 형?"

"아, 아니야. 그냥…….."

뭐지? 지금 한순간 묘한 위화감이 들었는데.

"협박장 말인데."

위화감의 정체를 알아내기 위해 후쿠타는 옆에 앉은 가쿠타에게 물었다.

"형은 왜 '간판 뒤쪽'이라고 지정했을까? 그렇게 세세하게 지정하지 않아도 장소가 어딘지 알 수 있을 텐데."

"아아…… 웬까…….."

가쿠타는 졸린 듯한 표정으로 잠꼬대하듯 대답했다.

"어차피 납치 자작극이니까 적당히 그럴싸한 문장을 늘어놨을 뿐이라든가…… 미안해. 어쩐지 머리가 잘 안 돌아가네. 후쿠타 형, 나 좀 잘게. 오늘은 아침부터 생각을 너무 많이 했는지 정신이 영…….."

말이 끝나기가 무섭게 가쿠타는 고개를 푹 떨구었다.

녀석, 엄청 피곤했나 보네. 후쿠타는 잠든 얼굴만큼은 귀여운 셋째를 몸으로 받쳐주며 속으로 안쓰러워했다. 어쨌거나 여기까지 올 수 있었던 건 이 똑똑한 동생의 공이 크다. 쉴 시간 정도는 줘야 한다.

후쿠타도 하품을 참았다. 그나저나 확실히 기묘한 주문이다. 그 협박장을 정말로 겐타가 만들었는지는 제쳐놓더라도, 왜 협박범은 인질을 놓아주는 곳을 '간판 뒤쪽'이라고 세세히 지정한 걸까?

그저 놓아줄 뿐이라면 다리 어귀라도 상관없을 것이다. 이래서는 '주문이 많은 요리점'이 아니라 '주문이 많은 협박장' 아닌가.

응?

거기서 문득 생각이 멈췄다.

주문이 많은 요리점? 그 이야기는 분명 먹는 쪽과 먹히는 쪽이…….

설마.

"겐타를 너무 나쁘게 생각하지는 마."

운전석에서 염려 어린 야마네의 목소리가 들렸다.

"동생인 너희들에게는 좀 충격적인 사실이겠지만. 그래도 그런 건 아이라면 누구나 품을 만한 감정이란다. 레이는 늘 이렇게 말했지. 세상에 나쁜 사람은 없어. 나쁜 건 누군가를 '나쁜 사람'이라고 단정하는 마음이라고."

그 말에 후쿠타는 고개를 번쩍 들었다.

아니다.

이 사람은 어머니의 친구가 아니다.

그때 차가 끽 멈췄다. 앞을 보자 숲에서 흘러나온 빗물에 도로가 잠겨 있었다.

"어머, 야단났네. 다른 길로 돌아가야——"

그 말이 끝나기도 전에 후쿠타는 문을 벌컥 열고서 동생들의 팔을 잡고 밖으로 뛰쳐나갔다.

"도망쳐, 가쿠타, 료타! 이건 함정이야!"

8

"어? 어?"

후쿠타 뒤쪽에서 당혹스러워하는 가쿠타의 목소리가 들렸다.

"잠깐만, 후쿠타 형. 잠깐만, 아, 좀!"

후쿠타는 가쿠타가 부르는 소리를 무시한 채 잠이 덜 깬 료타를 업고 뛰었다. 빗발이 거세지는 가운데 차가 쫓아올 수 없도록 좁은 논두렁길을 정신없이 내달렸다.

드디어 앞쪽에 작은 다리가 보였다. 저걸 건너면 달아날 수 있다. 서둘러 다리를 건너려는데 가쿠타가 후쿠타를 꽉 붙들었다.

"위험해, 후쿠타 형! 여기 성천 다리는 요전 태풍 때 무너질 뻔했다고. 학교에서도 지나다니지 말라고 했어."

뭐라고. 후쿠타는 발을 멈췄다. 확인하자 앞쪽에 출입
금지 로프가 쳐져 있었다.

"갑자기 왜 그러니, 후쿠타?"

가슴이 철렁했다. 돌아보자 바로 뒤에 야마네가 우산을
쓰고 서 있었다. 어느 틈에…… 아니, 분명 어떻게 행동할
지 읽고서 앞질러 온 것이다. 찻길을 피해서 달아나려고 하
면 이 다리에 다다를 게 분명하니까.

후쿠타는 두 동생을 등 뒤에 숨기고 야마네와 대치했다.

"……형은 당신을 협박하지 않았어." 야마네의 얼굴을
노려보며 말했다. "형은 당신에게 협박당한 거야."

"뭐?"

"무…… 무슨 소리를 하는 거야, 후쿠타 형?"

가쿠타가 당황스러워했다. 후쿠타는 아랑곳없이 말을
이었다.

"아까 당신은 '닭꼬치구이 책을 사용해서 만든 협박장'
이라고 했어. 하지만 그 협박장에 관해 설명할 때 가쿠타는
어머니를 닮은 당신을 보고 동요해서 '닭꼬치구이'를 '양
꼬치구이'라고 잘못 말했지. 그런데 그게 '닭꼬치구이 책'
이라는 걸 어떻게 알았을까? 그걸 알고 있었다는 게, 당신
이 그 협박장에 관여했다는 증거야."

가쿠타가 흠칫 놀라는 표정을 지었다. 야마네는 어리둥 절해하는 표정으로 고개를 기울였다.

"그랬나? 그럼 내가 착각한 모양이네."

"그, 그래, 후쿠타 형." 가쿠타가 야마네의 얼굴을 힐끔 보더니 편들려고 했다. "그 정도 말실수는 누구나 하잖아. 그리고 어떻게 봐도 '인질을 데리고 협박하는 쪽'은 겐타 형이지. 협박장은 겐타 형이 여성 용품을 사는 모습이 목격된 후에 만들어졌으니까."

"반대야, 가쿠타."

"반대라니?"

"우리가 협박장의 글씨를 잘못 조합한 거야. 그 문장들에서 '데려간 여자를'과 '300만을'의 위치를 바꿔봐. 그러면 모든 의문이 풀릴 거야."

뭐? 하고 가쿠타는 다시 놀라더니 즉시 문장을 외웠다.

"거래다. 8월 10일 새벽 2시, 덴진 다리 아래의 보트에 〈데려간 여자를〉 실어라. 그 대신, 다리 위의 간판 뒤쪽에 〈300만을〉 놓아두겠다. 그렇구나!"

가쿠타가 손뼉을 짝 쳤다.

"이건 납치 사건이 아니야. 겐타 형은 그저 쿠엔 씨를 구하려고 범죄 조직에서 쿠엔 씨를 빼내 '데려갔을' 뿐이라고. 이 협박장은 돈을 줄 테니 쿠엔 씨를 넘기라고 겐타 형에게 요구하는 내용이야. 주는 것이 '돈'이라서 '놓아둔다'는 표현을 사용했고, '간판 뒤쪽'이라고 장소를 세세하게 지정할 필요가 있었던 거지!"

가쿠타는 경악에 찬 눈빛을 야마네에게 던졌다. 후쿠타도 야마네를 노려보았다. 야마네는 시치미를 떼는 표정이었지만, 이윽고 미소를 짓더니 손안에서 우산을 빙글빙글 돌렸다.

"아, 이번에야말로 정말로 전부 들통났네."

지금까지와는 완전히 다른 목소리였다.

"설마 이렇게까지 '탐정' 노릇을 제대로 할 줄이야. 과연 레이가 자랑하던 아이들답네. 저세상에서 어깨를 으쓱거리겠어."

목소리에서 표독스러움이 뚝뚝 묻어났다. 달라져도 너무 달라져서 후쿠타는 한순간 혼란스러웠다. 이 사람, 정말로 지금까지 우리가 봐왔던 야마네 씨와 똑같은 사람인가?

"어째서…… 야마네 씨……."

가쿠타도 말이 잘 안 나오는지 그저 멍하니 야마네의 얼굴만 쳐다봤다.

"이야기하자면 좀 복잡해."

야마네가 물웅덩이를 첨벙첨벙 밟으며 다가왔다.

"일단 우리 가게에서 일했던 쿠엔. 그 사람은 이 일대에서 활동 중인 베트남인 범죄 조직의 일원이야.

그렇다기보다 사귀던 남자가 그 조직의 우두머리 격이라 쿠엔은 자신도 모르게 조직원으로 취급받은 듯하지만. 그러던 어느 날 견디다 못해 조직을 빠져나오고 싶다고 겐타에게 울며 매달렸던 모양이야.

하지만 쿠엔도 비자 기한이 만료돼서 불법체류 중인 신세였거든. 뭐, 나도 그걸 알고서 고용한 거지만. 약점을 잡고 있으면 얼마든지 싸게 부려먹을 수 있으니까. 아무튼 그래서 쿠엔은 경찰에 신고도 할 수 없었어. 그래서 겐타는 쿠엔을 숨겨서 보호하면서 옛 친구의 연줄을 활용해 어떻게든 일을 원만히 수습할 방법을 찾고 있었던 것 같아.

한편 베트남인 범죄 조직은 나한테 가게 종업원이 설치지 못하도록 어떻게든 하라고 요청했지. 알다시피 나도 선량한 일반 시민은 아니거든. 레스토랑을 가로챌 때도 그들의 도움을 받았으니, 신세를 갚아야 한달까? 그래서 그들에게 협력할 수밖에 없었어.

그 협박장을 만드는 것도 도와줬지. 글자를 잘라서 사용한 건 그 사람들의 일본어가 서툰 데다 나도 신원을 숨기고 싶었기 때문이야. 책은 조직 아지트에 있었던 것 중에서 적당히 골랐는데…… 그렇게 희귀한 책인지는 몰랐네. 뭐, 어차피 훔친 물건이겠지만."

"그럼…… 결혼한다는 말도……."

"물론 거짓말이지."

야마네는 한 옥타브 높은 목소리로 웃더니 반지를 뺀 왼손을 휘휘 흔들었다.

"이제 남자는 지긋지긋해. 하지만 엄마 역할은 나쁘지 않았어. 다만 겐타가 숨바꼭질을 워낙 잘해서 어디 숨었는지 찾을 수가 있어야지. 조직원들도 더는 못 참겠는지 흉흉한 소리를 꺼내놓더라고. 그래서 어떻게 할지 고민하는 중이었는데……."

야마네가 심술궂은 웃음을 지었다.

"마침 잘됐네. 교섭에 써먹을 재료가 생겨서."

대체 뭘 어쩔 작정이냐고 후쿠타가 물어보려 했을 때였다.

몸이 휘청 기울었다.

뭐지…… 이거? 너무 졸리는데.

하필 이런 상황에…… 갑자기 졸음이…….

"졸리지? 괜찮아, 푹 자. 자장가라도 불러줄까?"

야마네가 깔깔 웃었다.

"야마네 씨…… 설마 아까 홍차에…….."

가쿠타도 잠의 유혹에 애써 저항하는 표정으로 말했다. 설마 거기에 수면제가? 이건 정말로 그 '도시 전설'과 똑같지 않은가.

"……어째서죠?" 가쿠타가 기운 없는 목소리로 물었다. "왜 그런 사람들과 손을 잡은 건가요? 야마네 씨는 우리 엄마 친구였을 텐데……."

"친구?" 야마네의 입꼬리가 위로 쭉 올라갔다. "응, 그렇지. 친구였어. 걔는 누구를 만나든 '친구'가 될 수 있는 사람이었으니까. 걔의 친구가 되는 건 슈퍼에서 포인트 카드를 만드는 것만큼 간단해.

정말 짜증 난다니까. 그렇게 무조건 남을 선하다고 믿고서 내면을 보지 않으려는 인간은——"

"아니야." 무심코 목소리가 나왔다. "당신은 우리 엄마에 대해 착각하고 있어."

"착각?"

바람이 윙윙 불었다. 강풍을 맞고 야마네의 우산이 거꾸로 뒤집혔다.

"뭔 소리야? 뭐, 이렇게 비바람이 몰아치는 곳에서 이야기하기도 그러니까 걸을 수 있을 때 차에 타렴. 긴 말은 드라이브하면서 들을게."

야마네가 우산을 접고 한 손을 내밀었다. 칼을 쥔 손을. 형제들이 움직이지 않자 야마네는 씩 웃더니, 후쿠타에게 업힌 채 잠든 료타에게 칼끝을 향했다.

큰일이다…… 섣불리 저항하다가는…… 하지만 얌전히 지시에 따르면 이번에는 형이…….

후쿠타가 망설이고 있는데 탁한 목소리가 들렸다.

"멍청한 짓 하지 마, 유리카."

후쿠타는 두 귀를 의심했다.

들어본 적 있는 목소리였기 때문이다. 후쿠타는 설마 하면서도 목소리가 들린 쪽으로 고개를 돌렸다.

비옷을 입은 사람이 강 아래쪽에서 장대비 속을 걸어왔다.

모자가 바람에 젖혀져서 얼굴이 훤히 드러났다.

……가미야마 씨?

하지만 더욱 경악한 건 야마네였다. 어머니를 닮아 온화하게 웃는 얼굴은 흔적도 없이 사라졌고, 추악한 표정으로 가미야마를 쏘아보았다.

"어째서."

한 옥타브 낮아진 목소리로 부르짖듯이 말했다.

"당신이 여기 있는 거야?"

"내가 묻고 싶은 말인데."

가미야마는 모자를 다시 쓰면서 평소의 무뚝뚝한 어조로 대답했다.

"태풍이 왔잖니. 지난번에 태풍이 왔을 때도 호기심이 발동해서 강을 구경하러 왔다가 떠내려갈 뻔한 얼간이들이 있었거든. 점을 쳐봐도 흉한 점괘만 나와서 같은 전철을 밟지 않도록 상점가 사람들끼리 자율적으로 순찰하고 있었지. 그런데⋯⋯."

가미야마는 형제들을 힐끗 보고 나서 말을 이었다.

"그 천방지축 세 자매 중 두 명에 이어 너희 얼굴까지 여기서 볼 줄이야. 물가를 조심하라더니 이런 뜻이었나. 아무리 성천님을 믿기로서니 심부름꾼 쥐 노릇을 할 생각은 없었는데."

무슨 소리지? 좀체 상황을 파악하기 힘들었지만 가미야마와 야마네의 이야기로 판단컨대 아무래도 둘이 아는 사이인 듯했다. 후쿠타는 무심코 양쪽 얼굴을 번갈아 보았다. 야마네가 가미야마를 '상점가의 두목'이라고 부르기는 했지만, 그 정도 대립으로 이렇게 험악한 분위기를 자아내지 는 않을 듯했다.

온몸으로 적의를 뿜어내는 야마네와 달리 가미야마는 시종일관 무표정했다. 그대로 묵묵히 다가오다가 몇 미터 앞에서 발을 멈췄다. 야마네가 켠 칼을 보고 눈이 실처럼 가늘어졌다.

"여전히 그런 짓을 하는 거냐?"

한숨 섞인 목소리였다.

"밀수에서 손을 뗐다고 들었을 때는 약간 기대했는데 말이야. 하는 짓을 보아 하니 그냥 실수를 저질러서 도망쳐 온 건가. 그 레스토랑도 질 나쁜 놈들의 힘을 빌려 가로챈 거지? 덕분에 놈들에게 빚이 생겨서 이 꼴이 난 거고. 너, 그러다 제명에 못 죽을 거다."

"터진 입이라고 함부로 지껄이네."

"날 원망하는 건 상관없어. 하지만 상점가 사람들을 끌 어들이지는 마. 네 죄만 무거워질 뿐 어차피 네 울분은 풀 리지 않아."

"닥쳐."

야마네가 땅을 보고 말했다.

"이제 와서 어머니랍시고 설교하지 마."

엇, 하고 후쿠타와 가쿠타는 동시에 고개를 들었다.

어머니?

가미야마는 야마네를 바라보며 덤덤히 말을 이었다.

"이건 설교가 아니라 경고야. 나도 이제 넌더리가 나. 돈에 쪼들리는 상점가 사람에게 보험금 사기를 부추기질 않나, 마음에 안 드는 가게는 남녀 간의 추문을 이용해 은근히 괴롭히질 않나…… 그야말로 구질구질한 범죄고, 내 능력으로 무마할 수 있는 정도라서 지금까지는 눈감아줬지만 납치와 감금은 경우가 달라. 얘들을 어쩔 작정이지? 상황에 따라서는 가만있지 않겠어. 네게 본때를 보여주려고 벼르는 놈들에게 네가 어디 있는지 귀띔이라도 해줄까?"

야마네가 귀신 같은 형상으로 가미야마를 매섭게 노려보았다. 후쿠타는 한순간 숨을 삼켰고, 가쿠타도 무심결에 후쿠타의 소맷자락을 붙잡았다.

하지만 야마네는 아무 말도 없이 그저 가미야마를 눈빛으로 꿰뚫으려는 것처럼 계속 노려보기만 했다.

"……아무튼 이 일에서는 손을 떼, 유리카."

가미야마는 시선을 조금 돌리고 말했다.

"나도 들은 이상은 모르는 척할 수 없어. 그 베트남 여자라면 걱정하지 않아도 돼. 너랑 친분이 있는 조직이 어떤 놈들인지는 짐작이 가고 이쪽도 다소 연줄이 있으니까, 일이 원만히 수습되도록 내가 중재해줄게. 그리고 여기 오는 도중에 순찰차랑 마주쳤어. 항구로 향하던데 혹시 발등에 불 떨어진 상황 아니야?"

강물이 철철 흐르는 소리가 잠시 고막을 때렸다. 허수아비처럼 우두커니 서 있던 야마네는 칼을 쥔 손을 내린 후 잠든 료타의 얼굴을 보고 미소 지었다.

"……역시 너네 가족에게는 잘해주는구나."

그런 말을 내뱉고 물러갔다. 잠시 비를 맞으며 서 있던 가미야마가 이쪽으로 다가와서 다리가 풀려 땅에 주저앉은 가쿠타를 일으켜 세웠다.

"미안하구나, 얘들아."

수건을 꺼내 비에 젖은 가쿠타의 얼굴을 닦아주면서 말했다.

"우리 부모 자식 간의 싸움에 끌어들여서."

쥐의 인도를 받은 건 나일지도 모르겠군, 하고 중얼거리는 소리가 빗소리에 섞였다. 그 목소리 너머로 멀리서 울려 퍼지는 경찰차 사이렌 소리가 들리는 것 같다고 생각하면서 후쿠타는 의식을 잃었다.

9

맵싸하니 식욕을 돋우는 냄새가 거실에 감돌았다.

옆에서 료타가 의자에 무릎으로 서서 이제나저제나 주방 쪽을 들여다보았다. 맞은편에서는 가쿠타가 묵묵히 여름방학 숙제를 하고 있었다. 주방 카운터 너머로 멋지게 프라이팬을 흔드는 겐타의 모습이 보였다. 오랜만에 보는 가족의 평상시 모습이다.

"……미안해."

겐타가 화려한 손놀림으로 조미료를 뿌리면서 말했다.

"뭐가?"

"너희들에게까지 피해를 준 것 같아서."

"아니…… 우리가 멋대로 착각해서 행동에 나섰을 뿐인걸."

가쿠타가 부루퉁한 얼굴로 대답했다.

"그런데 그…… 쿠엔 씨였나? 그 사람 일도 무사히 해결된 것 같아서 다행이네."

"응. 너희가 가미야마 씨에게 부탁해준 덕분이야."

"그것도 우리가 한 일은 딱히 없는데."

가쿠타가 또 부루퉁한 얼굴로 말했다.

그 후 가미야마는 약속을 확실히 지켰다. 겐타와 연락이 됐고, 이튿날 겐타는 집으로 돌아왔다. 그사이에 베트남인 범죄 조직은 다른 사건으로 경찰에 적발된 듯하지만(그래서 경찰차가 출동한 모양이다), 자세한 사정은 모른다.

"그런데 형은 왜 쿠엔 씨를 도와준 거야?"

후쿠타가 묻자 겐타는 어딘가 먼 곳을 바라보는 듯한 눈빛을 지었다.

"쿠엔 씨는 베트남 하노이 출신이야. 그래서 '베트남풍 닭꼬치구이' 같은 베트남 요리의 조리법을 많이 배웠는데, 어느 날 갑자기 울음을 터뜨리더라고. 역시 고향으로 돌아가고 싶다면서. 그래서 사정을 자세히 듣다 보니⋯⋯."

겐타의 '겐'은 원기의 '원'. 우울해하는 쿠엔을 보고 내버려둘 수가 없었던 것이리라. 이렇게 오지랖이 넓은 겐타의 성격은 어머니에게 물려받은 것이다.

가쿠타가 흠, 하고 콧숨을 내쉬며 노트를 덮었다.

"난 겐타 형이 야마네 씨의 구슬림에 넘어간 줄만 알았어."

"뭐야, 그건." 겐타가 웃었다.

"그게, 그 사람은 엄마를 닮았잖아."

"그래?"

겐타가 고개를 갸웃했다. 확인하자 겐타는 후쿠타와 가쿠타만큼 야마네에게서 어머니 같은 분위기를 느끼지 못했다는 모양이다. 오히려 그림책이니 뭐니 야마네가 묘하게 어머니가 연상되는 이야기를 자꾸 꺼내서 의아하게 여겼다고 한다. 기억이 어렴풋한 우리는 속여도, 어머니를 제일 또렷하게 기억하는 형에게는 통하지 않았다는 건가.

"그런데 설마."

가쿠타가 꽁무니에 지구본이 달린 샤프를 손가락으로 돌리면서 중얼거렸다.

"야마네 씨가 '결혼반지 사건'의 원흉이었다니. 그것까지는 상상도 못 했네."

후쿠타는 벽 앞 선반에 놓인 어머니의 유품, 그림과 액세서리, 애용했던 황록색 숄 등을 바라보며 고개를 끄덕였다.

"응, 그러게나 말이야."

가미야마의 이야기에 따르면 결혼반지 판매 소동에도 야마네가 관여했다고 한다.

형제들의 부모님은 결혼했을 당시 여유가 없어서 반지를 사지 못했다. 그런데 야마네가 감언이설로 살살 꼬드겨서 반지를 팔아넘겼다고 한다. 어머니 레이는 조금 수상쩍게 여겼지만, 아버지가 사겠다고 나서서 거절할 수 없었다고 한다(아버지는 결혼반지를 사주지 못해 어머니에게 미안했으리라).

그걸 사기라고 꿰뚫어 본 사람이 가미야마다. 가미야마는 레이가 낀 반지를 보고서 아주 질이 안 좋은 물건이라고 지적했다. 그리하여 레이에게 사정을 듣고 자기 딸의 소행임을 알아차렸다.

가미야마는 경찰의 개입 없이 가족의 잘못을 뒷수습하고 싶었는지 반지를 되사겠다고 제안했다. 어머니는 어머니대로 남편이 진상을 알고 실망하는 모습을 보고 싶지 않았으므로 '가미야마가 점을 쳤는데 반지가 불길하다는 점괘가 나왔으니 팔기로 했다'는 변명을 생각해냈다. 하지만 그 변명이 예상 이상으로 가족들의 반발을 사서 결국 팔기를 단념했다고 한다.

"'괜찮아요. 이제 됐어요' 하고 그 앤 웃으며 말했지."

가미야마는 그리운 듯한 표정으로 말했다.

"하지만 '그런데 만약 우리 아이들이 돈이 필요해서 이걸 팔러 오면 비싸게 사주세요'라는 말도 덧붙였지. 그런 면에서는 빈틈이 없었다니까."

가미야마 말로는 이 일로 자기 딸 야마네 유리카와 본인 사이에 결정적인 균열이 생겼다고 한다. 당시부터 야마네

(헤어진 남편의 성씨다)와는 사이가 좋지 않았는데, 가미야마가 이 사기 행각을 레이에게 밝힘으로써 야마네는 가미야마를 완전히 적대시하게 됐다는 모양이다.

"유리카 입장에서는 왜 남의 딸을 챙겨주느냐는 기분이었겠지. 자기 딸은 별로 돌봐주지도 않은 주제에 별꼴이라고. 뭐, 이른바 질투야. 유리카가 너희 엄마를 흉내 내기 시작한 것도 그때부터였어.

맞아, 난 변변치 못한 엄마였지. 너희 엄마에 비하면 말이야. 나 자신이 어떻게 살아왔는지는 덮어놓고 딸에게 이건 하지 마라, 저걸 해라, 시키기만 했으니……."

그때 가미야마가 지은 씁쓸하면서도 서글퍼 보이던 웃음이 지금도 후쿠타의 머릿속에 남아 있다.

"이제 딸한테 하고 싶은 말은 딱 하나야. 나처럼은 되지 말렴."

"그나저나 후쿠타 형." 가쿠타의 목소리가 들려왔다. "야마네 씨가 거짓말했다는 걸 잘도 알아차렸네?"

아아, 하고 후쿠타는 회상에서 벗어났다.

"그게, 우리가 차에서 뛰쳐나가기 직전에 그 사람이 그랬잖아. '레이는 늘 이렇게 말했지. 세상에 나쁜 사람은 없어'라고……. 그래서."

"뭐? 그 사람이 그런 소리를 했어?" 가쿠타가 분하다는 듯이 말했다. "으아, 아깝다. 자느라 못 들었어. 그런 소리를 들었으면 분명 단번에 알아차렸겠지."

료타의 '료'는 양심의 '양'. 료타가 태어났을 때 레이는 아이들에게 '탄생 카드'를 읽어주며 막내의 이름에 담긴 의미를 설명했다. 그때 들었던 이야기를 후쿠타는 아직도 생생히 기억한다.

"세상에 좋은 사람은 없어.

왜냐하면 인간은 누구나 자기 자신이 제일 귀한 법이니까. 중요한 건 자기 자신을 제일 소중히 여기는 마음을 바탕으로 어떤 인간이 되려고 하느냐지. 그 방향성을 결정하는 게 양심이야."

당시는 그 이야기가 전혀 가슴에 와닿지 않았지만, 자랄수록 의외로 깊은 뜻이 있는 말이라고 느꼈다.

"자, 다 됐다."

겐타가 말했다. 식탁을 보자 어느 틈엔가 진수성찬이 차려져 있었다. 월남쌈, 베트남 쌀국수, 닭꼬치구이 잡지에 실려 있던 '베트남풍 닭꼬치구이', 이름은 모르지만 매콤해 보이는 수프와 채소를 넣은 오믈렛, 샐러드. 바게트에 매콤달콤한 풍미의 고기와 채 썬 채소를 끼운 게 '반미'라고 부르는 그 샌드위치일까. 베트남 요리 축제다.

"맛있겠다!"

의자에 철퍼덕 앉은 료타가 궁둥이를 흔들며 금방이라도 군침을 흘릴 것처럼 말했다.

가쿠타가 심술궂게 놀렸다.

"안됐네, 료타. 네가 먹을 수 있는 요리는 고수 샐러드 정도야."

"아니. 나 이제 고기 먹어."

"어? 괜찮아?" 후쿠타는 놀라서 물었다.

"응."

료타는 후련한 표정으로 대답했다.

"머릿속 엄마가 허락해줬어."

"머릿속 엄마가?"

"나, 어려운 일이 있으면 머릿속 엄마에게 상의하거든. 어제 드디어 엄마가 대답해줬어. 고기에는 영양분이 있으니까 먹고 싶으면 먹어야 한다고. 대신에 감사하는 마음으로 남기지 말고 먹으래."

가쿠타와 눈을 마주쳤다. 조금 오컬트 같기는 하지만, 분명 누군가에게 들은 이야기를 머릿속에서 어머니의 말로 바꾼 것이리라. 그렇게 스스로 이해할 수 있는 방식으로 실생활에 적용하는 것이 료타가 말하는 '엄마가 허락해줬어'다.

"……일단 말해두자면 료타는 이미 계율을 어겼어."

가쿠타가 얄밉게 한마디 하고 자리에 앉았다. 후쿠타도 뒤따랐다.

겐타의 요리는 말하는 것도 잊어버릴 만큼 맛있었다. 식욕이 왕성한 남자 넷의 눈앞에서, 커다란 접시에 수북이 담긴 요리가 마법처럼 순식간에 사라졌다.

"그러고 보니." 후쿠타는 문득 생각나서 중얼거렸다. "그 미식 투어는 결국 뭐였을까."

가쿠타가 약간 망설이는 듯한 표정으로 입을 열었다.

"뭐, 이건 요즘 떠도는 소문인데…… 그 관광회사가 계약한 배에서 여자 시체가 발견됐대."

"뭐?" 후쿠타는 젓가락질을 멈췄다. "설마 '양상추색 숄'을 걸친 사람은 아니지?"

"몰라. 소문이라고 했잖아. 거의 도시 전설이나 마찬가지야. 하지만 어느 항구로 경찰차가 몰려간 건 사실인 듯하고, 관광회사 사장이 야마네 씨와 알고 지내는 사이라면 역시 거기도 보통 회사는 아니었을 것 같기는 한데……."

조금 걱정됐다. 그 덤벙대던 여자는 무사할까? 그 사람 덕분에 사건의 진상에 다다랐다고 할 수도 있으니 부디 별 탈 없었으면 했다.

"《주문이 많은 요리점》이라······."

가쿠타가 유품 선반의 그림책을 바라보며 중얼거렸다. 그 사람이 떨어뜨린 물건에서 연상했던 동화가 떠오른 것 이리라.

"실은····· 료타를 따라 하려는 건 아니지만 내 머릿속 에도 엄마가 살아. 이것저것 시끄럽게 주문하지. 이건 하지 마라, 저건 하지 마라, 하고."

"흠." 후쿠타는 물을 마시고 숨을 푹 내쉬었다. "마찬가 지야."

"마찬가지라니?"

"내 머릿속에도 어머니가 있어. 공부같이 해야 할 일을 농땡이 치면 나와."

"이야······."

그때 겐타가 갑자기 어깨를 들먹이며 웃음을 터뜨렸다.

"뭐야. 형제가 다들 똑같네."

정말이지, 죽어서까지 아이들에게 감 놔라 배 놔라 주문 해대니 그야말로 엄마는 잔소리꾼이다.

하지만 불쾌하지는 않다. 오히려 계속 그래주면 좋겠다. 우리 사형제가 완벽하지는 못해도 바른 길을 벗어나지 않고 살아올 수 있었던 건 분명 엄마가 이름에 담은 사랑 덕분이리라. 그 사랑이 광명처럼 우리의 발밑을 비추고 눈앞을 가리는 안개를 걷어내 나아갈 길을 가르쳐준다.

부디 계속해서 잔소리 부탁해요, 엄마.

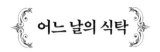
어느 날의 식탁

욕조 물이 다 데워졌다. 후쿠타는 목욕 준비를 하려고
세면대 수납장을 열었다가 고개를 갸웃했다.

"가쿠타." 화장실 문을 열고 셋째를 불렀다. "그 목욕 소
금 어쨌어? 생각난 김에 오늘 쓰려고 했는데."

"돌려줬어."

거실에서 퉁명스러운 목소리가 들렸다.

"돌려줬다니? 누구한테?"

"원래 주인의 가족한테. 알아봤더니 잃어버린 사람이
아는 사람의 가족이더라고."

그런 우연이 있을까. 목욕 소금은 물론 납치 소동이 벌
어졌을 때 '양상추색 숄'을 걸친 여자가 떨어뜨리고 간 것
이다. 굳이 주인을 찾아서 돌려줘야 할 만한 물건도 아니었
기에 어찌해야 할지 좀 난감했는데, 뭐, 원래 주인에게 돌
아갔다면 잘된 일이다.

그런데 주인이 누군지 물어보자 "누가 주인이든 뭔 상관이야. 후쿠타 형이랑은 관계없는 일이야" 하고 어물쩍 넘어갔다. 묘하다 싶은 기분으로 후쿠타는 욕조에 몸을 담갔다. 숨기는 이유도 수수께끼이고, 본인이 아니라 가족에게 돌려줬다는 것도 마음에 걸린다. 그러고 보니 소동이 끝난 후에 배에서 여자 시체가 발견됐다는 뒤숭숭한 소문이 돌았는데…… 덤벙거리던 그 여자는 무사할까?

쩜쩜한 기분으로 욕실을 나섰다. 머리를 닦으며 거실로 가자 소파에서 가쿠타와 료타가 사이좋게 휴대용 게임기로 게임을 하고 있었다. 료타는 둘째 치고 가쿠타가 게임에 푹 빠지다니 해가 서쪽에서 뜰 일이다. 이 녀석도 드디어 농땡이 치는 버릇이 생긴 걸까.

"얘들아, 저녁 준비 다 됐다."

겐타가 식탁에서 불렀다. 기대에 찬 눈빛으로 돌아보자 식탁에는 갈색 봉투 하나만 덜렁 놓여 있었다. 이쪽도 해가 서쪽에서 떴는지 오늘 저녁은 이 지역에서 인기 있는 닭꼬치구이집 '구시마사'에서 금방 사 온 따끈따끈한 닭꼬치구이인 듯했다.

그렇다고 해서 한 끼를 대충 때우려는 것은 아니다. 겐타로서는 이 또한 본업의 일환이다. 납치 소동이 일단락된 후 겐타네 가게는 또 주인이 바뀌었고, 새 주인의 제안으로 긴나미 상점가와 협업을 진행하기로 했다고 한다. 협업 기획 제1탄으로 '구시마사'와 함께 도시락을 발매하기로 해서 맛을 연구하고 있다고 한다.

이어서 샐러드와 다른 반찬도 내오길래, 역시 형이라며 안심했다. 음식을 다 차린 후 "밥 먹어" 하고 두 동생을 다시 부르자 가장 먼저 료타가 사냥개처럼 잽싸게 달려왔고, 조금 늦게 가쿠타가 식탁으로 왔다.

"가쿠타는 닭넓적다릿살 소금구이지?"

후쿠타는 물어보면서 봉투 속 꼬치를 각자의 접시에 나누어주려고 했다(참고로, 큰 접시에 한꺼번에 내면 먹고 싶은 닭꼬치구이를 두고 쟁탈전이 벌어지므로 미리 나눈다).

"아, 음……." 그러자 가쿠타는 어째선지 시선을 이리저리 돌리며 망설였다. "아니, 오늘은 넓적다릿살 안 먹을래. 대신에 이쪽 닭고기 경단……. 아니지, 닭가슴살……. 에잇, 닭껍질로 할게."

"닭껍질? 너, 껍질은 별로라고 하지 않았어?"

"내가 그랬던가?"

가쿠타는 새치름한 표정으로 자리에 앉았다. 하지만 식사가 시작돼 닭껍질 꼬치구이를 한 입 먹자 가쿠타는 미묘한 표정을 지었다. 역시 별로인가? 요즘 좀 이상하다니까, 이 녀석.

후쿠타의 의혹에는 아랑곳없이 료타의 천진난만한 목소리가 울려 퍼졌다.

"닭꼬치구이, 맛있어."

"그렇구나……. 역시 양념은 이 정도로 단맛이 돌아야 반응이 좋은 건가. 여기에 어울리는 반찬이라면……."

겐타는 겐타대로 맛 분석에 열중했다. 후쿠타는 피식 웃었다. 변함없이 우리 집은 제각각이구나. 이래서야 같이 밥을 먹는 의미가 있나 약간 의문이 들었지만, 이러니저러니 해도 이 북적거리는 분위기가 흐뭇하다. 사형제만의 특권이다.

앞으로 더 북적거릴 거야, 분명.

엄마?

문득 그런 목소리가 들린 것 같아서 후쿠타는 거실의 유품 선반을 돌아보았다. 환청인가? 돌이켜보면 가족은 많아서 북적거리는 편이 좋다는 것이 어머니의 지론이었다. 그래서 초등학생 때부터 "후쿠짱은 언제 여자 친구 데려올 거니?" 하고 다그쳤을 때는 어린 마음에도 질색했지만.

달밤에 엄마가 잠든 긴나미절의 묘지를 창문으로 바라

보며 후쿠타는 조용히 미소 지었다.

엄마에게.

우리, 꽤 잘 지내고 있어요.

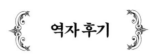

역자 후기

　지금은 어떤지 모르겠지만 예전에는 딱히 상점가라는 명칭이 없었던 것 같다. 그냥 ○○시장이라고 불렸던 것으로 기억한다. 약 40년 전, 우리 부모님도 그런 시장에서 장사를 시작했다. 당시는 아케이드 형태가 아니었기에 장사꾼도 손님들도 비가 오면 오는 대로, 햇빛이 쏟아지면 쏟아지는 대로 물건을 팔고 시장을 돌아다녔다. 부모님은 좁은 골목의 좁은 가게에서 아침 7시부터 밤 10시까지 일했고, 그렇게 번 돈으로 우리 형제를 먹여 살렸다. 시장에 살지는 않았지만 시장 아이였던 셈이다. 그렇게 몇십 년이 지나 시장(상점가)에 관련된 소설을 번역하게 됐으니 어쩐지 감개무량하다.

　소설 속 '긴나미 상점가'는 사찰 마을로서 번성한 곳으로, 지역 주민들에게 사랑받아왔지만 대형 마트와 인터넷 쇼핑몰 등의 영향으로 쇠퇴해가는 낌새가 보이기도 한다.

그래도 여전히 현역인 긴나미 상점가를 애용하는 사람들 가운데 고구레 사형제가 있다. 가지 많은 나무에 바람 잘 날 없다지만, 사형제는 돌아가신 어머니의 가르침을 가슴에 새기고 서로 도와가며 살아간다. 이렇게만 쓰면 따뜻한 가족 드라마 같지만, 저자 이노우에 마기는 어디까지나 미스터리 작가다. 긴나미 상점가에서 발생하는 사건들이 사형제를 기다리고 있다.

여기서 언급해야 할 점이 하나 있다. 굳이 제목에 '형제 편'을 붙였으니 '자매 편'도 있는 걸까? 정답은 '있다'다. 이노우에 마기는 쇼가쿠칸 출판사의 소설 잡지 〈STORY BOX〉와 〈키라라〉에 연재하자는 의뢰를 동시에 받고, 이왕이면 그러한 상황을 재미있게 살릴 수 있는 설정으로 소설을 쓰기로 마음먹었다고 한다. 그래서 태어난 설정이 한 가지 사건을 두 가지 시각에서 바라보는 '형제 편'과 '자매 편'이다.

저자가 먼저 떠올린 건 세 자매라고 한다(데뷔작《사랑과 금기의 술어논리》속 세 자매가 원형). 그리고 자매와 대비를 이루기 위해 한쪽은 사형제로 설정한다. 한편 상점가를 무대로 삼은 건 그 당시에 히가시노 게이고의《신참자》로 서민 동네의 인간미 넘치는 드라마를 접했기 때문에. 그래서 따스한 미스터리를 쓰려고 했는데 편집자가 '사람은 죽여달라'고 부탁해서 제1화에 죽는 사람이 나온다고.

앞서 말했다시피 이 작품은 한 가지 사건을 '형제'와 '자매'의 시각에서 따로 바라본다. 그러나 사형제와 세 자매는 유명한 명탐정처럼 사건에 관한 모든 정보를 총괄할 수 있는 입장이 아니다. 따라서 자신들 나름대로 얻을 수 있는 정보를, 자신들의 관점에서 해석해 수수께끼를 풀어낸다. 공통된 단서의 다른 부분에 착안해 추리를 펼쳐나가는 과정이 재미있다.

그리고 그 과정에서 드러나는 사형제와 세 자매의 개성적인 면모도 이 작품의 읽을거리다. 화자를 맡은 중심인물이 있지만 나머지 형제자매도 독특한 양념 역할을 하고, 상점가 주민들도 이야기에 재미를 불어넣는다. 또한 이러한 등장인물들의 이야기가 '형제 편'에서는 형제애와 돌아가신 어머니에 대한 사랑을 부각하고, '자매 편'에서는 상점가에 대한 애착을 부각하기도 한다.

그렇기에 이 작품은 '형제 편'만 읽어도 되고 '자매 편'만 읽어도 된다. 물론 세트 메뉴처럼 둘 다 읽는 것이 가장 좋기는 하다. 한 권씩 사서 독서 친구와 바꿔 읽는 것도 한 가지 방법이겠다. 어느 쪽을 먼저 읽을지는 물론 독자가 선택하기 나름이다.

이노우에 마기는 데뷔 당시부터 독특한 설정을 작품에 도입해 자기 자신의 한계에 도전해 온 작가다.《사랑과 금기의 술어논리》에서는 '수리논리학'을 추리에 응용하고,《그 가능성은 이미 떠올렸다》에는 모든 가능성을 부정하는 탐정을 등장시킨다.《아리아드네의 목소리》는 3중(시각, 청각, 발성) 장애인을 드론으로 구조하는 이야기다.

그리고 이번에는 '어느 쪽부터 읽어도 추리가 성립'하는《긴나미 상점가의 사건 노트》를 들고 돌아왔다. 저자는 더 이상 허들을 높이지 말아야겠다고 다짐하지만, 독자로서는 허들을 높일수록 재미있다. 자, '형제 편'을 다 읽고 역자 후기에 다다르셨다면 얼른 '자매 편'으로 넘어가보도록 하자. 거기에는 또 다른 재미가 기다리고 있으니.

2025년 5월

김은모

긴나미 상점가의 사건 노트 형제 편

1판 1쇄 발행 2025년 5월 16일

지은이 · 이노우에 마기
옮긴이 · 김은모
펴낸이 · 주연선

(주)은행나무
04035 서울특별시 마포구 양화로11길 54
전화·02)3143-0651~3 | 팩스·02)3143-0654
신고번호·제 1997—000168호(1997. 12. 12)
www.ehbook.co.kr
ehbook@ehbook.co.kr

ISBN 979-11-6737-558-2 (03830)